PASCAL F. JELINEK

Entzogenes Glück

Papa, ich will dich nicht sehen

Der Roman beruht auf wahren Begebenheiten

novum pro

Dieses Buch ist auch als
e-book
erhältlich.

www.novumverlag.com

Bibliografische Information
der Deutschen Nationalbibliothek:

Die Deutsche Nationalbibliothek
verzeichnet diese Publikation in
der Deutschen Nationalbibliografie.
Detaillierte bibliografische Daten
sind im Internet über
http://www.d-nb.de abrufbar.

© 2021 novum Verlag

ISBN 978-3-99107-567-7
Lektorat: Volker Wieckhorst
Umschlagfoto:
Daniel Hurst | Dreamstime.com
Umschlaggestaltung, Layout & Satz:
novum Verlag

Gedruckt in der Europäischen Union
auf umweltfreundlichem, chlor- und
säurefrei gebleichtem Papier.

www.novumverlag.com

Inhaltsverzeichnis

Nach-Sehen

An einem Freitagmorgen springt Pascal (52) quietschvergnügt aus dem Bett. Es ist ein besonderer Tag. Seine Tochter Maja bestand die Matura mit gutem Erfolg, und er will bei der Verleihung des Maturazeugnisses unbedingt dabei sein. *Ich werde Maja herzlichst mit einem Kuss gratulieren, ihr alles Gute wünschen, ein Kuvert mit einem Geldschein zustecken und mit meiner Anwesenheit zeigen, dass ich zu ihr stehe und stolz auf sie bin.* Pascal zieht ein festliches Gewand an. Es ist ein schwarzer Anzug mit einer herausstechenden blumigen Krawatte und aufpolierten italienischen Schuhen mit blauen Schuhbändern. Er verfasst noch eine Glückwunschkarte mit seiner persönlichen Note: „Liebe Maja! Ich gratuliere dir sehr herzlich und freue mich riesig, dass du den Abschluss des Gymnasiums mit gutem Erfolg geschafft hast. Als stolzer Vater möchte ich bei der Verleihung deines Maturazeugnisses gerne anwesend sein. Ich liebe dich sehr! Ich wünsche dir viel Erfolg auf deinem weiteren persönlichen Lebensweg, in der Arbeitswelt oder beim Studium. Du wirst mir sicherlich schon sagen können, welche Schritte du in den nächsten Monaten planst, und ich werde dich dabei gerne unterstützen. Der Geldschein im Kuvert ist eine kleine Anerkennung für deine positiven Leistungen. Herzlichst dein überglücklicher Vater."

Pascal steckt die Karte in die Innentasche des Anzuges. Mit seinem Auto plant er drei Kilometer zum Bahnhof zu fahren, um mit dem Zug stressfrei und in Gedanken sich vorbereitend nach Wurmlach zu gelangen. Er steigt in sein Auto ein, um rechtzeitig den Zug zu erreichen. Pascal steckt den Schlüssel ins Zündschloss und dreht ihn zum Starten. O weh. Der Wagen springt nicht an, er gibt nur einen kleinen Motorrülpser. Beim zweiten Startversuch reagiert sein Auto gar nicht. Laut ärgert sich Pascal, er möchte ja die Zugabfahrt nicht verpassen. Sind die Zündkerzen defekt, oder ist die Autobatterie leer? In diesem Augenblick hat er überhaupt keine Zeit, den Grund herauszufinden, warum sein Auto nicht anspringt. Das juckt ihn in diesem Moment überhaupt nicht. Er hat nur ein Ziel: den Zug nach Wurmlach schnell zu erreichen.

Der Schienenersatzverkehr fährt in zwei Minuten, findet Pascal aus den Fahrzeiten im Internet heraus. „Diesen Bus muss ich unbedingt erreichen." Eiligen Schrittes geht er zur Straße. „Er ist noch nicht vorbeigefahren!" Im Laufschritt bewegt sich Pascal zur Bushaltestelle. Zu spät. Der Bus kommt ihm schon entgegen. Noch ist die Chance, mitgenommen zu werden, nicht vorbei. Er winkt heftig mit beiden Händen und schreit: „Bleib bitte stehen, nimm mich noch mit!" Der Bus kommt immer näher. Pascal gibt dem Busfahrer ein Zeichen, stehen zu bleiben. Doch der Chauffeur sieht ihn nicht. Er ist gerade damit beschäftigt, einer jungen Dame das Restgeld für das Ticket herauszugeben.

Was nun? Diesen Zug wird er wohl nicht mehr erreichen, und er muss den nächsten ohne Panne erwischen. Pascal begibt sich auf den drei Kilometer langen Fußweg. Versuche, Autos zu stoppen, misslingen. Ein Bekannter Pascals verwechselt sein Handzeichen mit Winken und fährt an ihm vorbei. Der Fußmarsch im schwarzen Anzug ist mehr als unbequem. An seinen schön geputzten und polierten Schuhen sammelt sich ein Staubkorn nach dem anderen. *Werde ich es rechtzeitig schaffen, den nächsten Zug nach Wurmlach zu erwischen?* Pascal nimmt an diesem heißen Junitag sein Sakko in die Hand, beschleunigt sein Tempo, überwindet keuchend eine Anhöhe, versucht vergeblich ein vorbeifahrendes Auto anzuhalten und zieht weiter. In Gedanken vertieft überwindet er am Gehsteig kleine Straßenhindernisse, wie eine leere Dose, Bierflasche, ein Taschentuch. Er ärgert sich darüber, wie sorglos der Müll auf der Straße entsorgt wird. Schweißperlen benetzen seine Stirn. Die Wangen werden immer rötlicher, der Schweiß bahnt sich den Weg entlang der Koteletten. Auch sein weißes Hemd ist verschwitzt. Flecken ziehen entlang der Wirbelsäule und unter den Achseln weite Kreise. Pascals Haare sind leicht durchnässt, sein Pulsschlag und die Aufregung ist hoch.

Am Bahnhof der S-Bahn angelangt, stürmt Pascal sogleich zum Ticket-Automaten und druckt die Fahrkarte nach Wurmlach aus. Flott geht er zum Bahnsteig, um den Zug alsbald zu erreichen. Er schreibt seiner Schwester eine SMS: „Liebe Silvia! Mein Auto streikte, ich habe den Bus nicht erreicht, und verschwitzt warte ich am Bahnsteig auf den Zug. Schade, dass du im Dienst bist und du mich nicht zum Bahnhof gefahren hast." Von Weitem hört Pascal den anrollenden Zug. Durchsage des Bahnhofsprechers: „Die S-Bahn in Fahrtrichtung Wurmlach fährt Bahnsteig 2 ein. Bitte rasch einsteigen, der Zug fährt in wenigen Minuten ab!" Pascal tippt die SMS fertig: „Dann würde ich nicht verschwitzt und gestresst den Zug verpassen. Aber es ist noch nicht zu spät. Ich freue mich, beim wichtigen Lebensabschnitt von Maja dabei zu sein. Liebe Grüße, Pascal." *Wo ist der Zug? Oh, mein Gott, ich bin am falschen Bahnsteig!* Pascal steckt sein Mobiltelefon schnell ein und läuft über zahlreiche Treppen auf und ab, zurück und geradeaus zum Bahnsteig Nummer 2. Er betritt aufgeregt den Bahnsteig, und in diesem Augenblick schließen die Türen des Zuges, und Pascal hat das Nachsehen.

Warten auf die nächste S-Bahn in einer halben Stunde. Pascal verlässt den Bahnsteig nicht mehr. Einmal am Abstellgleis ist genug an diesem turbulenten Tag. Rechtzeitig steigt er in den nächsten Zug nach Wurmlach ein.

Es ist noch ein Abteil frei. Pascal setzt sich zu zwei Schülerinnen, die wahrscheinlich mit größerer Verspätung zur Schule fahren. Sie nehmen keine Notiz von Pascal, da sie auf ihr Handy starren. Sie halten ihr Smartphone verkrampft in der Hand und tippen unentwegt auf die kleine Tastatur. Die beiden führen einen stummen Dialog. Die nonverbale Kommunikation wird nur kurz durch den Handytausch unterbrochen. Gierig saugen sie ihre Informationen auf, als wäre das kleine Gerät die zielführende Navigation ihres Lebens. Ihr Tippen wird im Laufe der Zeit immer heftiger, ein stierer Blick ist auf das Display fixiert. Erst nach einiger Zeit bemerken sie ihren neuen Fahrgast und begrüßen Pascal mit „Hi".

Ich habe meine Tochter Maja schon sehr lange nicht gesehen. Wird sie erfreut sein, wenn ich zur Verleihung des Maturazeugnisses auftauche? Wird sie mich ignorieren, beschämt wegschauen? Oder wird sie vielleicht doch froh sein, dass ich zu ihrer Feier komme? Ich bin sehr nervös, schließlich komme ich als ungeladener Gast zur Zeugnisverleihung. Erfahren habe ich vom Erfolg meiner Tochter …

Im Nachbarabteil sitzt eine betagte Frau mit einem geblümten Kopftuch und einem Korb mit Eierschwammerln. Aus einer Plastiktasche ragen Zucchini und große Gurken, aus der anderen Ringelblumen und Spargelbündel. Die gefalteten Hände zeigen schon Altersflecken und sind von der Gartenarbeit leicht aufgekratzt. *Diese Frau wird sicherlich ihre Gartenprodukte am Marktstand feilbieten, um ein Körberlgeld zur Pension dazuzuverdienen.* Sie blickt unentwegt in eine Richtung beim Fenster hinaus. Wälder und Wiesen flitzen an ihr vorbei. *Kommen und verschwinden auch Bilder aus ihrem Leben?* Nur ein Ruck des Zuges bringt sie für kurze Zeit aus der Vertiefung ihrer Gedanken.

Wie schön wäre es gewesen, jeden Lebensabschnitt meiner Tochter miterleben zu können. Es waren immer nur kurze Momente und Blitzlichter, an denen ich Anteil haben durfte. Wenigstens kann ich heute dabei sein, wenn meine Maja ihren Lebensabschnitt bis zur Matura abschließt und einen neuen beginnen wird.

Schräg gegenüber sitzt ein Pärchen mittleren Alters. Auf dem Schoß des Mannes ruht ein Laptop, in dem er lebensnotwendige Mails checkt und auch Bilder von hübschen Frauen ansieht. *Er ist sicherlich mit allen Frauen aus dem Netz verwandt,* lächelt Pascal. Seine Frau, die ihrem Gatten gegenübersitzt, schaut faszisiert links und rechts beim Fenster hinaus, ein andermal ins

Sitzabteil daneben. Sie fragt ihn irgendetwas, er murmelt was daher, sie gibt auf, weitere Fragen zu stellen. *Die beiden scheinen schon sehr lange verheiratet zu sein. Sie haben sich wohl schon genug gesagt.* Die Frau bemerkt, dass sie von Pascal beobachtet wird. Sie schaut ihn kurz an und erwidert seinen Blick mit einem verlegenen Lächeln. Ihr Gatte hat nichts davon bemerkt. In der Zielgerade wird Pascal sichtlich nervös. „Bahnsteig 1. Die S-Bahn fährt im Wurmlacher Hauptbahnhof ein", sagt eine weibliche Stimme aus dem Mikrofon.

Pascal fährt mit dem städtischen Bus zur Schule seiner Tochter, um bei der Verleihung des Maturazeugnisses dabei zu sein. *Habe ich den kulturellen Teil bereits versäumt? Zumindest bei der Zeugnisverleihung möchte ich persönlich anwesend sein!* Schnellen Schrittes eilt er als Einziger zur Schule. Von Weitem sieht er die versammelten Feiergäste in festlicher Kleidung. Auf der Bühne dirigiert der Chorleiter die jugendlichen Sängerinnen und Sänger. *Wie peinlich, dass ich zu spät, verschwitzt und abgehetzt auftauche! Ich hoffe, dass ich nicht unangenehm auffalle.* Pascal ist im Begriff, durch die Eingangstür die Schule zu betreten, doch das Portal ist zugesperrt! Er rüttelt an der Türklinke, die Tür geht nicht auf. Niemand bemerkt den Spätankömmling draußen vor der Tür. Dann klopft Pascal immer lauter an die Scheibe. Ein Sicherheitsbeauftragter dreht sich überrascht zu Pascal und lässt ihn im Stich. Pascal klopft noch heftiger. Empört schauen ihn einige Leute an. Mit Handzeichen erklärt er, dass er hinein möchte. Der breitschultrige Security-Mann kommt zur Tür, öffnet einen Türspalt und sagt zu Pascal: „Der Veranstaltungsraum der Schule ist voll, und es gibt aus Sicherheitsgründen keinen Platz mehr!" Danach knallt er die Tür zu und sperrt sie wieder ab. Pascal stellt das Klopfen ein und begnügt sich als Glastürengast.

Wie in einem Stummfilm schaut Pascal den Feierlichkeiten in der Aula zu. Auf der Bühne singt der Schülerchor, der Dirigent schwingt den Taktstock, als würde er vergeblich Fliegen fangen. Die Mädchen und Burschen sind einheitlich gekleidet. Sie tragen alle blaue Jeans und weiße Blusen beziehungsweise Hemden. Die Burschen haben dunkle Fliegen zu ihrem Hemd. Im Einheitstakt öffnen die Schülerinnen und Schüler zum Gesang ihren Mund. Man könnte meinen, sie würden ihren Dirigenten anbrüllen. Zum Abschluss verbeugen sie sich vor dem Publikum und verschwinden vor den Augen Pascals, da die Zuhörer ihrem Auftritt einen lang anhaltenden Stehapplaus zollen.

Anschließend lädt ein Lehrer zu Verleihung der Maturazeugnisse ein. Die Festreden hat Pascal zuvor wohl alle versäumt. *Hat Maja stellvertretend für die Maturanten eine Festrede gehalten?* Nach einer kurzen Ansprache ruft er die Maturanten einzeln auf die Bühne. Ein Mädchen kommt mit strahlendem Gesicht, um das abschließende Zeugnis entgegenzunehmen. Der Klassenvorstand schüttelt heftig ihre Hand und übergibt das Zeugnis. Das Mädchen wendet den Blick nurmehr dem Zeugnis zu. Jeweils drei Zeugnisse werden gleichzeitig ausgeteilt, dann stellen sich die Maturanten unaufgefordert umschlungen auf, und der Fotograf schießt in einem Blitzgewitter unzählige Fotos. Pascal, vor dem Fenster zur Aula ausgesperrt, folgt der Festlichkeit mit entsprechendem Körpereinsatz. So muss Pascal einmal auf Zehenspitzen stehen, dann seinen Kopf hin und her bewegen, immer wieder die Position wechseln oder seine Nase an die Scheibe drücken. Nun wird Maja aufgerufen. In einem langen sommerlichen rosa Kleid begibt sie sich auf die Bühne. Maja blickt immer zu ihren Schuhen, um nicht übers Kleid zu stolpern. Der Klassenvorstand spricht wohl wegen ihres guten Erfolges einige Sätze mehr, die er von einem vorbereiteten Blatt vorliest. Einige stehen aus Begeisterung auf und applaudieren. Zwischen Köpfen, Schultern, Rücken und Stühlen fängt Pascal nur Bruchstücke von der Verleihung des Maturazeugnisses an seine Tochter Maja ein. Der Lehrer spricht zu Maja, und sie nimmt ihr Zeugnis nach einem kräftigen Händedruck entgegen. Das Fotoshooting kann sich Pascal nur in seiner Fantasie vorstellen.

Pascal hofft immer noch darauf, nach der Zeremonie Maja persönlich seine Glückwünsche und seine Freude aussprechen zu können. Der Zutritt bleibt Pascal aber weiterhin verwehrt, die Tür bleibt geschlossen. Die gefeierten Maturanten und die geladenen Gäste kehren Pascal den Rücken, verlassen ihre Plätze und begeben sich zu einer Tür, um wohl die Feierlichkeit in anderen Räumlichkeiten fortzusetzen.

Pascal war bei dieser Feier mit einem lachenden und weinenden Auge dabei. Er freut sich, dass seine Tochter Maja diesen schulischen Abschnitt erfolgreich bestanden hat und dass er bei der Feierlichkeit dabei sein durfte. *Es fühlt sich wie Seelenbalsam an, wie Maja stolz ihr Abschlusszeugnis entgegennimmt. Das Strahlen in ihrem Gesicht hellt meine triste Stimmung kurzzeitig auf. Sie hat nun einen wichtigen Lebensabschnitt erfolgreich gemeistert.* Traurig stimmte Pascal, dass er als stummer Beobachter im Abseits der Scheinwerferlichter verbleiben musste. *Es beschwert mein Herz, nur im Abseits gewesen zu sein.*

Der blaue Brief

Langes Klingeln an der Haustür. Pascal R. öffnet die Haustür. Eine junge Postbotin mit himmelspiegelnd blauen Augen grüßt freundlich und ersucht um eine Unterschrift für den eingeschriebenen Brief. Der „blaue Brief" sticht aus den Postsendungen heraus. „Tschüs", sagt sie mit breitem Lächeln. „Bis morgen." „Bezirksgericht Wurmlach" lugt als Absender aus dem Sichtfenster des Briefumschlags. Andere Postsendungen verlieren schlagartig an Bedeutung. „Was habe ich verbrochen? Wieder mal zu schnell gefahren oder gar falsch geparkt?" Pascal nimmt sich keine Zeit, den Brieföffner aus dem Arbeitszimmer zu holen. In gewohnter Manier reißt er mit dem rechten Zeigefinger die verklebte Lasche auf und zieht den Brief aus dem Umschlag. Fett gedruckt stechen folgende Lettern ins Auge: „Antragsstellerin: Maja R. – Antragsgegner: Pascal R." Die Antragstellerin ist Pascals Tochter Maja, ihr Antragsgegner der Papa. Das offizielle Schreiben fordert die Offenlegung von Pascals Einkommen zwecks Unterhaltserhöhung. „Antragstellerin gegen Antragsgegner", „Tochter gegen Vater": *galaktischer kann die Entfernung wohl nicht mehr sein.*

„Sollten Sie innerhalb der 14-tägigen Frist keine bzw. nur unvollständige Einkommensunterlagen vorlegen, so ist das Gericht berechtigt, diese direkt beim Dienstgeber oder anderen Behörden und Institutionen (Finanzamt, Arbeitsamt usw.) einzuholen. Gegen diese Aufforderung ist ein Rechtsmittel nicht zulässig."

Unterzeichnet ist das Schreiben der Rechtspflegerin Michelle E. vom Jugendamt des Bezirksgerichts Wurmlach. Pascals Tochter Maja ist im Begriff, sich das Geld über das Gericht zu holen! Dies bedeutet, wenn Pascal nicht unverzüglich und korrekt sein Einkommen offenlegt, wird das Einkommen berechnet und das Geld über seinen Arbeitgeber willkürlich von seinem Konto abgezweigt. In diesem Fall wird auch sein Dienstort, die Schule, informiert, er wird öffentlich bloßgestellt. Der überraschend ins Haus flatternde Brief und die überfallartige Aufforderung und Androhung erwecken in Pascal eine Panik.

Pascals Knie wird weich, er setzt sich auf die Bank im Esszimmer, um weiterzulesen. Seine 19-jährige Tochter Maja suchte die Rechtspflegerin Michelle E. auf und gab zu Protokoll: „Der Vater ist Lehrer. Außerdem schreibt er noch Artikel für die Zeitungen. Sein Einkommen ist sicherlich in den letzten Jahren entsprechend gestiegen, wie auch meine Bedürfnisse. Wie hoch sein derzeitiges Einkommen ist, ist mir nicht bekannt. Es besteht keinerlei Kontakt mit dem Antragsgegner, und er hat in den letzten Jahren den Unterhalt nach seinem Gutdünken angepasst. Er ist nur für mich gesetzlich sorgepflichtig. Mir wird das Wesen der Unterhaltsbemessung zur Kenntnis gebracht, wonach ich einen Anspruch von 22 % des väterlichen Durchschnittsnettoeinkommens habe.

Da ich jedoch beabsichtige, einen Unterhaltserhöhungsantrag bei Gericht einzubringen, ersuche ich das Gericht, die Einkommensverhältnisse des Antragsgegners amtswegig zu erheben, damit ich danach meinen Unterhaltserhöhungsantrag entsprechend präzisieren kann."

Wahrlich ein „starker Tabak" und ein Tiefschlag in Pascals Leben! Die Vorgangsweise empfindet er wie ein Überfallkommando. *Der Papa wird halt nur benötigt, wenn es ums Geld geht.* Pascal fühlt sich wie ein Selbstbedienungsautomat mit Münzeinwurf und einem breiten Fach für die Geldauszahlung. Der Münzschlitz ist das Gericht und die Geldauszahlung Papas Brieftasche. *Was soll das für eine Erziehung sein? Auf Knopfdruck wird Geld angefordert und abgehoben, ohne darüber nachzudenken, wie der Geldgeber zu Geld kommt und den Alltag meistern muss.* Aber Recht bleibt Recht.

Der Antrag an den Papa – „Antragsgegner" – lautet: „Die vom Antragsgegner an mich zu leistenden monatlichen Unterhaltsbeträge sind ab 2009 entsprechend seiner derzeitigen Leistungskraft zu erhöhen. Da ich keinen Kontakt mit dem Antragsgegner möchte, ersuche ich, weder meine genaue Studienrichtung noch meine Adresse am Studienort bekanntzugeben. Sämtliche Zustellungen sollen weiterhin an die Heimatadresse erfolgen. Ich werde zu den Wochenenden und Feiertagen zu meiner Mutter fahren, welche mir daher weiterhin Naturunterhalt erbringen wird. Weiters wird meine Mutter die Kosten für mein Studentenzimmer übernehmen. Bisher hat sie die Kaution dafür übernommen."

Majas Vorgangsweise, die Einschaltung einer Gerichtsbehörde und die Ablehnung jeglichen Kontaktes zwischen Vater und der eigenen leiblichen Tochter, erscheint Pascal äußerst befremdend. Die finanziellen Forderungen sind augenblicklich Nebensache.

Ist das die Endabrechnung, die mir jetzt vorgelegt wird, dass ich jahrelang keinen Kontakt zur Tochter hatte und dass mir die Hände gebunden waren? Für die geplante Entfremdung muss ich jetzt die Rechnung zahlen und bittere Pillen schlucken.

Pascals Gegenwart bekommt Geschichte. Er wird durch die jüngsten Ereignisse mit Brachialgewalt in die Vergangenheit zurückgeworfen. Er kann niemals mit ihr abschließen, sie holt ihn gezwungenermaßen immer wieder ein. Dafür sorgen Umstände der Machtlosigkeit. Er findet keine Ruhe. Wann kann er seine erdrückenden Steine im Rucksack endlich zum Schutt werfen? Das Fenster der Erinnerung in die Vergangenheit öffnet sich breit.

Dabei zerbricht das Bild seiner Tochter in viele einzelne Mosaiksteine. Es sind lebendige Steinchen, die Geschichten vergegenwärtigen. Ein Mosaikstein sticht unter allen besonders heraus. Dennoch: Ein kleiner Kratzer gibt den Hinweis, dass der Stein nicht mehr neu sei, aber er scheint immer wieder poliert worden zu sein. Er birgt Erinnerungen, die für Pascal zu einer schmerzhaften Wende in seinem Leben geführt haben, ein Tag, der sein Leben veränderte.

Bilder der Erinnerung

Familie R., mit Amalia und Pascal und ihrer gemeinsamen Tochter Maja, lebte in einem geräumigen Mietshaus an einem nahegelegenen See. Das Erdgeschoss, darunter auch die Küche, wurde fallweise vom Vermieter mitbenutzt. Im oberen Stockwerk nutzte die junge Familie ein großes Schlafzimmer, ein Arbeitszimmer, einen weiteren Raum und ein Bad für sich allein.

An einem Sonntag fuhr Pascal mit Maja und Amalia nach Linden. An diesem Tag gönnten sie sich in der Pizzeria italienische Spezialitäten. Pascal fuhr Maja im Kinderwagen. Er war innen und außen rosa ausgestattet. Im Kinderwagen durften ein Teddybär und die Puppe nicht fehlen. Maja war eine kleine Genießerin. Gerne naschte sie abwechselnd von den Nudeln der Mutter und der Pizza Papas. Das idyllische Familienleben wurde alsbald getrübt.

Am 26. August 1995 kündigte unverhofft Amalia, Pascals um drei Jahre jüngere Frau, an, gemeinsam mit Tochter Maja, ihn und den gemeinsamen Haushalt verlassen zu wollen. Ihre Ankündigung war ohne Kommentar, sodass Pascal an der Glaubwürdigkeit ihrer Aussage vorerst zweifelte beziehungsweise an eine ihrer launigen Phasen glaubte. Pascal wurde kreidebleich, verstand Amalia nicht und fragte sie nach einer Begründung. Amalia beruhigte ihren Gatten mit den Worten: „Es ist nur eine Trennung auf Zeit. Du kannst unsere Tochter besuchen, wann immer du willst." Amalia wich jeder Auseinandersetzung und Begründung geschickt aus. „Es ist ja nur für ein Jahr. So können wir unsere Beziehung nur stärken. Ich muss wieder zu Kräften kommen", sagte sie.

Auf der Heimfahrt sprach Pascal kein Wort. Die Autos auf der Straße flitzten einfach so bei ihm vorbei. Bekannte am Gehsteig hätte er nicht wahrgenommen. Pascal wollte mit seiner Tochter noch etwas unternehmen. Maja liebte die großen Tiere, vor allem Pferde. In der Nähe des Mietshauses hatte ein Nachbar ein Gehege für Pferde, es waren Hengste. An diesem Abend nahm Pascal seine Tochter Maja, kurz vor ihrem zweiten Geburtstag, in seine Arme und spazierte zum Gehege. Er wollte es nicht wahrhaben. *Maja braucht doch eine Familie mit Vater und Mutter.* Seine Tochter beobachtete einen Hengst, der ihr den Kopf entgegenstreckte. Pascal musste für Maja einen Löwenzahn pflücken und ihm geben. Sie streckte die Hand aus, um ihren Lieblingshengst zu füttern. Auf halbem Weg zog sie die Hand wieder zurück, da verließ sie der Mut. Dann musste bei der Fütterung der Papa einspringen. Wieder heimgekehrt, hatten beide den sehnlichsten Wunsch, noch mal zurück zu den Pferden zu gehen. *Vielleicht ist das für längere Zeit mein letztes so freies, inniges und herzliches Zusammensein mit Maja?*

Am Dienstag, dem 29. August 1995, wurde die Ankündigung in die Tat umgesetzt. Pascal hatte eine unruhige Nacht. Albträume plagten ihn. Immer wieder wachte er auf und dachte an den Abschied von morgen.

Ich soll am nächsten Tag persönlich von Maja Abschied nehmen und vielleicht noch beim Siedeln helfen? Das sieht doch so aus, als wäre ich damit einverstanden. Ich bin doch kein Idiot.

Am frühen Morgen hatte er zeitig das Mietshaus verlassen. Mit dem Auto fuhr er davon, nur er wusste nicht wohin. Er irrte planlos umher.

Am Vormittag fuhr vor dem Mietshaus ein kleiner Miettransporter vor. Er wurde gelenkt von Pascals Schwager Stani, einem gesetzten, mittelgroßen Mann mit schütterem Haar. Er wirkte unentschlossen und war sehr anpassungsfähig. Ein idealer Partner für führungsbetonte Frauen. Pascal hat zwei Jahre mit Stani die Studienbank gedrückt. Sie hatten öfter die Freizeit miteinander verbracht, waren ins Kino gegangen und hatten oft auch die Zeit totgeschlagen. Gemeinsam hatten sie für die erste, entscheidende große Diplomprüfung gebüffelt. Stani schaffte sie nicht, brach seine Zelte ab und kehrte in seine Heimat zurück. Er fand im Pflegeberuf seine Erfüllung. Pascal war sehr enttäuscht, dass sich sein ehemaliger Studienkollege dafür hergab, Anführer des Auszugsszenariums zu sein. *So wird er seiner Schleimerrolle wieder gerecht und durch diese Aktion zum Lieblingsschwiegersohn emporsteigen.* Stanis Gattin Chayenn und ihre beiden Kinder begleiteten ihn. Chayenn war trotz zweier Geburten eine schlanke, schwarzhaarige, brave Haus- und Ehefrau. Sie neigt mit ihrer Freundlichkeit zu harmonisieren und checkte mit ihrer selbstlosen Haltung nicht immer, wenn sie instrumentalisiert wird. So war ihr vielleicht das Ausmaß der Nacht-und Nebel-Aktion nicht bewusst. Ihr Sohn Gabriel war ein kerniger Bursche, sehr lebendig und ein wenig älter als Maja. Chayenns Tochter Ramona stand die Märtyrerrolle ins Gesicht geschrieben. Mit verweintem und bockigem Benehmen hat sie treffend immer ihre Ziele erreicht. Dieses Mädchen mochte Amalia besonders, da sich die beiden sehr ähnlich waren. Aus dem Transporter stiegen zwei kleinwüchsige Gestalten, Pascals Schwiegereltern. Zuerst stieg Schwiegermutter Klothilde aus. Mit dem Ellbogen schupfte sie gewaltsam die Hintertür auf. Ihre Bewegung drückte vollen Tatendrang und Entschlossenheit aus. Sie erweckte immer den Eindruck: ohne mich fällt die Welt zusammen. Sie war um den Hüftbereich herum extrem rundlich und verkörperte eine matriarchalische Gestalt. Schwiegervater Simon war neben ihr eine schmächtige Person, in den Schatten gestellt. Er war ein ruhiger Typ. Die Dienerrolle war ihm auf den Leib geschnitten. In nur zwei Stunden wurde das Haus mit vereinten Kräften ausgeräumt. Jede Spur, jeder Hinweis, dass in diesen Räumlichkeiten einmal Amalia und Maja wohnten, wurde weggewischt.

Pascal fuhr traurig entlang der Bundesstraße und schaute auf jenen Hügel, wo das Mietshaus stand, wann dieses Szenario endlich zu Ende sei. Er empfand in diesem Augenblick den organisierten Auszug wie eine Entführung seiner Tochter Maja. Er war von den Gefühlen und Umständen dermaßen gefesselt, dass er keine Möglichkeit sah, den Tatort aufzusuchen.

Nach zwei Stunden war der Spuk vorbei. Pascal kehrte in sein Heim zurück, das komplett ausgeräumt war. Amalia nahm ihre Habseligkeiten mit, kein Spielzeug, keine Baby- und Kinderkleidung, nichts, was an seine Tochter erinnern sollte, waren zurückgeblieben. Es gab keine Spur von Kinderartikeln, die Pascal für Maja gekauft hatte, wie Gitterbett, Kinderwagen, Autositz, Schaukelpferd, Schwimmflügel, aufblasbares Planschbecken. Die Wohnung war kahl und leer. Eine unheimliche Stille umhüllte nun das Haus. Pascal setzte sich auf die Treppe, die zum Wohnbereich der Familie führte, stützte seinen Kopf mit beiden Händen, starrte stier in den Boden und wurde von einer tiefen Traurigkeit übermannt.

Hat nicht Amalia gesagt, für ein Jahr Abschied nehmen zu wollen? Letztlich hat sie aber alles mitgenommen – die täglichen Gebrauchsgegenstände, Hochzeitsbilder, ihre Hochzeitsgeschenke, die Blumen. Das soll ein Auszug für ein Jahr sein?

Pascals Kopf war so voll. Er wusste nicht, was er jetzt denken sollte. Er hatte unstete Gedankengänge.

Pascal hielt es im Haus nicht aus und fuhr in die Stadt. Er suchte Ablenkung in den Gesichtern von Stadtbummlern, in zahlreichen Artikeln, die in Schaufenstern ausgestellt waren. Er hörte Stimmen, konnte aber keine Worte oder zusammenhängende Sätze aufnehmen. Die Stimmen verflüchtigten sich im dumpfen Schall. Menschen, denen er begegnete, erschienen ihm konturenhaft, alle aus einem Schlag. Wahrgenommenes konnte er nicht speichern.

Am Abend kehrte er in sein Haus zurück. Als er die Haustür aufsperrte, wusste er, dass er ohne Frau und ohne Tochter die Nacht verbringen würde, ja, dass er von nun an allein leben wird. Im Schlafzimmer holte er sein Bilderalbum aus der Schublade. Unwillkürlich kamen ihm die schönen Stunden mit Maja ins Gedächtnis. Bis spät in die Nacht schwelgte er wehmütig in Erinnerungen. Chronologisch geordnete Fotos aus vergangenen Zeiten weckten in seiner Gegenwart starke Gefühle.

Im Fotoalbum eingeklebt war auch das Ultraschallbild seiner Tochter. Bis zur Geburt des Kindes war das Geschlecht noch nicht bekannt, es sollte eine Überraschung werden. Am Ultraschallbild sind Majas Konturen von Kopf, Rumpf, Händen und Beinen gut sichtbar. So winzig klein, und ja, alles da, was man ein Leben lang mitträgt und benötigt. Er besorgte sich das Buch „Die ersten neun Monate des Lebens", um jede Entwicklungsphase bewusst miterleben zu können. Er unterstrich im Buch alle Besonderheiten der Entwicklung, wie Größe, die Gewichtszunahme, die körperliche und geistig-soziale Entwicklung des heranwachsenden Kindes vor der Geburt.

Beim Anblick des Ultraschallbildes ging Pascal die Zeit der Schwangerschaft und Geburt durch den Sinn.

Welche genetischen Veranlagungen wurden dem Kind weitergegeben? Wem wird das Kind ähnlich sein? Welche Augenfarbe wird es haben? Welche Charakterzüge werden sein Leben bestimmen? Welche Eigenschaften und Leidenschaften werden das Leben des Kindes versüßen und erschweren? Mit der Befruchtung werden die Erbanlagen mütterlicher- und väterlicherseits dem Kind mitgegeben. Zwei Welten vereinen sich in der befruchteten Eizelle. Das Kind bekommt nicht nur die Erbanlagen der Mutter, sondern auch die des Vaters. Darüber hinaus bekommt es aber auch genetische Informationen der Vorfahren von Mutter und Vater vererbt. Welche werden bei unserem gemeinsamen Kind überwiegen?*

Wie geht's dir, meine Tochter oder mein Sohn, in der wohlbehüteten Kapsel? Pascal dachte, dass das Kind im Mutterleib unbeschwerte Monate verbringt. Das Wohl des Kindes hängt vom Lebensstil der Mutter ab. *Gott sei Dank rauchte Amalia nicht und fügte dem Kind keinen Schaden zu.* Der Bauch Amalias war für das Kind Wohn-, Ess-, Schlaf- und Aufenthaltsraum zugleich. Im warmen Fruchtwasser konnte es sich schwerelos wie ein Astronaut bewegen – ein unbeschwertes Leben einfach. Mutter Amalia spürte sehr bald die Bewegungen des Kindes. Es konnte Purzelbäume schlagen und fand geeignete Möglichkeiten zum An- und Abstoßen. Bereits bis zum dritten Schwangerschaftsmonat entwickeln sich die Sinne. Das Herz schlägt, der Blutkreislauf entsteht, Gehirn- und Rückenmarkanlagen werden gebildet – das ist doch Beweis genug, dass das Kind bereits körperlich spürt und mit Sinnen wahrnimmt.

Es ist kein lebloser und gefühlloser Klumpen unter dem Herzen der werdenden Mutter – aber dennoch wehrlos. Leben und Freud sowie Schmerz und Leid des Kindes hängen mit den Eltern zusammen. Es hat von Anfang an alles, was es von der Wiege bis zur Bahre trägt und begleitet.

Amalia und Pascal waren davon überzeugt, dass ihr ungeborenes Kind nicht tatenlos im Bauch herumliegt, sondern aktiv alles mitbekommt. Sie haben viel mit ihrem Kind gesprochen und nannten es liebevoll Babylein. Auch Lieder haben sie gemeinsam ihrem Kind vorgesungen. Faszinierend erlebten sie, wenn ihr Babylein ihre Stimme erkannte. Dann machte es kräftige Bewegungen, schlug Purzelbäume oder teilte Fußtritte aus. Diese haben sie gerne mit der Hand, die auf dem Bauch hin und her glitt, eingesteckt. Die Freude war riesig, wenn sich das Kind angesprochen fühlte und neuerlich mit Fußtritten reagierte. Irgendwo hatten sie gelesen, dass Föten auch auf Musik reagieren, und darum sangen sie ihm immer wieder und wieder dieselben Lieder vor.

Diese harmonische Zeit wurde plötzlich gestört. Amalia musste vorzeitig ins Krankenhaus. Die ärztliche Diagnose lautete: „Vorzeitige Wehentätigkeit. Langzeit-Tokolyse." Um das Babylein halten zu können, musste sie wochenlang im Krankenhaus das Bett hüten. Es war in beidseitigem Interesse, alles zu tun, um das Kind nicht zu verlieren. Mit einem Wehenstopper wurde die zu frühe Geburt oder gar der Verlust des Kindes unterbunden. Amalia bekam als werdende Mutter für den langen Krankenhausaufenthalt ein komfortables Zimmer mit schönem Ausblick. Sie kämpfte Tag für Tag mit dieser schwierigen Situation. Pascal wollte ihr beistehen und sie unterstützen. Er besuchte sie täglich im Krankenhaus, um ihr die Zeit zu vertreiben.

Amalias Bettnachbarinnen wechselten häufig. Eine junge werdende Mutter blieb besonders in Erinnerung. Sie war erst 17 Jahre alt. Amalia fühlte sich neben ihr fast wie eine Oma. Pascal und Amalia studierten beide an der Uni, und sie hatten die Angst, ein Kind könnte während ihrer Studienzeit die beruflichen Pläne durchkreuzen. Diese junge Mutter von nebenan nannte ihr junges Alter, erwähnte, dass sie sich noch in der Lehre befindet und dass ihre Mutter auf ihr erstes Kind zu Hause aufpasst. Amalia fragte sie, wie alt das Kind zu Hause sei? Sie sagte, ein bisschen mehr wie zwei Jahre. Sie hat mit 14 das erste Kind zur Welt gebracht, eine Teenager-Mutter. Als sie allein waren, entstand zwischen Amalia und Pascal eine Grundsatzdiskussion. Sie pochten darauf, ihre Kinder allein erziehen zu wollen und sie nicht abzuschieben. Amalia betonte, wie wichtig der Kontakt zum Vater sei. Sie sagte: „Gewissen Müttern ist nicht mal bewusst, dass Kinder und vor allem Mädchen den Vater brauchen. Wenn sie ohne die Väter aufwachsen, dann geht ihnen was ab, und sie werden als Erwachsene einen Vaterersatz suchen."

Am Sonntag, dem 3. Oktober 1993, war es soweit. Die Wehentätigkeit bei Amalia trat in immer kürzeren Abständen auf. Eine Normalgeburt war nicht möglich, sondern nur ein Kaiserschnitt. Es war zu einer Beckenendlage des Kindes gekommen. Im Operationssaal befanden sich Pascal und seine Schwiegermutter, die Amalia eng umklammerte und nicht loslassen wollte. Als es soweit war, mussten nach mehrmaligen Aufforderungen des Arztes Klothilde und Pascal den OP-Saal verlassen. Durch einen über mehrere Zentimeter langen Schnitt am Bauch Amalias wurde das Kind am späten Nachmittag zur Welt gebracht. Es war ein Mädchen! Amalia war noch unter Narkose, so konnte der stolze Papa Pascal als Erster seine Tochter in die Arme nehmen. Eines verband Tochter und Papa sogleich: Beide sind an einem Sonntag geboren und sind im Sternzeichen der „Waage".

Die Kindesmutter blieb noch einige Zeit im Krankenhaus. Pascal besuchte Mutter und Tochter Tag für Tag. Seine Freude war riesengroß. Weil sie zu früh zur Welt gekommen war, musste die Tochter in der Neonatologie noch klinisch untersucht und noch aufgepäppelt werden. Die Schwestern zeigten dem Elternpaar, wie sie ihr Kind richtig in den Händen halten, es füttern und die Windeln wechseln sollten. Die Eltern machten sich darüber Sorgen, dass die Tochter beim Essen und Windel wechseln nur kurz die Augen öffnete und sie wieder schloss und fragten die Schwestern nach dem Wohlbefinden der Kleinen. Freudig sagte eine Krankenschwester, dass die Tochter gesund sei. Sie ist ein herziges Kind, und die Schwestern trugen sie in der Nachtschicht auf Händen und spielten mit ihr. Na klar, dachte Pascal, dass sich seine Tochter während des Tages ausschlafen musste. Während der Schwangerschaft beschlossen die Eltern, dass die Mutter den Namen des Sohnes und der Vater den Namen der Tochter auswählen wird. Es war ein Mädchen, und Pascal wählte den Namen „Maja". Nachdem Mutter und Tochter nach Hause gekommen waren, nahm Pascal Pflegeurlaub, um ihnen beiden beizustehen und behilflich sein zu können.

Pascal blätterte im Bilderbuch weiter und stieß auf Bilder, die an Majas Taufe am 8. Dezember 1993 erinnern. Zu dieser Zeit lag bereits Schnee im Tal, der Winter hielt Einkehr. Die Feierlichkeiten fanden in der Pfarrkirche ihres Wohnortes statt. Beim Taufritual hielt Amalia die Tochter in den Armen. Maja war leise, eigentlich hat sie die Taufe verschlafen. Sie bekam ein weißes Taufkleid, das ihr von den Eltern für diese Feier gekauft worden war. Pascal hielt die brennende Taufkerze, die Mutter Amalia mit Kreuz, Anker und anderen christlichen Symbolen selbst geschmückt hatte.

Pater Jakob, der Ortspfarrer, hat die Taufe vorgenommen. Er schüttete ein wenig Wasser über das Haupt von Maja. Feierlich salbte der Pfarrer mit dem Chrisamöl Maja und machte ihr ein Kreuz auf die Stirn. Der christliche Glaube soll Maja stützen und stärker sein als die Verwundungen in ihrem Leben. Stolz hielt der Vater die Taufkerze in seiner Hand. Sie soll daran erinnern, dass auch Maja einzigartig ist und durch sie ein Licht in der Welt aufgeht. Bei der Tauffeier waren zwei Taufpaten anwesend. Mütterlicherseits war es Chayenn, väterlicherseits Silvia, die Schwester Pascals. Die Paten sollten ein Beistand im Leben Majas sein. Wenn den Eltern etwas passiert, sind sie die ersten Ansprechpersonen in Majas Leben.

Die Tauffeier war eingebettet in den Gottesdienst. Mit einer sonoren Stimme predigte Pater Jakob in sehr gewählten Worten: „Zu Ostern werden wir der Symbolik des Eies bewusst, das auch ein Symbol des Lebens darstellt. Das Ei ist ein starkes Bild für werdendes Leben. Jedes Kind, auch Maja, ist und bleibt einzigartig und wird ein Leben lang für Überraschungen sorgen. Es benötigt körperliche, geistige und seelische Nahrung, um genug Kraft bei der Bewältigung seines Lebens zu haben. Das Ei ist leicht zerbrechlich, es muss behutsam und vorsichtig behandelt werden. Die Eltern haben die Verantwortung, dem entschlüpften Ei, Maja, Rückhalt zu geben und liebevolle Lebensbegleiter zu sein. An ihnen soll sich Maja in guten und in schlechten Tagen anlehnen, orientieren und abstoßen können."

Im Gottesdienst konnte jeder Anwesende auch Fürbitten für Maja vorbringen. Das sind Bittgebete für bestimmte Lebenssituationen und um den Beistand Gottes. Amalia sprach: „Wir beten für Maja, dass sie eine glückliche Kindheit erleben möge und in der Familie starken Halt sowie Geborgenheit finden kann." Pascals Fürbitte bezog sich auf die Rolle der Eltern: „Gib den Eltern Liebe, Kraft und Ausdauer, immer für Maja da zu sein und sie niemals im Stich zu lassen, wenn sie ihre Eltern am Nötigsten hat."

Am Ende des Gottesdienstes nahm die geladene Gesellschaft im Altarbereich der Kirche Aufstellung. In der Mitte standen die Eltern mit Maja, daneben die Taufpatinnen und die Familienangehörigen sowie weitere Verwandte. Voll Freude wurden Fotos geschossen und ein Festmahl im nahegelegenen Gasthof eingenommen.

Mit gläsernen Augen stieß Pascal beim Blättern auf die Bilder vom Straßenfest in Lachfurt, und mit dabei – Maja. Einmal jährlich findet das Straßenkunstfestival statt. Die Lachfurter Altstadt verwandelt sich in eine Bühne für Gaukler, Clowns, Akrobaten und Straßenmusiker. Erstmals war Maja beim internationalen Straßenkunstfestival anwesend und war in erster Linie von den Kindern mit ihren Künsten auf dem Einrad begeistert. Zu ihren Kunststücken gehörte auch ein Handstand auf dem am Boden liegenden Rad. Pascal hielt Maja im linken Arm, die ihrerseits ihre Hand auf Vaters Schulter legte. Ihre großen Augen waren stier auf die Akteure gerichtet. Vom Jongleur ließ sie sich schnell mitreißen. Sie faltete ihre kleinen Händchen, um damit ein Klatschen anzudeuten. Auf einmal blickten alle rundherum gen Himmel. Die Blicke wanderten entlang der Stange höher und höher. Auf einem sehr hohen Podest stand ein weiterer Jongleur, in seiner Hand schwang er Fackeln, die am Ende Flammen versprühten. Gestützt war der Künstler von vier straff gespannten Seilen, die starke Männer festhielten. Pascal musste Maja auf seine Schulter heben, damit sie dem Jongleur ein bisschen näher war und ihn noch besser sehen konnte.

Mit den historischen Häusern in bunten Farben ergibt der Hauptplatz in Lachfurt ein idyllisches Bild. Inmitten des Platzes steht die Säule mit dem Pestheiligen Rochus und dem heiligen Florian. Sie erinnert an die Pest, die im Mittelalter Tausenden das Leben gekostet hatte. Um diese Pestsäule sammelten sich diesmal Clowns, die die Kinder aufheiterten. Hinter den maskierten Gesichtern mit aufgesetzter roter Stupsnase befanden sich Frauen und Männer, die Humor und Freude versprühten. Im

Handumdrehen wurden Figuren wie Hasen, Blumen, Herzen, Tiger aus Modelliermasse und Kopfbedeckungen herbeigezaubert. Höhepunkt war ein Clown, der auf die Wangen der Kinder rote Herzen malte. Maja hielt ihm gerne beide Wangen hin, die an diesem Tag nicht mehr abgewischt werden durften. Zudem verteilte er auch noch süße Gummibärchen.

Diesmal war von Müdigkeit nichts zu bemerken und auch kein Gähnen zu hören. An eine Heimfahrt vor dem Sonnenuntergang war nicht zu denken. In der Abenddämmerung erschienen die agierenden Künstler wie Silhouetten. Man wurde als Zuseher in eine Welt der Fantasie, ja, in ein Märchen entrückt, so, als würde man ein Stück Himmel auf Erden erleben. Majas Augen strahlten, und sie hatte anhaltend ein Lächeln im Gesicht. Die schwingenden und durch Flammen beleuchteten Keulen und Stäbe hinterließen ein Bild eines Feuerballs. Es schaute aus, als würden Leuchtkörper ein Ballett durch die Nacht tanzen. Sogar die modellierten Ballons strahlten in der Dunkelheit der Nacht in verschiedenen Farben. Erschreckt durch einen lauten Knall, schmiegte Maja ihr Gesicht an jenes von Pascal. Es war sehr spät geworden, und nach diesem erlebnisreichen Tag schlief Maja sogleich im Auto ein. Bis zum Morgen gab es kein Aufwachen mehr.

Majas erster Geburtstag stand ins Haus. Pascal plante einen einwöchigen Urlaub in Portorož in Istrien. Auch diese im Album aufbewahrten Bilder sollen nachhaltig die Erinnerung prägen. Vom slowenischen Mittelmeer ist es nicht so weit nach Hause, falls Maja erkranken würde. „Porto" bedeutet im Italienischen „der Hafen" und „roža" im Slowenischen „die Blume". Portorož ist wie eine Blume am Meer und ein beliebter Urlaubsort an der Adria sowie ein Magnet für Erlebnistouristen. Maja, Amalia und Pascal verbrachten die Freizeit in einem Appartement, umgeben von Pinien, blühendem roten Hibiskus und bis zum Dach ragenden Kakteen. Der steinige und felsige Strand war nicht geeignet zum Entspannen mit dem Kind. So wählten sie einen zum nahegelegenen Hotel gehörigen großen Swimmingpool.

Mutter Amalia nahm bevorzugt unterm Sonnenschirm auf der Liege Platz und las ein Buch. Sie war nicht gerade darauf erpicht, in der prallen Sonne zu liegen. Im Wasser blühte Maja richtig auf. Pascal badete gerne mit Maja. Die kleine Tochter trug ein T-Shirt als Schutz vor den intensiven Sonnenstrahlen und war mit einem Kinderhut mit breiter Krempe gut behütet. Ein Schwimmreifen und die Hand des Vaters bewahrte sie vor dem Untergehen. Maja beeindruckte das Spiel der Sonnenstrahlen im Wasser, so, als würden weiße Aale Fangen spielen. Sie schaute dem Treiben der Kinder zu, die beim Untertauchen und Wasserspringen ihren Mut unter Beweis stellten. Dieses Spritzen mit dem Wasser war ihr sehr unangenehm. Papa musste ihr das Gesicht immer wieder trocknen. Manchmal ging Pascal auch ohne den Schwimmreifen mit der Tochter in den Pool, wiegte sie mit beiden Händen haltend und zog sie langsam an der Oberfläche des Wassers dahin. Maja machte instinktiv einen süßen Schmollmund, um das Eindringen des Wassers in den Mund zu vermeiden. Die Sommerfrische tat ihr sichtbar gut. Nachts kuschelte Maja im Doppelbett. Kaum in der Früh aufgewacht, winkte sie dem Papa zu. Mit einer Handbewegung gab sie den Hinweis, schnell wieder aufzubrechen.

Portorož bot auch ein sehr aufregendes Stadtleben. Viele Leute tummelten sich auf der Flaniermeile als Inline-Skater oder traditionell zu Fuß, durchwühlten Geschäfte und Stände an der Promenade. Aus den Restaurants roch gebratener Fisch, und es war istrianische Volksmusik zu hören. Die Stände boten alles, was das Herz begehrte, auch Schwimmflügel in Entenform. Es gab Ringe, Medaillons, Halsschmuck in Silber, Katzengold und auch in Gold zu sehen, zu probieren und zu kaufen. Es durften auch Badesachen und Textilien in allen Längen und Größen nicht fehlen.

An einem Urlaubsabend wurde Maja porträtiert. Ein flinker und talentierter Porträtmaler zeichnete sie in rasendem Tempo. Weil sie am Abend schon recht müde war, verhielt sie sich sehr lange still. Der Maler mittleren Alters verdiente sich durch die Malerei ein Zubrot. Er zeichnete Majas rundliches Gesicht mit ihren herausstechend blauen Augen, dem Schmollmund und den niedlichen pausbackigen Wangen. Währenddessen bewegte sich rhythmisch der Schnuller in ihrem Mund. Fallweise kaute sie auch gerne am Schnuller. Mit dem Babyspeck wirkte Maja sehr kernig. Ihre Arme und ihre Schenkel erschienen so butterweich. Ihr rosa-blauer Strampler zum Ausgehen war gespickt von Blumen in allen Farben. Das erste gemalte Porträtbild war sehr gelungen und eine schöne Erinnerung an den ersten Urlaub.

Auf der Heimfahrt machte die Familie halt in Lipice. Dieser Ort liegt an der slowenisch-italienischen Grenze, in einer Karstlandschaft. Seit vierhundert Jahren wird dort das Gestüt Lipica geführt, die Wiege der Lipizzaner. Der lange Hals und der hoch angesetzte Kopf verleihen dem Lipizzaner etwas Majestätisches. Majas Augen strahlten, als die Pferde ihre Reitkunst zeigten. Sie trabten federleicht dahin, gelenkig und erhaben. Ihre gestriegelte, feinhaarige Mähne wirkte nahezu salonfähig.

Ein Klingeln an der Haustür, das sich als eine akustische Täuschung herausgestellt hatte, riss Pascal kurz aus der Umarmung seiner Träume. Die Realität holte ihn wieder ein. Das Haus war ausgeräumt, geblieben war Pascal nur das Fotoalbum. Darüber war er froh. Benebelt von den schönen Erinnerungen, blätterte Pascal bis spät in die Nacht darin. Mit der Hand zwischen den Seiten schlief er schließlich ein.

Am Morgen erwachte Pascal nach einem ausgiebigen Schlaf und griff mit der Hand automatisch nach links und erspürte nichts. Er öffnete die Augen, und ihm war schlagartig bewusst, was sich am Vortag abgespielt hatte. Das Schlafzimmer hallte, weil es leer geworden war. Es schaute ausgeräumt aus, geblieben waren ihm seine Habseligkeiten und das Fotoalbum. Das große Ehebett wurde für eine Person zu groß. Öfter schlief Maja nicht in ihrem Kinderbett, sondern zwischen den Eltern. Pascal kann sich erinnern, dass sie beständig mit ihren kleinen Händen Kontakt gesucht und nachgefasst hat, um sich zu vergewissern, ob beide Elternteile noch zu ihrer Seite lagen. War Pascal mal früher aufgestanden, fragte sie nach dem Aufwachen: „Wo ist Papa?"

An diesem Morgen war Pascal, von Beruf Lehrer, zu müde und schwach, um aufzustehen. So blieb er im Bett, es waren ja noch Sommerferien. Der Geruch des Kaffees ging ihm nicht ab, und auf ein Frühstück mit belegtem Brot hatte er keine Lust. Wenn er aus dem Bett kriechen wollte, spürte er von hinten eine Kraft, die ihm das Aufstehen verwehrte. An den beleuchteten Rollläden sah er, dass draußen ein sonniger Tag war. Er lag stundenlang im Bett und forschte in Gedanken nach den Ursachen des Auszuges.

Je mehr er sich in seine Misere hineinsteigerte, desto stärker ist ihm zu Bewusstsein gekommen, dass schon längere Zeit etwas Unheimliches vor sich gegangen war. Gewisse Vorzeichen deuteten schon über einen längeren Zeitraum auf den geplanten Auszug hin, der in diesem Sommer umgesetzt worden war. Es gab einige Puzzlesteine, die in die Gesamtkomposition hineinpassten und durch die jüngsten Ereignisse in ein neues Licht fielen.

Am 18. Jänner 1994, knapp vier Monate nach der Geburt Majas, fuhren Amalia und Schwiegermutter Klothilde mit Maja zur Massage nach Slowenien. Als Pascal von der Schule nach Hause gekommen war, befanden sich alle im Wohnhaus ihrer Ortschaft, in Felsenburg. Es war spät, und die Schwiegermutter übernachtete bei ihnen. Amalia war in Karenz. Als Pascal am nächsten Tag spät von der Schule heimkehrte, war niemand zu Hause. Es gab keinen Hinweis, wo sich das Trio Amalia, Tochter Maja und Schwiegermutter Klothilde befand. Er griff sofort zum Telefon und rief besorgt im Haus der Schwiegereltern an. Schwiegermutter Klothilde hob ab, und Pascal fragte sie, ob er seine Frau sprechen könne. Klothilde: „Amalia kann nicht zum Telefon kommen, sie ist krank und zu schwach, um sprechen zu können." Pascal war verwundert. Tags darauf rief er besorgt noch einmal im Hause der Schwiegereltern an. Nun kam Amalia zum Telefon und erklärte ihrem Gatten, dass sie nach den anstrengenden Monaten schwach sei und sich einige Zeit zu Hause bei ihren Eltern erholen werde. „Ich habe Magengeschwüre. Der Arzt sagt, ich darf mich nicht aufregen, um kein Magenkrebs zu bekommen", so Amalia. Im Hintergrund hörte Pascal die Schwiegermutter zu ihrer Tochter sagen: „Wenn er dich und deine Tochter liebhätte, würde er alles für euch tun." *Was soll dieser verbale Einwurf im Hintergrund, der als Flüstern geplant, jedoch halblaut ausgespuckt wurde?*

Pascal versuchte zu verstehen und dachte, dass Amalia nach den anstrengenden Monaten eine Auszeit benötigte. Er war davon überzeugt, dass sie zu Hause gut aufgehoben war. Er fragte sich, wie es Maja und Amalia ginge und hatte doch ein mulmiges Gefühl dabei. *Soll nach den Worten von Klothilde Maja als „Köder" dienen? Was spielte sich hier ab?* Die Worte der beiden Frauen gaben ihm keine Ruhe.

Drei Wochen später begannen die Semesterferien. Pascal wünschte sich, wieder gemeinsam Zeit mit der Familie zu verbringen. Am ersten Ferientag rief Pascal seine Frau an. Amalia am Telefon: „Ich bin zu schwach, um mit dem Auto zu fahren und um Arbeiten im Haushalt zu verrichten." Pascal bot an, sie abzuholen und sie im Haushalt zu entlasten. Sie verblieben dabei, dass er sie nach dem nächsten Arztbesuch am Dienstag wieder anrufen würde. Das tat er auch. Das war sein Hoffnungsschimmer. Nach dem Lockruf kam die Watsche. Amalia: „Der Arzt sagte mir, ich soll mich unbedingt noch weiter schonen, und am Donnerstag soll ich noch einmal in seine Ordination kommen." Pascal bot an, Amalia am Donnerstag zum Arzt zu begleiten und sich um die Tochter zu kümmern. Amalia: „Es ist Winter, und die Tochter könnte sich verkühlen und eine Grippe bekommen." Am Donnerstag wurde Pascal erneut vertröstet. Der erlösende Anruf, Mutter und Tochter mit dem Auto abholen zu können, kam nicht.

Misstrauisch und besorgniserregt begab sich Pascal nach Wurmlach, um den Arzt aufzusuchen. Der Facharzt Dr. Andreas B. sagte, dass er Frau Amalia R. nur einmal als diensthabender Arzt behandelt hatte und verwies Pascal auf ihren Hausarzt. Danach begab er sich in die Ordination ihres Hausarztes Dr. Andreas H. Nach eineinhalbstündiger Wartezeit informierte der Arzt den besorgten Gatten über den Gesundheitszustand seiner Frau. „Nach der gründlichen Untersuchung dachten wir ursprünglich an Magengeschwüre. Alle Befunde sprechen aber gegen diese Krankengeschichte. Die Schmerzen kommen voraussichtlich von der Bauchdecke, als Folge des Kaiserschnitts", sagte Dr. H. Pascal erkundigte sich auch bezüglich des Magenkrebses. Dr. H: „Herr Pascal R., seien Sie unbesorgt, die Krankheit Ihrer Frau ist harmlos und nicht bedrohlich." Er wunderte sich darüber, dass Amalia aus diesem Grund bei ihren Eltern wohnte. Zutiefst betrübt verließ Pascal die Ordination des praktischen Arztes und fuhr nach Hause. Die höchst eigenartigen Umstände hinderten ihn daran, das Haus der Schwiegereltern aufzusuchen.

Zu Hause in Felsenburg angekommen, rief Pascal seine Frau an und konfrontierte sie mit dem Gehörten. Sie sagte, dass die Untersuchungen noch laufen würden. Er schlug vor, Maja für einige Tage zu sich zu nehmen, um Amalia zu entlasten. „Die Versorgung unserer Tochter ist für mich kein Problem, da ich mich doch schon zuvor Tag und Nacht um sie gekümmert habe. Für das Baden war ich allein zuständig", betonte Pascal. Amalia: „Das kommt nicht infrage, die Tochter gehört zur Mutti." Die Stimme der Schwiegermutter Klothilde im Hintergrund: „Amalia, leg auf und reg dich nicht auf, dass du nicht noch kranker wirst."

Stillstand in den Beziehungen. Danach gab es keine Anrufe mehr, und nach dieser Unterredung fuhr Pascal nicht mehr nach Raditsch, „in die Höhle des Löwen". Es vergingen Wochen, Ostern stand vor der Tür, selbst die Feiertage brachten keine Veränderung. Pascal schrieb am 16. April 1994 einen verzweifelten Brief an Amalia: „Den geplanten und unverhofften Auszug verstehe ich als Entführung. So macht ihr die innige Beziehung zwischen Maja und mir zunichte. Wir haben uns beide so sehr auf unser Kind gefreut. Nach der Geburt wurde die Beziehung noch inniger. Es war für mich selbstverständlich, mich um Maja zu kümmern, sie zu pflegen und mich mit ihr zu beschäftigen. Diese Beziehung wurde am 19. Jänner abgebrochen. Ich treffe junge Familienväter. Mit strahlenden Augen erzählen sie, welche Fortschritte ihr Kind macht. Diese schönen Augenblicke verwehrst du mir. Amalia, dir ist wichtiger, dass diese Freuden und Erlebnisse deine Eltern mit Maja teilen, obwohl sie dazu bereits viermal in ihrem Leben Gelegenheit dazu hatten. Habe ich geheiratet, dass ich ‚fensterln‘ gehen muss und dass ich betteln muss, um mein Kind sehen zu dürfen?“

Einen weiteren Brief schrieb Pascal, als er mit hohem Fieber im Krankenstand war: „Gott sei Dank, dass das Fieber und die Grippe nachlassen. So kann ich diesen Brief rechtzeitig abschicken. Du bekommst ihn, wenn bereits der vierte Monat deines Aufenthaltes bei deinen Eltern beginnt. Ich wollte im Krankenstand nicht bei meinen Eltern leben. Weißt du, Amalia, ich würde mich schämen, als verheirateter Mann fern der eigenen Familie und allein im Elternhaus zu verweilen. Es ist nicht das erste Mal, dass du für längere Zeit zu Hause bist.“

Pascal ersuchte seine Gattin mit Tochter zur Rückkehr. „Ich gebe dir bis zum 30. April Zeit, dass du mit der Tochter zurückkommst. Wenn das nicht der Fall ist, erachte ich die Trennung als endgültig.“

Amalia tauchte Ende April mit ihrer Tochter Maja ohne vorherige Ankündigung auf, als wären sie nie weggewesen. Sie ging zum „Alltag“ über, als wäre nichts passiert. Sie hatte vom 19. Jänner bis 28. April ihren „Genesungsurlaub“ bei ihrer Familie verbracht. *War dieses Intermezzo für Amalia wichtig? Hat sie vielleicht einen Geburtsschock erlitten? Wurde durch den langen Krankenhausaufenthalt ihre Psyche so stark angeschlagen?* Er hoffte, dass es besser würde.

Gehörte in weiterer Folge der Anwaltsbrief, am 31. März 1995, zum Vorbereitungsplan für den Auszug? Pascal erinnerte sich, dass er von der Arbeit nach Hause kam. Es war bereits Abend, und niemand war da. Ungewohnt! Amalia hatte keine Nachricht hinterlassen, es lag allerdings ein eingeschriebener Brief ihres Rechtsanwaltes auf dem Tisch. Er öffnete ihn. Darin fordert der Rechtsanwalt im Namen von Amalia Pascal auf, bei ihm vorstellig zu werden, um eine „einvernehmliche Scheidung" in die Wege zu leiten. Dieser Brief kam wie ein Blitz aus heiterem Himmel. Spätabends kam Amalia mit Maja nach Hause. Pascal stellte seine Gattin zur Rede. Sie sagte kein Wort, hatte keinerlei Erklärung. Pascal nahm den Brief nicht ernst, zerriss ihn und warf ihn in ihrer Anwesenheit in den Papierkorb.

Zwei Monate später passierte etwas Furchterregendes. Pascal hatte auf dem Grundstück, das zum Mietshaus gehörte, Gras getrocknet. Das getrocknete Heu brachte er mithilfe eines Nachbarn ins Nebengebäude, in die Tenne. Dabei ist ihm nichts Besonderes aufgefallen. In den nächsten Tagen fuhr Amalia wieder einmal mit Maja zu ihren Eltern nach Raditsch und verbrachte dort einige Tage. Von dort aus kontaktierte sie den Dorfpfarrer Pater Jakob. Eines späten Nachmittags, als Amalia mit Tochter wieder zurückgekehrt waren, kam Pater Jakob mit ernster Miene zu Besuch. Er fragte Pascal besorgt, ob mit ihm alles in Ordnung sei und fragte ihn nach seinem Wohlbefinden. Pascal wunderte sich über den überraschenden Besuch und seine Befragung. „Kannst du auch eine Schlinge machen?", fragte Pater Pascal. „Wie soll das gehen? Dafür habe ich zwei linke Hände, und wozu soll ich einen Knoten machen?", erwiderte Pascal. Pater Jakob erzählte in Anwesenheit von Pascals Frau Amalia, dass diese im Nebengebäude, in einer Scheune, eine Schlinge zum Erhängen gefunden habe. Sofort hatte sie den Pfarrer kontaktiert, weil sie sich Sorgen machte, ihr Gatte könnte sich etwas antun. Pascal wurde bitterböse. „Ich habe keinen Grund, lebensmüde zu sein." Er fand es unerhört, dass Amalia hinterrücks den Pater kontaktiert hatte, ohne mit ihm vorher persönlich zu sprechen. Pater Jakob merkte, dass hier keine Gefahr in Verzug war, nahm den Galgenstrick mit und verabschiedete sich. Pascal knallte zornig die Tür zu und ging stundenlang spazieren, um den Tiefschlag zu verschmerzen. *Was wollte seine Frau damit bezwecken? Will sie ihn damit als verrückt und unzurechnungsfähig abstempeln? Das Spiel mit dem Galgenstrick geht zu weit!*

Drei Monate nach diesem Schreckerlebnis erfolgte schlussendlich Amalias organisierter Auszug aus der gemeinsamen Wohnung. Es war etwa drei Wochen vor dem Beginn des neuen Schuljahres und dem Ende der Sommerferien. In dieser Zeit endete auch die Karenzzeit Amalias. In den letzten zwei Jahren bekam sie in der Karenzzeit eine minimale Lohnfortzahlung.

Sie hat mehrere Fliegen mit einer Klappe geschlagen: Die geringe Entlohnung der Karenzzeit war überstanden. Wenn Amalia in Raditsch wohnt, kann sie das Kind bei ihrer Mutter lassen. Das war wohl ihre Überlegung. Des Weiteren kann sie im Schulberuf bei vollem Gehalt voll einsteigen.

Der Exodus Amalias zog bei Pascal einen langen Schweif der Erinnerung, der ihn in Geiselhaft nahm. Und immer wieder die Frage: warum, warum, warum …

Bettelgang mit Stolpersteinen

Für Montag, den 4. September 1995, machte Pascal den ersten Besuch bei seiner Tochter aus. Nach der Trennung war das eine ganz neue Situation. Jetzt fühlte er sich nicht mehr als Teil seiner Familie, sondern er ging als Gast zu Besuch. Ein Besuch ist zeitlich begrenzt, er kommt als erwünschte oder unerwünschte Person in dieses Haus und kann jederzeit des Hauses verwiesen werden. Das hängt vollkommen vom Gastgeber ab. Er weiß, dass ein Besuch mit Willkommenslächeln und Abschiedstränen verbunden sein wird. Ein Wiedersehen ist erlaubt, erwünscht, geduldet oder auch nicht. Man wird sehen.

Am Samstag, nach dem Unterricht, fuhr Pascal nach Raditsch, um seine Tochter zu besuchen. Die Wegstrecke verläuft über die Autobahn in die Landeshauptstadt und dann weiter auf eine Anhöhe. Dabei fährt er durch bewaldetes Gebiet, teilweise mit einer hohen Steigung. Pascal hatte gemischte Gefühle. Einerseits freute er sich, seine kleine Maja wiederzusehen, andererseits hatte er ein mulmiges Gefühl, was Amalia betrifft. Als Geschenk brachte er Süßigkeiten und einen kleinen Teddybären mit. *Wie wird mir Amalia entgegentreten? Unter welchen Umständen wohnt meine Tochter? Wie wird sie reagieren, ich bin doch nicht bei ihr?*

Er stand vor der Tür von Amalia, dem neuen Zuhause von Maja. *Da wohnt nun meine Tochter!* Pascal betrat das erste Mal dieses Haus, und er erinnerte sich, dass er vom Kauf dieses Hauses erst nach Jahren erfahren hatte. Amalia erzählte einmal, dass der Bungalow zum Verkauf stand. Mit der Pensionsabfertigung ihres Vaters und ihren eigenen Ersparnissen kauften sie gemeinsam dieses Haus. Der Bungalow liegt unweit des Elternhauses in Raditsch. Kein Zufall, Pascal erfuhr von der Existenz des Hauses, als er in Felsenburg einen Anruf entgegengenommen hatte. Der Anrufer informierte ihn, dass mit der Wasserversorgung des Bungalows alles in Ordnung ginge. Somit erfuhr er erstmals vom Kauf des Bungalows. Er war verdutzt und fühlte sich vor den Kopf gestoßen, begann an der Glaubwürdigkeit seiner Gattin zu zweifeln und konfrontierte sie mit dem Anruf. Sie sagte nur, dass der Vater als Abfertigung viel Geld bekommen hatte, und dies sollte gut angelegt werden. Angedacht wäre, in diesem Bungalow Mieter unterzubringen. Tatsächlich wurde für einige Jahre das Haus an eine Jungfamilie weitervermietet. „Sie sind ausgezogen, und das Haus soll nicht leer stehen", beruhigte Amalia ihn und rechtfertigte ihre Nutzung des Hauses. Der Bungalow läuft auf ihren Namen und ist mit einem Belastungs- und Veräußerungsverbot belegt. Das bedeutet, Amalia darf das Haus ohne Zustimmung des anderen weder belasten noch verkaufen.

Pascal klingelte und Amalia öffnete die Haustür. Über drei Stufen betrat er das Haus. Über einen großen, langen Vorraum ging er nach links in ein gemächliches Wohnzimmer. Den lang gezogenen Tisch umgab eine lederne Sitzgruppe. Maja kam angestürmt und umarmte ihren Vater. Pascal konnte dabei seine Tränen nicht verbergen. Sie spielten gemeinsam auf der Couch, kleideten den Teddybären ein und naschten Süßigkeiten. Pascal fragte Maja, ob sie mit ihm in die Stadt fahren möchte. Mutter Amalia mit schroffer Stimme: „Das möchte ich nicht. Ich will, dass ihr im Haus bleibt!" In der Zwischenzeit bemühte sich Maja, selbst ihre Jacke anzuziehen, das schaffte sie jedoch noch nicht. Dem Willen der Tochter wollte Amalia letztlich nicht widersprechen und zog ihr die Jacke an. Nach einem heftigen Streit erreichte Pascal, dass er mit Maja in Raditsch einen Spaziergang machen konnte.

Maja war frohen Mutes, sie lachte, und am liebsten hatte sie, wenn der Papa sie an der Hand hielt. Im nahegelegenen Wald, der einen angenehmen Schatten spendete, hielten sie nach Eierschwammerln Ausschau – jedoch mit geringem Erfolg. Maja war müde geworden, ihre Augenlider kämpften heftig gegen die Schließung. Pascal nahm sie in die Arme und setzte sich auf einen

Baumstumpf. Er sang ihr bekannte Kinderlieder vor, und da er kein begnadeter Sänger war, mündeten die Kinderlieder in Eigenkompositionen. Manchmal summte er einfach so dahin. Maja verstand alles. Langsam fielen ihr die Augen zu. Pascal genoss es, in aller Ruhe dieses hübsche Gesicht anzusehen. *Wie lange werde ich dich noch so halten können und dürfen?* Behutsam trug er Maja in seinen Armen zurück in ihr neues Zuhause. Amalia legte sie ins Bett und deckte sie zu.

Nach sechsstündiger Besuchzeit verabschiedete sich Pascal. Dabei sagte Amalia zu ihm: „Ich möchte nicht, dass du mit der Tochter mein Haus verlässt. Ich möchte, dass du dich im Haus mit ihr beschäftigst. Und des Weiteren möchte ich auch nicht, dass deine Eltern Maja sehen!" Amalia provozierte einen Streit. Pascal wollte in dieser Situation nichts anderes als schnurstracks ihr Haus verlassen.

Auf der Fahrt nach Hause blieb er mit seinem Auto am Wegesrand nahe einer Waldlichtung stehen. Pascal war fassungslos. Er fühlte sich zu unruhig, um weiterfahren zu können. Er stellte das Auto ab, lehnte seinen Sitz zurück und drehte den Knopf des Autoradios lauter auf. Er spürte ein Brennen in seiner Brust und ein Gefühl, das ihm die Kehle zuschnürte. Zutiefst betrübt und bitter enttäuscht dachte er nach und führte murmelnd Selbstgespräche.

Acht Tage zuvor habe ich noch unbeschwert meine Tochter in Felsenburg angezogen, um mit ihr spazieren zu gehen, draußen zu spielen oder fortzufahren. Jetzt gibt es genaue Verhaltensvorschriften, und die Kindesmutter gibt die Linie vor. Jetzt soll ich beim Besuch meiner Tochter das Haus nicht verlassen dürfen, nicht wegfahren können und meine Eltern, die Großeltern Majas, nicht besuchen dürfen! Früher durfte ich die Vaterrolle ausleben, jetzt bin ich nur geduldeter Gast. Bin ich mit der Trennung Vater zweiter Klasse? Deutlicher kann man die Minderwertigkeit nicht erleben. Ich weiß, ein Kind gehört zur Mutter, doch mit dem Vater so umzugehen, das tut verdammt weh!

Mittlerweile hat Pascal für seine Tochter ein Postsparkonto eröffnet und eine Vorauszahlung für vier Monate geleistet. Das Sparbuch, das persönlich auf Maja lautet, wird er beim nächsten Besuch Amalia übergeben.

Eine Woche später. Am 11. September 1995 wiederholte sich das Szenario. Diesmal verbot Amalia Pascal, das Haus mit Maja zu verlassen. Wenn er seine Tochter sehen wolle, müsse er im Hause Amalias verweilen. Pascal hatte eine Kinder-DVD mitgebracht. Mit einem Nachbarskind schauten sie sich die DVD auf der Couch im Wohnzimmer an. Im Tiermärchen wächst Schweinchen Babe in einer Großfamilie auf. Von Geburt an ist es klein und kann sich gegenüber den Geschwistern nicht behaupten. Kaum jemand von der Schweinefamilie spielt mit Babe, sie wirkt sehr einsam. Babe schließt sich einem Zwerghuhn an, das im Hühnerstall eine ebensolche Außenseiterrolle einnimmt. Gleich und gleich gesellt sich gern. Babe und das Huhn werden dicke Freunde. In einem Legenest im Stall finden sie eine Schatztruhe mit einem Geheimbuch, das sie in eine Traumwelt entrückt. Gemeinsam machen sie sich auf den Weg, erkunden die Welt, begehen Heldentaten und werden Botschafter des sozialen Friedens. Dort gründen sie ein einvernehmliches Reich der Schweine und Hühner, wo es keinen Krieg gibt und niemand benachteiligt wird. Und wenn sie nicht gestorben sind, dann … Gespannt und aufgeregt folgten Maja, der Nachbarsjunge und Pascal dem tierischen Abenteuer.

Vor seinem Aufbruch informierte Pascal Amalia von dem Vorhaben, dass er anlässlich seines eigenen Geburtstages und dem seiner Tochter Maja in zwei Wochen mit ihr gerne fortfahren möchte. Amalia, von kleiner Statur, nahm die Haltung eines Feldwebels ein und sprach laut und oberbefehlshaberisch: „Maja ist mein Kind! Es verlässt dieses Haus nicht und fährt auch nicht zu seinen Großeltern nach Unterburg."

Tags darauf stellte Amalia beim Bezirksgericht Wurmlach den Antrag auf „alleinige Obsorge". Dabei bediente sie sich kriminalistischer Unterstellungen. „Am 29. August 1995 habe ich mich im Einvernehmen mit dem Kindesvater von ihm getrennt und bin nach Raditsch gezogen. Ich habe die minderjährige Maja mit mir genommen. Dies geschah ebenfalls im Einverständnis mit dem Kindesvater. Ich habe ihm auch gesagt, dass er jederzeit seine Tochter besuchen könne. Der Kindesvater hat am 04.09.1995 Maja bei mir besucht. Dieser Besuch verlief problemlos und dauerte von 13.00 Uhr bis 19.00 Uhr. Gestern, dem 11.09.1995, ist der Kindesvater ebenfalls bei mir gewesen. Gleich zu Beginn hat er begonnen, mich aufs Ärgste zu beschimpfen. Er hat mich als Hure bezeichnet und hat mir auch gedroht, mich umzubringen. Er hat auch gedroht, gegen mich tätlich vorzugehen, und ich habe mich dem gestellt. Er hat mich dann beim Hals gefasst, hat aber dennoch von mir abgelassen, hat die gemeinsame Tochter genommen und ist mit ihr spazieren gegangen."

Pascals Beziehung hat eine neue, gefährliche Dimension angenommen. Einerseits wurde der letzte Funke seines Vertrauens zerstört, andererseits folgte ein brandgefährliches Spiel mit dem Feuer. Pascal wurde vorgeworfen, Morddrohungen ausgesprochen und Amalia tätlich angegriffen zu haben. Er war sprachlos!

Was wollte Amalia mit derartigen Unterstellungen und Beschimpfungen bezwecken? Bei solch kriminellen Vorwürfen müsste ja sogleich die Polizei zu Hilfe gerufen und die Staatsanwaltschaft kontaktiert werden. Wie kann diese Frau die Verantwortung für ihr Kind übernehmen und zudem noch die alleinige Obsorge beantragen?

Eine Woche später machte sich Pascal müde und verstört von den Erlebnissen der letzten Male wieder auf den Weg nach Raditsch. Beim letzten Besuch informierte Pascal seine Frau, dass er seine Tochter Maja am Sonntag um elf Uhr gerne abholen möchte, um mit ihr seinen 35. Geburtstag feiern zu können.

Tags darauf ging Amalia wieder zum Amtstag des Bezirksgerichtes und stellte einen weiteren Antrag, „den getrennten Wohnsitz zu genehmigen und den Auszug aus der ehelichen Wohnung als rechtmäßig" zu erachten. Diesen Antrag begründete sie folgendermaßen: „Die Ehe zwischen mir und dem Antragsgegner ist zwar noch aufrecht, allerdings seit mehreren Monaten zerrüttet. Wir haben keine gemeinsame Gesprächsbasis mehr. Er hat mich im Februar 1995 mit dem Umbringen bedroht. Seit dieser Zeit habe ich eigentlich immer Angst gehabt. Im Sommer hat sich dann die Situation weiter zugespitzt, und er hat mir erklärt, dass ich meinen Krempel packen und verschwinden soll. Ich habe dann am 29. 08. 1995 die eheliche Wohnung verlassen." (Bezirksgericht Wurmlach, Abt. 4)

Amalia lebte mit mir in einer aufrechten und gemeinsamen Wohn- und Lebensgemeinschaft, behauptet vor einem halben Jahr, von mir mit dem Umbringen bedroht worden zu sein und sei in ständiger Angst gewesen. Unter diesen Umständen hätte sie ohne Zögern und bei Gefahr in Verzug unverzüglich die gemeinsame Wohnung verlassen und im äußersten Fall in ein Frauenhaus ziehen müssen. Wie „mutig" war Amalia damals, dass sie ohne Angst und Befürchtungen Tage zuvor den Auszug angekündigt hatte. Hatte sie damals keine Angst, dass etwas passieren könnte? Alles ist organisiert über die Bühne gegangen, nichts wurde zurückgelassen, und von mir erwartete Amalia, dass ich persönlich von Maja Abschied nehme! Nun braucht sie wohl stichhaltige Gründe, um von mir getrennt leben zu dürfen. Aber der Zweck heiligt wohl alle Mittel.

Zwischen dem Antrag auf „alleinige Obsorge" und jenem auf „Trennung im Einvernehmen" verging nur eine Woche. *Welcher Gesinnungswandel! In einem Antrag spricht Amalia von „einvernehmlicher Trennung", im anderen vom „Rauswurf".*

Am Sonntag, seinem halbrunden Geburtstag, fuhr Pascal zuversichtlich nach Raditsch. Er wollte seine geliebte Tochter abholen und als Vater ein paar schöne Stunden mit ihr verbringen. Er plante mit Maja, den Tierpark in Rasa aufzusuchen und anschließend zu seinen Eltern nach Unterburg zu fahren. Der Zoo ist eine Fundgrube für Jung und Alt. Sonntags tummeln sich dort viele Familien mit den Kindern.

Wird der Kleintierzoo Maja ansprechen? Da wird es möglich sein, die kleinen Hasen zu füttern, die Zwergziegen zu streicheln und vielleicht auch unter Papas Obhut ein Pony zu besteigen. Beeindruckend werden gewiss die amerikanischen Bisons oder die 900 Kilo schweren Indianerbüffel mit ihrem schweren Gang sein. Kängurus werden bestimmt auch eine Attraktion sein. Maja wird zusehen können, wie sich die Beuteltiere nur auf Hinterbeinen springend fortbewegen, und vielleicht lugt zu ihrer Freude ein Nachwuchs aus dem Beutel heraus.

Anschließend würden sie nach Unterburg zu den Großeltern väterlicherseits fahren. Diese hatten in der Zeit der aufrechten Lebensgemeinschaft ihre Enkelin Maja zu selten besucht, nur um den „Familienfrieden" nicht zu stören. Wenn sie auf Besuch kamen, sangen sie sehr viel, und Maja hörte mit geöffnetem Mund zu. *Am heutigen Geburtstag würden sich meine Eltern über den Besuch von Maja und mir sehr freuen. Maja sollte auch den Kontakt zu diesen Großeltern nicht verlieren.*

Um 11 Uhr stand Pascal wie angekündigt vor Amalias Grundstück, um seine Tochter abzuholen. Die Zauntür war versperrt. Er läutete, jedoch keine Reaktion. Es war mucksmäuschenstill. Aus des Nachbarn Fenster schaute eine Frau und winkte Pascal freundlich zu. Nach einigen Minuten läutete er Sturm. Es schien niemand zu Hause zu sein. *Ich habe doch letztens klar und deutlich gesagt, dass ich am Sonntag die Tochter abholen werde.* Während der Woche hatte er Amalia noch eine Postkarte geschickt, um sie daran zu erinnern, um welche Zeit er kommen würde. Auf einmal sprang Gabriel, der Neffe Amalias, aus einem Strauch hervor und kletterte sogleich über den Zaun, der den Bungalow Amalias umgibt. Vor dem Zaun sagte er zu Pascal, dass Amalia und Tochter Maja nach Wurmlach gefahren waren. „Aber Tante Amalia weiß doch, dass ich heute Maja abholen möchte. Was macht sie in Wurmlach? Kommt sie gleich zurück?", fragte Pas-

cal. Gabriel: „Ich weiß nicht, ich glaube, sie sind einkaufen gefahren und kommen nicht so schnell heim." *Unheimlich, es ist doch
Sonntag, und die Läden sind geschlossen.* Pascal wartete noch eine
Stunde vor dem Hauszugang Amalias in der Hoffnung, dass die
beiden bald auftauchen würden. Sie kamen nicht. Schwer enttäuscht fuhr er wieder nach Hause.

*Was für ein unvergessliches „Geburtstagsgeschenk". Eineinhalb Stunden
Fahrt, eine Stunde Wartezeit vor den versperrten Türen, keine Begegnung mit Maja, kein Tierpark, kein Besuch bei den Eltern …*

Das war der beschissenste Tag in seinem Leben. Auf einem ver-
lassenen Feld, wo er glaubte, dass ihn niemand hören konnte,
ließ er einen herzzerreißenden Brüller von sich, um seinen Frust
lautstark auszuspeien und sein gefangenes Herz aus diesem Käfig zu befreien. So konnte er wieder durchatmen. Pascal wollte an diesem Tag niemanden mehr sehen, mit niemandem mehr
sprechen. Er fuhr nach Wurmlach und irrte mit der Hoffnung
herum, seine Tochter doch irgendwo zu erblicken. Aber alles
war vergeblich.

Im Zustand tiefster Enttäuschung und Verzweiflung fuhr Pascal nicht gleich in sein Mietshaus, sondern zog sich in seine eigenen „vier Wände" zurück. Seine Zuflucht in dieser Situation war ein aus Beton aufgestellter Keller. Nach der angedrohten
Trennung fühlte er sich auf sich allein gestellt und schmiedete
Pläne für seine Zukunft. Keineswegs wollte er in die Stadt ziehen und möglicherweise versumpfen. Er begann damit, Schritt
für Schritt sein eigenes Dach zu errichten. In diesem Kalender-
jahr wurde der Keller in Unterburg errichtet. Unter Anleitung
von Bauhandwerkern rackerte Pascal als Hilfsarbeiter in blauer
Arbeitskleidung beim Aufbau des Kellers mit, stellte Kellerschal-
steine auf, die mit Fertigbeton aufgefüllt wurden, band Eisen und
bediente die Mischmaschine. Auch bei der Fertigteildecke hinterließ er seine Schweißtropfen und an den Händen Blasen. Im
Keller steckten viel Schweiß und Herzblut drin.

Nach dem Tiefschlag in seinem Leben diente ihm vorerst der eigene Keller als bescheidener und gut durchlüfteter Zufluchtsort. Da noch keine Kellerfenster eingebaut worden waren, blies es darin wie in einem Vogelhäuschen. Dennoch fühlte er sich da geborgen, zog sich immer wieder dahin zurück und versuchte auf- und abgehend in Einsamkeit schwierige Lebensknoten zu lösen. Die Betonteile vermittelten Festigkeit und Sicherheit. Es war beruhigend, so einen festen und sicheren, wenn auch unfertigen und bescheidenen Rückzug zu haben. Das war sein Machwerk, das ihm in dieser Lage Stolz und Selbstbewusstsein gab, im Gegensatz zu Amalia, die ihn mit Füßen trat. Da konnte er seine ganze Machtlosigkeit abreagieren, sein Haus noch mehr schätzen und seine Pascal-Zeichen hinterlassen.

Wird es mir erlaubt sein, Maja wenigstens zum Geburtstag gratulieren zu dürfen? Überschattet vom Erlebten, schickte Pascal am darauffolgenden Montag seiner Gattin einen eingeschriebenen Brief mit der Bitte, Maja zu ihrem Geburtstag besuchen zu dürfen. Die Formulierung war kurz und bündig: „Am 3. Oktober wird unsere Tochter Maja den zweiten Geburtstag feiern. Deshalb hole ich unsere Maja am Sonntag, dem 1. Oktober, um 11.00 Uhr, ab, sodass sie auch im Kreise der Familie R. ihren Geburtstag gebührend feiern kann. Ich bitte dich, dass du alle notwendigen Sachen für Maja vorbereitest. Vergiss auch den Kindersitz nicht. Sehr bedauerlich, dass du es mir nicht gegönnt hast, meinen 35. Geburtstag mit meiner Tochter gemeinsam zu feiern. Ich hole sie dann vor deinem Haus ab und bringe sie bis zum Abend wieder zurück."

An diesem Sonntag machte er sich in Begleitung seiner Schwester Silvia M. wieder auf den langen Weg zu Maja. Diesmal wiegte er sich nicht mehr in Träumen. Seine Erwartungen waren von vornherein pessimistisch gefärbt. Bislang erlebte er versperrte Türen und weder mündliche noch schriftliche Reaktionen. Aber die Hoffnung stirbt zuletzt. Wie angekündigt waren sie zu Mittag vor dem Haus Amalias angelangt, und seine Vorahnung hatte sich bewahrheitet. Sie standen vor versperrten Türen. Auch seine Schwester vergewisserte sich, dass die Zauntür versperrt war und sie deswegen nicht zur Haustür gelangen konnten. Den Gartenzaun überspringen und Hausfriedensbruch begehen wollten sie nicht. Sie warteten eine Stunde lang, hingen eine mit Geschenken gefüllte Tragtasche an die Türklinke vom Gartentor. Darin befanden sich ein Dirndl, ein hübsches Hemd mit „Biene Maja" als Aufnäher und ein T-Shirt mit der Aufschrift „Spatzl". Es waren Geschenke von Opa und Oma, Tante und Nichte aus Unterburg. Papa Pascal lehnte traurig einen Teddybären an die Tür. Frustriert fuhren er und seine Schwester wieder nach Hause.

Vater zweiter Klasse

In der Zwischenzeit verlagerte sich das Geschehen auf die Gerichtsebene. Kindesmutter Amalia wurde bei Gericht automatisch die alleinige Obsorge zugesprochen, weil sie mit dem Kind getrennt vom Kindesvater lebt und nach ihrer Meinung die Trennung dauerhaft sein sollte. Pascal stimmte ihrem Ansinnen zu. Pascal sah keine Gefahr, wenn die Tochter bei der Mutter aufwachsen würde und sie allein die Obsorge übernimmt. Grundsätzlich wird dieses Recht der Mutter zugesprochen. Zu dieser Zeit gab es noch kein Anrecht auf „gemeinsame Obsorge". Bei geteilter Obsorge würden beide Elternteile die Pflege und die Erziehung sowie auch die gesetzliche Vertretung des Kindes übernehmen.

Pascal konzentrierte sich auf eine Besuchsrechtsregelung, die ihm eine würdevolle Beziehung zu seiner Tochter ermöglichen sollte. Er stellte an das Bezirksgericht Wurmlach folgenden Antrag, um nach den erlebten Hindernissen die Besuchsrechtsregelung in geordnete Bahnen zu bringen. „Das Besuchsrecht wird dahingehend geregelt, dass der Antragsteller berechtigt ist, das Kind am Montag einer jeden Woche um 14.00 Uhr bei der Kindesmutter in Raditsch abzuholen und verpflichtet ist, die Minderjährige bis um 19.00 Uhr desselben Tages der Kindesmutter wieder zurückzubringen."

Damit wollte Pascal erreichen, dass der Kontakt zu seiner Tochter nicht abbröckelt und das Gericht das Kindesrecht auf den Vater untermauert. Er hatte Angst, dass die nunmehr zweijährige Tochter ihren Vater schrittweise aus dem Blickwinkel verliert und sich von ihm entfremdet. Dabei bediente er sich ebenfalls des Rechtsbeistandes, um als Kindesvater nicht über den Tisch gezogen zu werden.

In seiner Beweisführung erwähnte sein Rechtsbeistand die vorausgegangenen Vorfälle, wo sein Besuchsrecht eingeschränkt beziehungsweise verhindert worden ist. „Amalia habe ihm verboten, mit der Minderjährigen einen Ausflug mit dem Pkw zu unternehmen oder die Minderjährige zu deren Großeltern väterlicherseits zu bringen. Im Hinblick darauf, dass der Kindesvater sein Besuchsrecht zu seiner Tochter unbedingt ausüben wollte, hatte er sich bisher an diese – rechtlich völlig ungerechtfertigten – ‚Verbote' gehalten."

Als unzumutbar bezeichnete er, dass er wie ein Hausierer behandelt wurde, vor versperrten Türen stehen musste und besonders an den Geburtstagen vom Kind weggesperrt worden war. Pascal zieht den Schluss: „Daraus ergibt sich, dass seine Gattin offensichtlich bestrebt ist, den Kontakt der Minderjährigen zu ihrem leiblichen Vater zu unterbinden, weshalb eine Regelung des Besuchsrechtes notwendig erscheint." Der Vater wird wohl nur als Zaungast geduldet.

Daraufhin gab auch die Kindesmutter Amalia vor der gerichtlichen Verhandlung ihre Stellungnahme ab. Sie betonte dezidiert, dass „ich keineswegs bestrebt bin, den Kontakt des Antragstellers zur Minderjährigen zu unterbinden, da der Kontakt zum leiblichen Vater für das Wohl der Minderjährigen wichtig ist. Es geht nicht an, dass der Kindesvater, wie in der Vergangenheit, ohne Rücksicht auf die Bedürfnisse des Kindes sein ‚Recht' mit sämtlichen Mitteln durchzusetzen versucht".

Was bedeutet ‚ohne Rücksicht auf die Bedürfnisse des Kindes'? Maßt sich die Kindesmutter an, das Wohl des Kindes zu vereinnahmen? Entspricht das dem Wohl des Kindes, wenn es von der Außenwelt und seinem Vater abgeschottet wird? Was hat sie zu verbergen? Soll etwas vertuscht werden?

In Amalias Darstellung wird hervorgehoben, dass sie niemals die Ausübung des Besuchsrechtes behindert hat, sondern „nach dem Auszug vereinbart, dass er die Minderjährige jederzeit besuchen kann". *Welch ein Hohn!*

Amalia behauptete in der Stellungnahme ihres Rechtsanwaltes, dass sie am Tag vor seinem Geburtstag mit ihrem Vater in ihrem Haus bis 11.30 Uhr auf Pascal gewartet habe. Weiter erklärt sie, dass die Anwesenheit des Vaters notwendig war, weil sie sich vor Pascal fürchte. Dann ging sie zum Mittagessen in das Haus ihrer Eltern, das in der Nähe ihres Bungalows liegt und wartete auf ihn, dass er die Tochter besuchen komme. Pascal wartete damals eine Stunde vor ihrem Haus.

Ähnlich argumentierte Amalia, als Pascal die Tochter anlässlich ihres Geburtstages abholen wollte. Amalia behauptete, dass sie mit ihrem Vater und ihrer Tante in ihrem Haus auf Pascal gewartet hätte. Um ihre Glaubwürdigkeit besonders zu untermauern, hob Amalia hervor, dass ihre Tante eine Ordensschwester sei. „Richtig ist zwar, dass die Tür geschlossen war, jedoch nicht abgesperrt. Es ist selbstverständlich, dass ich weder die Gartentür noch die Haustür offenlassen kann, zumal die Gefahr besteht, dass allenfalls die Minderjährige durch die offene Tür entweicht. Es wäre dem Antragsteller ein Leichtes gewesen, in das Haus zu kommen, zumal die Minderjährige zu diesem Zeitpunkt ‚ausgehbereit' war und auch entsprechend gekleidet gewesen ist."

Aussage gegen Aussage. Pascal musste mehr als hundert Kilometer zurücklegen, um unverrichteter Dinge wieder von dannen zu ziehen. Immer wieder werden die Angst und Bedrohung ins Kalkül gezogen. *Sollte damit das Gericht bei seiner Entscheidung eingeschüchtert und im Sinne der Kindesmutter die Entscheidung getroffen werden?*

Die Stellungnahme Amalias für das Pflegschaftsgericht wird verhöhnend und demütigend fortgesetzt: „Erst nachträglich habe ich erfahren, dass der Antragsteller mit seinem Pkw vor dem Haus stehen geblieben ist, jedoch nicht ins Haus kam und in der Folge mit dem Pkw wieder abfuhr. Eine solche Verhaltensweise als ‚Verweigerung des Besuchsrechtes' auszulegen, ist geradezu abstrus."

Amalia stellte bei Gericht den Antrag, dass der Kindesvater seine minderjährige Tochter nurmehr an jedem 1. und 3. Samstag in der Zeit von 14.30 Uhr bis 18.00 Uhr besuchen darf, „wobei die Besuchsrechtsausübung in Gegenwart der Antragsgegnerin zu erfolgen hat".

Vor Monaten war in der Stellungnahme Amalias noch davon die Rede gewesen, dass der Kontakt zwischen Kind und Vater regelmäßig, ja, wöchentlich erfolgen sollte, da dies für das Wohl des Kindes unabdingbar sei. „Ich bin nicht bestrebt, den Kontakt des Vaters zur Tochter zu verhindern", so Amalia. Nun wird der Kontaktgürtel enger geschnallt. Im jetzigen Antrag wird die Besuchsrechtsausübung bereits auf ein Minimum, zwei Samstage im Monat und dreieinhalb Stunden, zurechtgestutzt. Die kurze Besuchszeit begründete Amalia damit, dass die Minderjährige noch viel Schlaf benötige. Widersprüchlicher kann der Zickzackkurs wohl nicht mehr erfolgen. Der Antrag seiner Ex brachte Pascal in Rage.

Amalia in weiterer Folge: „Nachdem das Kind zu mir einen intensiven Kontakt aufgebaut hat, wohingegen sich der Antragsteller bisher kaum um das Kind kümmerte, ist die Minderjährige es noch nicht gewohnt, längere Zeit allein mit dem Antragsteller zu verbringen."

Unglaublich die Aussage „… sich kaum um das Kind kümmerte." Pascal hat gezwungenermaßen weniger als zwei Jahre mit der Tochter zusammengelebt. Seine Kontakte waren auf die Zeit nach der Arbeit, dem Schulunterricht und auf das Wochenende, Feiertage und Ferien beschränkt. Noch nie war er nach der Arbeit so schnell nach Hause gedüst, um viel Zeit mit der Tochter zu verbringen. Es war so, als hätte er gespürt, dass die Monate gezählt wären. Pascal schießen die vielen Aktivitäten mit der Tochter in der Zeit der aufrechten Wohngemeinschaft durch den Kopf. Täglich machte er mit Maja Spaziergänge und spielte mit ihr im Hof. Für das „Baden" vor dem Schlafengehen war Pascal allein zuständig. Maja liebte dabei, wenn viel Schaum um sie herum war. Dann schickte sie die Badewannenente auf Erkundung durch die Schaumwege.

Nachdem der Vater von der Arbeit nach Hause kam, liebte es Maja, mit ihren kleinen Füßen in die Schuhe ihres Vaters zu treten. Es war lustig anzusehen, wenn die Tochter in Vaters Schuhen stand und mit Mühe versuchte, sich bis zum Plumps weiterzubewegen. Zu jeder Jahreszeit wollte Maja nicht tatenlos zusehen und half tatkräftig mit. Wenn Pascal im Winter schaufelte, musste sie mit ihrer kleinen Schneeschaufel mithelfen. Dabei purzelte sie etliche Male hin, und Papa musste sie aus dem Matsch befreien. Im Sommer war sie für das Begießen der Blumen im Garten „mitverantwortlich". Da war Maja oft nasser als die Blumen. Aber was soll's. Mit der Trennung wird die Geschichte neu geschrieben.

In frischer Erinnerung blieb Pascal ein am 13. April 1995, ein Vierteljahr vor dem Auszug, vom ORF gedrehter kurzer Videoclip: „Glückliche Kinder, glückliche Familien" mit Maja, Amalia und Pascal als Darsteller. Ausgestrahlt wurde er eine Woche später. Im Videoclip kommt die spielende Maja ins Bild. Sie pflückt Gänseblümchen, spielt mit einem Teddybären, auf den sie aufblickt und der sie wegen seiner Größe in den Schatten stellt. Dann hört sie die Stimmen von Mutti und Papa. Wippend hebt sie das Gesäß, mit aller Kraft stellt sie sich auf ihre Füße, fällt wieder auf den mit Windeln gepolsterten Hintern und schafft es, auf wackeligen Beinen wieder zu stehen. Noch ein bisschen schwach, aber zielorientiert bewegt sich Maja zu ihrer Mutti und umarmt zugleich ihren Vater. Der zweiminütige Videoclip wurde am 16. April 1995 ausgestrahlt. *Vorausgesetzt, ein Vater würde sich überhaupt nicht um das Kind kümmern, müsste die Kindesmutter nicht alles daransetzen, den Kontakt zu intensivieren, dass er nicht abbröckelt?*

Nach dem Auszug und der Trennung folgen die niederschmetternden Peitschenhiebe von Amalia.

Die Minderjährige ist nicht gewohnt, längere Zeit allein mit dem Vater zu verbringen. Wie soll sich das verbessern, wenn das Besuchsrecht eingeschränkt und verhindert wird? Drücken die ständigen Besuche und das Engagement für die Tochter um ein geordnetes Besuchsrecht die Gleichgültigkeit um die Tochter aus? Hätte ich mich nicht um sie gekümmert, würde ich nicht die weiten Strecken und die Abfolge von Demütigungen in Kauf nehmen!

Amalia erteilte in der Folge Pascal eine Belehrung, was dem Wohl der Tochter entspräche: „Es war schon bei den bisherigen Besuchsrechten so, dass die Minderjährige verzweifelt weinte, wenn der Antragsteller sie zu sich nahm, ohne dass die Minderjährige mich im Blickfeld hatte. Ich halte es daher bei Ausübung des Besuchsrechts für notwendig, dass das Kind sich langsam daran gewöhnt, dass der Kindesvater auch in meiner Abwesenheit das Besuchsrecht ausübt. Das Besuchsrecht sollte daher meiner Ansicht nach derart geregelt werden, dass für eine Übergangsfrist von zumindest sechs Monaten der Kindesvater sein Besuchsrecht im Haus in Raditsch in dessen unmittelbarer Umgebung ausübt. Nach dieser ‚Eingewöhnungsphase' und bei entsprechendem Verhalten der Minderjährigen bin ich durchaus bereit, dass der Kindesvater dann die Minderjährige auch mit sich nimmt."

Hier wurde Pascal der Wendepunkt der Trennung wieder vor Augen geführt. Vor dem Auszug ging er mit Maja zweimal spazieren, um ohne Oberaufsicht der Mutter Pferde im freien Gehege im Dorf aufzusuchen. Nach der Trennung kam die Wende, Pascal wurde zum Vater zweiter Klasse herabgewürdigt, indem sich das Kind erst wieder an den Vater gewöhnen müsste. Die Rede ist von einer „Eingewöhnungsphase".

Eine lange „Eingewöhnungsphase wurde Maja auch nicht gegönnt. Nach dem Auszug aus der gemeinsamen Wohnung in Felsenburg musste sich Maja sofort und unverzüglich an die neue Umgebung in Raditsch gewöhnen. In nur zwölf Tagen musste sie die fremden Aufsichtspersonen widerspruchslos annehmen.

Amalia begann das neue Schuljahr mit einer vollen Lehrverpflichtung. Maja hat nie mit den Großeltern mütterlicherseits gelebt, und sie musste sich in kürzester Zeit und ohne eine dem Kind entsprechende Eingewöhnungsphase an sie gewöhnen. Amalia erwähnt, dass ihre Tochter nicht längere Zeit ohne sie sein wolle und kann. *Wie ist das mit ihrer Berufstätigkeit in Einklang zu bringen?*

Mit dem Weinen sollte nach Meinung von Pascal nur untermauert werden, dass der Vater nur unter Oberaufsicht von Mutter Amalia bei der Tochter sein und das Haus nicht verlassen darf. Pascal erinnert sich gut, als bei einer Ausübung des Besuchsrechtes Maja zu ihm sagte: „Maja weint sehr, wenn sie Mutti allein lässt." Pascal drückte sie dann an sich und sagte: „Was soll ich tun. Ich kann nichts machen!" Und es war ihm sehr schwer zumute.

Das Hickhack mit Unterstellungen Amalias bekam durch den Gerichtstermin am 4. Dezember 1995, dem Gerichtsurteil, beziehungsweise durch die Besuchsrechtsregelung einen vorläufigen Abschluss. Zum Erstaunen hatte den Vorsitz der Verhandlung die Bezirksrichterin Ella J., jene Richterin, die Amalia am Amtstag aufsuchte, um ihr Leid zu klagen. Die Richterin sollte nun über das Wohl des Kindes entscheiden. Sie war eine mittelgroße und hagere Frau mittleren Alters. Mit ihrem Schmollmund sprach sie sehr flott. Sie hatte beide Stellungnahmen genauestens studiert und kam gleich auf den Punkt. Sie versuche, einen Kompromiss zu schließen.

Bei der Besuchsrechtsregelung wurde folgender Mittelweg festgelegt. Vater Pascal darf seine Tochter jeden ersten und dritten Samstag im Monat in der Zeit von 14.00 Uhr bis 18.00 Uhr sowie jede zweite und vierte Woche im Monat „entweder am Montag oder am Donnerstag in der Zeit von 15.00 Uhr bis 17.00 Uhr besuchen". Allemal geschehe dies in Anwesenheit der Mutter. Beschluss: „Die Kindesmutter ist bei den folgenden Besuchsterminen immer anwesend und zieht sich dann langsam, je nach dem Verhalten der Minderjährigen, zurück, damit der Kindesvater sein Besuchsrecht alleine ausüben kann. Die Kindesmutter stellt insbesondere in Aussicht, dass sie, sollte die Besuchsrechtsregelung problemlos ablaufen, natürlich auch bereit ist, sofern sich die minderjährige Maja wieder an den Vater gewöhnt hat, Maja auch ihrem Vater mitzugeben."

Diese Regelung soll für drei Monate gelten, und je nach Verhalten der Tochter könnte eine außergerichtliche Besuchsrechtsregelung getroffen werden.

Somit wurde gerichtlich festgelegt, dass bei der Ausübung des Besuchsrechtes die Kindesmutter immer anwesend sei. Es obliegt dem Willen der Mutter, ob sie dabei sein will oder nicht. Maja, die fast zwei Jahre in einer Wohngemeinschaft mit Mutter und Vater unter einem Dach lebte, muss – wie provokant es klingt – sich erst an den Vater gewöhnen.

Pascal fühlte sich wie ein Adoptivvater. Die Anträge auf Besuchsrechtsregelung sind vergleichbar mit den Unterlagen für das Bewerberverfahren. Da muss alles stimmen und offengelegt werden, um ein fremdes Kind aufzunehmen und in die Familie als Kind einzuverleiben. In Pascals Situation nimmt seine Gattin die Eignungsprüfung ab und befindet, wann sie das leibliche Kind dem Vater anvertrauen kann, wann sich das Kind an den Vater gewöhnt, wann sie das Kind allein dem Vater überlassen kann und wann er ohne ihre Aufsicht wegfahren beziehungsweise mit seiner gemeinsamen Tochter etwas unternehmen darf. Pascal ist weiterhin davon überzeugt, dass die erste Ansprechperson seiner Tochter die Mutter sein sollte.

Das ist von Natur aus gegeben und wichtig. Aber als Vater möchte ich nicht nur Brotgeber, sondern auch ein Erzieher sein. Ich fühle dieselbe Verantwortung für unser Kind. Das Ganze kommt mir vor wie ein Handel, ein Kräftemessen, und das Kind ist ein Spielball.

Die Besuche verliefen aufgrund der strengen Auflagen eintönig und waren auf das karge Wohnzimmer, das heißt auf dreißig Quadratmeter, beschränkt. Amalia sagte unter Berufung auf das Urteil des Pflegschaftsgerichtes in Wurmlach: „Wenn du das Kind sehen willst, musst du ins Haus kommen." Abwechslung brachte nur der Platz, wo Vater und Tochter gemeinsam spielten – einmal auf dem Teppichboden, ein anderes Mal am Tisch oder auf der ledernen Sitzgruppe. Da wurde die Barbie-Puppe gestylt, am Boden mit Stofftieren gespielt und auch mit Lego gebastelt. Dazwischen kuschelte Maja mit dem Papa, und wenn er sich beim Spielen bewährt hatte, drückte sie ihm einen Kuss auf die Stirn oder auf die Wange. Ein Kuss auf die rechte Wange bedeutete, dass der Papa erstklassig mit Maja gespielt hat, auf die linke Wange – der Papa ist noch ausbaufähig. An warmen Tagen durften Pascal und Maja auf der Terrasse und im Garten spielen. Das war aber nur möglich, weil Maja bei Schönwetter vehement nach draußen drängte.

Für Aufregung sorgte einmal ein Anruf Amalias in der Schule von Pascal. Der Schulwart suchte Pascal im Unterricht auf, holte ihn aus der Klasse, um ihm die Nachricht von seiner Gattin zu überbringen. „Pascal sollte an diesem Samstag die Tochter nicht besuchen, da sie krank sei und Fieber habe", lautete die zu überbringende Botschaft. Der Schulwart konnte es sich nicht verkneifen, um einen Kommentar loszuwerden: „Die hat aber nicht alle Tassen im Schrank", sagte er. „Man macht schon bei anderen Personen Krankenbesuche, du als Vater sollst die Tochter im Stich lassen?" Pascal war das alles sehr peinlich. Trotz dieser Nachricht fuhr er auf Besuch. Maja hat sich sehr gefreut, umarmte ihn ständig und suchte Vaters Nähe. Von ihrem hohen Fieber war nichts zu bemerken, und er war froh, dass er das Besuchsrecht nicht ausgelassen hatte.

Pascal nahm diese Hürden und Erniedrigungen in Kauf und hoffte, dass er die Prüfung für die „Eingewöhnungsphase" gut bestehen würde. Er grübelte ständig nach und verstand die widersprüchliche Haltung seiner Exfrau nicht.

Wenn sie arbeiten geht oder das Kind bei ihren Eltern abliefert, das ist für sie kein Problem und mit keiner Eingewöhnungsphase verbunden. Da muss die Tochter spuren. Es bleibt ihr doch gar nichts anderes übrig. Sie ist ja ganz von der Mutter abhängig. Beim leiblichen Vater misst sie mit zweierlei Maß. Da tut Amalia so, als müsste sie ihre Tochter vor dem Vater beschützen. Wenn die Beziehung nicht passt, warum muss die Tochter instrumentalisiert werden? Das ist doch ein Wahnsinn! Da bestraft sie nicht nur den Vater, sondern auch das Kind. Ist sie etwa auf Majas Vater eifersüchtig? Das ist doch ein Unsinn, dass sie eifersüchtig sei, wenn sich Maja und Papa gernhaben. Darüber müsste sie sich ja eigentlich freuen. Es gibt zu viele Väter, die sich in dieser Situation einen Dreck um die Kinder kümmern. Sie lässt den Vater mit seiner Tochter nicht wegfahren. Hat sie Angst, dass Pascals Eltern Maja gegen die Mutter aufhetzen würden? Die meiste Zeit verbringt ohnehin die Mutter mit dem Kind, und der Besuch macht ja nur wenige Stunden aus. Das Aufhetzen wäre nur schädigend. Wenn Pascals Eltern das machen würden, dann würde das nur ihnen schaden. Maja würde die Hetzkampagne ihrer Mutti übermitteln, und letztlich dürfte Maja nicht mehr nach Unterburg kommen.

Fragen über Fragen. All das kann nicht sein. Pascal kommt zum Schluss, *dass Amalias Absicht darin besteht, dass Majas Kontakt zu den Großeltern väterlicherseits unterbunden und der Kontakt zum Vater schrittweise abgebaut werden soll, bis sich Maja ganz von ihrem Vater entfremdet hat. Pascal wird versuchen, dagegen anzukämpfen. Aber wie? Ist es nicht gefährlich, unter diesen Umständen und kriminellen Vorwürfen ein Besuchsrecht auszuüben?*

Zaungast vor versperrten Türen

Zum x-ten Mal wiederholen sich die Gedanken in Pascals Kopf und machen ihn fast verrückt.

Maja blieb nichts anderes übrig, als sich schnell an die neue Umgebung zu gewöhnen. Sie dürfte wohl keine Anpassungsschwierigkeiten zeigen. Amalia übte eine volle Lehrverpflichtung aus, war wöchentlich fünf Tage lang im Schuldienst. Während dieser Zeit oblag die Erziehungsaufgabe den Großeltern mütterlicherseits. Das Kind wurde vor vollendete Tatsachen gestellt, es musste den blitzartigen Familienwechsel einfach hinnehmen. Für meine Ex-Schwiegereltern war dafür keine Einführungsphase erforderlich. Majas sog. „Gewöhnungsphase" an mich zieht sich jedoch in die Länge. Sie ist in Wirklichkeit gar nicht möglich, da Amalia mir das Kind vorenthält und eine Entfremdungsphase vorprogrammiert ist.

Die Besuchsrechtsregelung wurde am 4. Dezember 1995 beschlossen. Nach mehr als einem halben Jahr fragte Pascal Amalia, wann diese „Eingewöhnungsphase" zu Ende gehe und er nun endlich mit Maja seine Freizeit verbringen könnte. Amalia antwortete darauf nicht. Stattdessen bekam er von ihrem Rechtsanwalt folgendes Schreiben, datiert mit 14. August 1996: „Sie, Herr Pascal R., stoßen anlässlich jeder zweiten oder dritten Besuchsrechtsausübung sowohl gegen meine Mandantin Amalia als auch gegen ihre Familie Drohungen aus, sodass meine Mandantin bereits in Furcht und Unruhe versetzt ist. Auch das gemeinsame Kind leidet unter diesen Drohungen und erleidet immer wieder Weinkrämpfe. Neben dem Kind wird meine Mandantin mit den schlimmsten Schimpfworten bedacht. Ich darf dazu festhalten, dass Ihr Verhalten nicht geeignet ist, eine gedeihliche Besuchsrechtsausübung zu fördern, und so wird meine Mandantin, sollte sich Ihr Verhalten nicht grundlegend ändern, genötigt sein, die entsprechenden gerichtlichen Schritte einzuleiten."

Ist das ein Zufall? Vor einem Jahr erfolgte im Monat August der erste Einschnitt in meinem Familienleben, der Auszug und der Zusammenbruch der Familie R. Ein Jahr später ziehen wieder dunkle Wolken über die zerrissene Familie. Kündigt dieses Schreiben wieder eine Änderung an? Nach dem Wortlaut sicherlich nicht zu meinem Gunsten. Soll dem Vater wieder die Rute ins Fenster gestellt werden? Soll er sich mit dem Status quo abfinden und zum Nachgeben gebracht werden? Nur nichts verändern, dann kann das Besuchsrecht nach den Spielregeln Amalias ausgeübt werden. Dränge ich auf Veränderung, dann werden wieder Drohungen, Angst und Furcht sowie nicht genannte Schimpfwörter ins Spiel gebracht.

Der Brief bekam noch eine Steigerungsform. „Auch Ihnen als Vater müsste klar sein, dass mit lautem Gebrüll – das sogar von den Nachbarn als unangenehm empfunden wird – nicht nur niemandem gedient ist, sondern ein solches Verhalten sich sogar schädlich auf die geistige und körperliche Entwicklung des Kindes auswirkt. Dass Sie neben dem Kind meine Mandantin mit den gröbsten Schimpfworten bedecken und das Kind gegen meine Mandantin aufhetzen, ist ebenso der Psyche des Kindes völlig abträglich."

Pascal übte das Besuchsrecht allein im Hause Amalias aus und konnte somit die unhaltbaren Vorwürfe durch keine Zeugen widerlegen. Er hatte keine Möglichkeit, mit seiner Tochter wegzufahren und sein Besuchsrecht ohne Aufsicht auszuüben.

Diese kurz bemessene Besuchszeit soll ich fürs Aufhetzen und für Beschimpfungen missbrauchen? Wenn es zu radikalen Einschnitten kommt, wird litaneiartig auf die Begleitmusik von Ängsten, Schimpfwörtern und Drohungen zurückgegriffen. Werde ich mit negativer Stimmungsmacherei erneut Einschränkungen in Kauf nehmen müssen?

Nun wurde von Amalias Rechtsanwalt die Rute ins Fenster gestellt. „Sollten Sie Ihre Verhaltensweisen nicht ändern, so wird meine Mandantin schon im Interesse des Kindes gezwungen sein, entsprechende gerichtliche Maßnahmen einzuleiten." *An-*

statt dass Amalia ihre Herrschsucht einschränkt, wird mir der Gürtel noch enger geschnallt werden? Der Rechtsanwalt zitiert aus der bestehenden Besuchsrechtsregelung „versehentlich" nur den Passus, dass Pascal nur an zwei Samstagen pro Monat seine Tochter besuchen darf. *War das vielleicht schon ein Hinweis darauf, dass meine monatlichen Besuche von vier auf zwei reduziert werden sollen, wenn ich nicht pariere?*

Pascal wollte sich keinesfalls unterkriegen lassen. Viel erbaulicher war der Gedanke an den Weiterbau seines eigenen Hauses. Es war die existenzielle Tankstelle seines Selbstbewusstseins und zugleich ein hoffnungsvoller Zukunftsschimmer. Zu Ostern 1996 wurde über dem bestehenden Keller weiter aufgebaut. Ziegel um Ziegel kam der Rohbau zur Entfaltung. Bei jeder Witterung, ob Regen oder Schnee, wurde in vierzehn Tagen das Erd- und Obergeschoss aufgestellt. In alter Tradition wurde die Dachgleiche bei üppigem Abschlussessen, das Pascals Mutter mit Kärntner Schmankerln wie Hauswürsten, Schweinebraten auf Sauerkraut und Most mit sehr viel Liebe zubereitet hatte, gefeiert. Zur Dachgleichenfeier gehörte auch das Aufbringen des Palmbuschens auf die höchste Stelle des Mauerwerkes. Auch Pascals Vater, der in den vergangenen Jahren einen Herzinfarkt und eine Therapie gut überstanden hatte, stand seinem Sohn – wie es ihm seine Kräfte zuließen – mit viel Liebe und Handfertigkeit zur Seite.

Das Erdgeschoss umfasst einen Vorraum, eine Küche mit Ess- und Wohngelegenheit sowie eine Vorratskammer und eine kleine Dusche mit WC. Im Obergeschoss befinden sich die Räumlichkeiten für ein großes und geräumiges Schlafzimmer, ein Bad mit WC, eine Bibliothek und ein Arbeitszimmer. Parallel zum Arbeitszimmer ist ein Kinderzimmer vorgesehen. Die Nutzfläche dieses Hauses bot einer Familie genug Platz zum Wohnen und zur Entfaltung. Mit dem Kinderzimmer waren starke Hoffnungen verbunden. Pascal träumte davon, dass Maja ihren Papa einmal besuchen und sich in diesem Kinderzimmer wohlfühlen werde.

Wenn sie älter wird, wird Maja an den Besuchswochenenden in diesem Zimmer übernachten, ich werde mit ihr lernen, ins Kino gehen und in der Stadt bummeln sowie Ausflüge machen. In den Ferien steht das Kinderzimmer Maja immer zur Verfügung. Da könnte ich noch mehr Zeit mit ihr verbringen – Schwimmen am See, eventuell Urlaub inbegriffen. Da kann ihre Mutti nichts dagegen haben und mit zweierlei Maß messen. Sie hat sogar in der Zeit der aufrechten Ehe- und Wohngemeinschaft einige Wochen allein die Ferien zu Hause verbracht.

Im Sommer 1996 wurde der Dachstuhl aufgestellt. Sichtbare Pfetten und Sparren wurden richtig positioniert. Bei der Befestigung der Sichtschalung auf die Sparren wurden zwei Dachflächenfenster für das Bad und die Bibliothek im Obergeschoss eingebaut. Für das Arbeits- und das Kinderzimmer wurde je eine Dachgaube errichtet. Das Satteldach wurde mit kupferroten Dachziegeln verlegt und das Dach „dichtgemacht". Die Sichtschalung wurde zuvor noch tagelang von Pascal, seinem Vater und Onkel in der Zimmerei mit hochwertiger Farbe zweimal gestrichen. Der Anstrich der sichtbaren Schalung und die Verkleidung der Dachgaube sollte dem Haus einen attraktiven Anblick geben.

Pascal suchte gerne seinen Bau auf und pendelte regelmäßig zwischen seinem Mietshaus und seinem Zuflucht gebenden Rohbau. Im großen Mietshaus hatte er sich Tag für Tag daran gewöhnt, allein den Alltag zu meistern, die Wände waren stumme Zeugen seines beklemmenden Alltagslebens. Bilder weckten Erinnerungen. Es zog ihn mehr nach draußen, in die freie Natur. Fast täglich machte Pascal Spaziergänge in den nahegelegenen Wald, wo er die Ruhe inmitten der Natur, in den hohen Bäumen und dem Gezwitscher der Vögel fand. Gezwungenermaßen nahm er sich Tag für Tag Zeit für ausgedehnte Nachdenkpausen. Jedes Schreiben, jede Verhandlung zwang ihn zum Grübeln in der Schatulle seiner Vergangenheit. Auch der letzte Brief vom Rechtsanwalt Amalias beunruhigte ihn. Ein innerer Drang zwang ihn, den Kuli in die Hand zu nehmen, um sein Seelenleben auf Papier bringen. Dies verschaffte ihm Ruhe und Befriedigung. Das

Blatt Papier war für ihn wie ein Beichtstuhl, sein Schreibzeug ein Beichtvater. Da musste er kein Blatt vor den Mund nehmen.

Wenn man sich keine Notizen macht, gehen Erinnerungen und Fakten verloren. Sie zerbröseln, und ein Schleier deckt sie mit der Zeit völlig zu. Vielleicht wird Maja einmal alles wissen wollen? Da ist das Niederschreiben der Ereignisse und Erinnerungen auf dem Papier ein Gebot der Stunde.

Pascal schrieb Amalia: „Liebe Amalia!

Ich sitze auf unserer Bank vor dem Mietshaus. In Richtung Süden beleuchtet die untergehende Sonne den Haubenkogel. Der Baum neben der Bank trägt wieder viele kleine und saftige Pfirsiche. Die sonnige und geschützte Lage tut ihm gut. Kannst dich erinnern, wir sind viele Male auf dieser Bank gesessen und haben Maja zugeschaut, wie sie im Gras mit der Puppe spielte. Diese Lichtblicke gehen mir in letzter Zeit ab. Mich schockiert der letzte Brief deines Rechtsanwaltes. Ich bin sauer. Du solltest unsere gemeinsame Tochter nicht als ‚Spielball' benutzen. Es schadet dem Kind, wenn es vorsätzlich in den Konflikt hineingezogen wird. Am 27. Juli 1996 konnte ich das Besuchsrecht nicht ausüben, da du mir kurzfristig bekanntgegeben hast, dass du an diesem Tag nicht zu Hause bist. Am 3. und 10. August durfte ich wieder nur unter deiner Aufsicht unser Kind besuchen.

In der 33. Woche konnte ich deinetwegen das wöchentliche Besuchsrecht wiederum nicht ausüben. Das gilt auch für den 24. August. Trotz Ankündigung meiner Besuche stand ich vor deiner abgesperrten Tür. Ich bin hartnäckig vor deinem Haus verharrt und habe zweieinhalb Stunden auf den Einlass gewartet und gehofft – jedoch vergeblich! Ihr habt euch mit deinen Eltern in deinem Bungalow verschanzt. So eine Provokation – dein Vater hat kurz bei deiner Haustür herausgeschaut. Ich stand als Ausgesperrter vor der versperrten Gartentür. Gegen 15.00 Uhr hat deine Mutter wortlos dein Anwesen verlassen. Aus dem Haus heraus hörte ich deine Stimme und das Weinen von Maja, die ich an diesem Tag nicht zu Gesicht bekommen habe. Für mich war es ein Stich ins Herz. Unverrichteter Dinge musste ich um 17.00 Uhr nach Hause fahren.

Wie soll das weitergehen? Möchtest du, dass sich das Kind von mir ganz entfremdet? Das Obsorgerecht ist kein Freibrief für solche Willküraktionen! Seit dem Auszug habe ich meine Tochter wöchentlich besucht. Dafür habe ich gerne zweieinhalb Stunden Fahrt in Kauf genommen. Deine Hindernisse, wie Antrag auf Reduktion der Besuchszeiten und versperrte Gartentür, haben mich nicht entmutigt oder abgeschreckt. Dazu fühle ich mich Maja verpflichtet.

Im Dezember letzten Jahres hast du nach einer ‚Eingewöhnungsphase' in Aussicht gestellt, dass ich Maja auch mitnehmen dürfte. Dem war nicht so. Es sind neun Monate vergangen, und du hast mir unser Kind kein einziges Mal überlassen. Das hast du mit deinem ‚mütterlichen Feingefühl' zu verhindern versucht. Du sagtest, dass es im Winter zu kalt und im Sommer zu heiß sei, um mit dem Kind wegfahren zu können. In Anwesenheit von Maja hast du einmal gesagt: ‚Mama wird weinen, wenn du allein mit dem Papa wegfährst.' Unvergesslich bleiben die Worte Majas, nachdem ich mich mit ihr beschäftigt hatte: ‚Der Papa ist aber nicht schlimm.' Warum sagt sie das aus heiterem Himmel? Wer versucht eigentlich, Maja zu beeinflussen und unter seelischen Druck zu setzen?

Unsere Tochter braucht mehr als nur eine Bankverbindung zum Vater. Solltest du die Besuchsrechtsregelung weiterhin einschränken und diese auszuhöhlen versuchen, stelle ich eine Reduktion der Unterhaltszahlungen in Aussicht.

Meine angeblichen Drohungen gegen dich und deine Familie, die Schimpfwörter und das Aufhetzen entspringen wohl deiner blühenden Fantasie und dienen offensichtlich dazu, die Beziehung und den Kontakt unserer gemeinsamen Tochter zum Vater schrittweise ganz zu unterbinden. Ich kann mich weder an ein Gebrüll meinerseits noch an den Gebrauch von Schimpfwörtern erinnern. Ich entsinne mich aber einer Situation, in der du, nachdem Maja sich an mich geschmiegt hatte, einen hysterischen Eifersuchtsanfall bekommen hast!

Es geht um das Wohl unserer Tochter. Dein Verhalten und deine Lügen machen mir Sorgen. Immer wieder quälen mich dieselben Fragen und Fantasien: Gibt es etwas zu verheimlichen? Was darf nicht nach außen dringen, dass du sie von mir so abschottest? Geht es Maja gut? Letztlich verdränge ich meine Fragen und mache mir keine falschen Schlussfolgerungen.

Diesen Brief schließe ich mit einem Zitat von Vaclav Havel, dem tschechischen Menschenrechtsaktivisten und Staatspräsidenten zum Thema Unwahrheiten und Manipulation. Er vergleicht das damalige kommunistische System mit einem ‚hässlichen‘ Mädchen und sagt: ‚Ich hoffe immer noch, dass die Staatsmacht endlich aufhört, sich wie das hässliche Mädchen zu verhalten, das den Spiegel zerschlägt, in der Meinung, er sei schuld an seinem Aussehen. Darum bin ich überzeugt, dass ich nicht noch einmal erneut ohne Grund verurteilt werde.‘ Hör bitte auf mit der Schmutzkübelkampagne! Suchen wir einen gemeinsamen Weg zum Wohle unseres Kindes. Ich werde am Dienstag, den 10. September 1996, um 14.00 Uhr erneut versuchen, mein Besuchsrecht auszuüben mit der Hoffnung, dass deine Gartentür offen ist und mir der Zutritt nicht neuerlich verwehrt wird.“

Es kam keine Reaktion auf den Brief. Am 10. September folgte eine weitere Leerfahrt nach Raditsch. Auch am 21. September musste Pascal unverrichteter Dinge abfahren. An diesem Tag war er voller Hoffnung, da doch sein Geburtstag bevorstand, und bis dorthin gab es keinen weiteren Besuchstermin. An diesem Tag nahm Pascal Proviant mit, um sich für längere Zeit vor dem Haus einzunisten, falls er wieder nur den Zaungast spielen müsste.

Neben Amalias Bungalow verläuft ein nicht asphaltierter Weg zum Nachbarhaus. Pascal stellte sein Fahrzeug unweit des Bungalows an den Straßenrand. Zuerst tänzelte der Zaungast vor der versperrten Haustür. Das Warten war ihm nicht unbekannt. Aus dem Haus war kein Ton zu hören, eine gähnende Stille. Pascal hätte gemäß der gerichtlichen Besuchsrechtsregelung heute seinen Besuchstag. Er wollte die Lage länger beobachten. Er holte aus seinem Auto einen Klappsessel und setzte sich auf das benachbarte, unbebaute Grundstück. Um die Stunden des Wartens zu verkürzen, hatte er sich auch eine Lektüre mitgenommen. Wenn ihn der Hunger packte, holte er ein belegtes Brot aus dem Auto – und las weiter. Es näherte sich ein Auto und machte bei ihm Halt. Der Nachbar erzählte ihm, dass Amalia mit Maja um die Mittagszeit nach Wurmlach gefahren ist. Pascal wartete beharrlich. In der Zwischenzeit lugte aus dem Gebüsch der Schwiegereltern Gabriel. Sein Blick richtete sich auf den Bungalow und auf den Zaungast. Als er bemerkte, dass Pascal ihn erblickt hatte, beendete er sein Spähen, sprang flott aus dem Gebüsch und lief ins Haus. Mittlerweile war es brütend heiß geworden. Pascal setzte eine Kopfbedeckung auf. Die Nachbarin beobachtete ihn schon eine Zeitlang. Pascals Gesicht war schweißgebadet und hochrot. *Im Schweiße meines Angesichts warte ich auf Maja.*

Plötzlich stand die Nachbarin mit einer großen Flasche Mineralwasser da und überreichte ihm das Getränk. Wohlwollend riet sie ihm, viel zu trinken. Er bedankte sich für diese nette Geste. Neugierig spionierte der kleine Gabriel umher. Am Spätnachmittag machte sich Pascal zutiefst enttäuscht auf den Heimweg.

Als er zu Hause angelangt war, verfasste er wieder einmal einen Brief an Amalia, indem er ihr die nächsten sieben, gerichtlich geregelten Besuchstermine bekannt gab. Er formulierte in schroffem Ton. „Wünschenswert wäre, wenn du den genauen Wortlaut der Besuchszeitregelung einhalten würdest. Am vergangenen Samstag stand ich wieder draußen vor der versperrten Tür. Unsere Tochter hat am 3. Oktober ihren dritten Geburtstag, und ich würde Maja bei meinem nächsten Besuch am 5. Oktober gerne mitnehmen. Sie hat sich vielleicht von mir entfremdet, weil sie mich mehr als einen Monat nicht mehr gesehen hat. Mit deiner Unterstützung kann sie es überwinden. Nach deinem Auszug hast du auch aus beruflichen Gründen unser Kind einem damals fremden Umfeld ‚übergeben'."

Wozu gibt es eine gerichtliche Regelung, wenn sie nicht eingehalten wird? Gibt es beim Pflegschaftsgericht nur Gummiparagraphen, die man verschieben und biegen kann, wie es einem beliebt?

Zudem gab ihm sein Rechtsanwalt eine zusätzliche Schützenhilfe in seiner Sackgasse und beschwerte sich bei der Rechtsvertretung Amalias. „Deine Mandantin scheint mit aller Gewalt die regelmäßigen Kontakte zwischen meinem Mandanten und der minderjährigen Maja verhindern zu wollen. So konnte mein Mandant Pascal R. letztmalig am 10.8.1996 sein Kind besuchen. In weiterer Folge hat Frau Amalia R. unter verschiedensten Ausflüchten die Kontakte zwischen Herrn Pascal R. und seinem Kind verhindert. So wurde beispielsweise am 21.9.1996 mitgeteilt, die Minderjährige sei krank. Das Ersuchen meines Mandanten, sein krankes Kind besuchen zu dürfen, wurde abgelehnt. Auch am Donnerstag davor konnte Herr Pascal R. sein Besuchsrecht nicht ausüben, da die Minderjährige angeblich beim Arzt war, was aber zweifellos für eine Ausübung des Besuchsrechtes meines Mandanten nicht hinderlich gewesen wäre."

Zum Schluss ersuchte er seinen Kollegen, auf Amalia positiv einzuwirken und die Durchsetzung der Besuchsrechtsregelung nicht zu behindern.

Scheinbar hatte das Schreiben Wirkung gezeigt. Pascal holte die Geburtstagsfeier von Maja nach. Zwei Tage nach ihrem Geburtstag nahm er sein Besuchsrecht wahr. Pascal betrat Amalias Bungalow. Er hatte im Haus einige Luftballons aufgeblasen, ließ diese los, und Maja hüpfte und hüpfte vor Freude hinterdrein, um die Ballons zu fangen. Dann brachte er Maja ein musikalisches Ständchen dar, währenddessen hielt sie sich lächelnd die Ohren zu und bat den Papa, lieber mit ihr zu spielen. Der Vater überraschte seine Tochter mit einer Torte mit drei rosa Kerzen. Maja sagte zur Verwunderung des Vaters, dass ihre Lieblingsfarbe eigentlich Schwarz sei. „Mama kaufte mir einen schwarzen Hut und schwarze Kleidung", sagte Maja zu Pascal. Die Torte wurde gleich angeschnitten. In Anwesenheit Amalias gab das ein sehr familiäres Bild. An diesem Tag spielten sie am Boden Lego, bis Maja müde in den Armen Pascals eingeschlafen war.

Zu Pascals Verwunderung verliefen die Besuche in den folgenden Wochen klaglos. So erfreulich dies war, Pascal traute dem Ganzen dennoch nicht recht. *War das nur die Ruhe vor dem Sturm?*

Tauziehen vom kürzeren Ast

Der Ringkampf um die Paragraphen des Besuchsrechts erreichte die zweite Runde und somit eine weitere Dimension. Amalia strebte eine neue Besuchsrechtsregelung an. Nach ihren Vorstellungen sollten die Besuche Pascals weiter eingeschränkt werden. Sie beantragte am 16. Oktober 1996 beim Gericht, dass „der Antragsgegner an jedem 1. und 3. Samstag im Monat in der Zeit von 14.00 Uhr bis 18.00 Uhr das Kind besuchen kann, wobei wegen der zuletzt verlautbarten Drohungen das Besuchsrecht in Anwesenheit der Antragstellerin und einer weiteren Person ausgeübt wird".

Soll das verkürzte Besuchsrecht eine Bestrafung für mich werden? Soll die „mehrfache Bedrohung" wieder vorgebracht werden? Das schien sich bislang sehr gut zu bewähren, um eine dramatische Stimmung heraufzubeschwören. Beim Vorbringen sogenannter Drohungen ist es für Amalia ein leichtes Spiel, mir das Kind niemals mitgeben zu müssen.

Dann folgte der Vorwurf Amalias, „dass der Antragsgegner immer wieder versuchte, zu Terminen, zu denen kein Besuchsrecht gegeben war, das Kind zu besuchen, andererseits hat die Antragstellerin an zahllosen Besuchsterminen auf den Antragsgegner gewartet, ohne dass dieser in der Folge erschienen ist."

Amalia bestätigte zwar, dass sich der Vater um das Kind bemühte, es nicht im Stich ließ und die Besuche wahrgenommen hat. Allerdings öffnete der Neuantrag der Besuchsrechtsregelung der Willkür Tür und Tor.

Was kann der Kindesmutter passieren, wenn sie sich nicht an die Regeln hält? Sie kann ja nicht eingesperrt oder zur Räson gezogen werden. Mir steht bei der Ausübung des Besuchsrechtes nur die Möglichkeit offen, Zeugen mitzunehmen. So wird die Besuchsrechtsregelung ad absurdum geführt.

Die Kindesmutter Amalia ersuchte nun die Verantwortlichen bei Gericht um eine endgültige Regelung des Besuchsrechtes nach ihren Spielregeln, „um weitere Streitigkeiten, die insbesondere schon auf die Psyche des Kindes schlagen, hintanzuhalten", so ihre Behauptung.

Amalia stellte bei Gericht fest, Pascals Drohungen wären die Folgen der nicht verkrafteten Scheidung. Pascal wertete ihre Drohgebärden als Ausfluss ihrer Fantasie.

Pascal bedauerte zutiefst, dass ihm über einen Zeitraum von zwei Monaten die Ausübung des Besuchsrechtes grundlos verwehrt worden war. Einen peinlichen Vorfall schilderte Pascals Rechtsanwalt in der Stellungnahme für das Gericht im Detail: „Am 21. September 1996 wurde der Antragsgegner an seiner Arbeitsstelle von der Antragstellerin davon informiert, dass er weder das Besuchsrecht am 21. September 1996 noch jenes am 26. September ausüben könne, da die Minderjährige an diesem Tage – Samstag, dem 21. September – krank sei und sie am Donnerstag, dem 26. September 1996, einen Arztbesuch abstatten müsse. Ungeachtet dessen ist der Antragsgegner um 14.50 Uhr desselben Tages am Wohnort der Antragstellerin und der Minderjährigen erschienen, um seine kranke Tochter zu besuchen. Die Antragstellerin hat dem Antragsgegner jedoch den Zutritt zum Hause und zu seiner Tochter verwehrt. Obwohl der Antragsgegner bis 17.30 Uhr vor dem Hause in Raditsch verblieb, um sein krankes Kind sehen zu können, wurde ihm der Zutritt nicht gestattet. Dem Antragsgegner wurde auch der Besuch seiner Tochter anlässlich ihres Geburtstages am 3. Oktober verwehrt."

Wie üblich stand Pascal auch diesmal zum Geburtstag seiner Tochter als auch zu seinem Geburtstag vor versperrten Türen. Mit derartigen Aktionen erlebten Pascals Gefühle immer eine Talfahrt, einen Mix von Gefühlen der Trauer, des Zorns, der Machtlosigkeit und des Verrates. Er fühlte sich wehr- und wertlos. Da brannte es in seiner Brust! Es schien kein Heilmittel dagegen zu geben!

Menschen, die mir wichtig und wertvoll sind, besuche ich doch, wenn sie krank sind. Ich liebe Maja, und daher lege ich gerne hundert Kilometer zurück, um sie besuchen zu können. Was hat diese Frau nur zu verbergen? Da stimmt doch etwas nicht! Was treibt sie mit meiner Tochter?

Ausgesperrt, fühlte sich Pascal wie ein indischer Aussätziger des untersten Standes. *Auch die unberührbaren Aussätzigen müssen außerhalb der Stadtmauern verweilen, sind Freiwild und oft dem Tode geweiht.* Pascal fühlte sich wie in einem Zwinger eingesperrt, machtlos und auf Gedeih und Verderb Amalias Willkür ausgeliefert.

Pascal konnte diese Umstände einfach nicht mehr ertragen. Zur Lösung und Verbesserung dieser verfahrenen Situation zog er die Beiziehung eines Sachverständigen aus dem Bereich der Psychologie in Erwägung. *Woher stammen die Urängste Amalias? Wie geht es Tochter Maja? Wie kann eine geordnete Vater-Kind-Beziehung wiederhergestellt werden?*

Pascal stellte in Vorbereitung auf die nächste Gerichtsverhandlung entgegen Amalias Besuchsrechtsdrosselung – den Antrag, sein Besuchsrecht wöchentlich und ohne Anwesenheit der Kindesmutter ausüben zu dürfen. Darüber hinaus möchte er seine Tochter auch noch an ihrem Geburtstag, Namenstag, zu Weihnachten und am Ostersonntag besuchen oder zu sich nehmen dürfen. Pascals Rechtsanwalt schrieb in der vorbereitenden Stellungnahme: „Das Verhalten der Antragstellerin ist daher zweifellos geeignet, negative Einwirkungen auf die Psyche des Kindes einerseits zu bewirken, andererseits ist die ständige Anwesenheit der Antragstellerin bei der Ausübung des Besuchsrechtes durch den Antragsgegner dem Kindeswohl eher abträglich als zuträglich."

Ich stelle doch nur Minimalforderungen. Das ist mein Wunsch, und dazu bin ich meiner Tochter gegenüber verpflichtet. Bei dieser Willkür und

Unberechenbarkeit Amalias muss der Gerichtsweg leider unumgänglich beschritten werden. Maja soll niemals den Eindruck gewinnen, ich hätte mich nicht ausreichend um sie gekümmert oder um sie bemüht.

Unkompliziert wurde das Finanzielle abgewickelt. Die Unterhaltszahlungen flossen von Pascals Konto. *Um das Besuchsrecht muss man betteln wie ein Hund, sich verteidigen wie eine Bache und kämpfen wie ein Löwe.* Bis zur Gerichtsverhandlung am 11. Dezember verfolgten Pascal die bösen Geister der Unterstellungen. Bilder, Worte und Vorwürfe blendeten sich in seine Gedanken- und Gefühlswelt immer wieder ein und fesselten ihn an das Nicht-Vergessen-Können.

Pascal fühlte sich von dem Vorwurf besudelt, dass er die Besuchszeit überschreiten würde. Er kennt Väter, die für ihr Kind zahlen und froh sind, keinen Kontakt zu ihm zu haben und auch keine Verantwortung übernehmen zu müssen. Pascal sucht und wünscht den Kontakt unbedingt, ist aber unerwünscht.

Dabei wird das Kind ja nicht gefragt. Würden die Wünsche der Kinder berücksichtigt, wäre die Welt eine andere. Kann sich eine Mutter nicht glücklich schätzen, wenn sich auch der Vater um das Kind bemüht und sich einsetzt? Ist ja klar, dass bei Besuchen beim Spielen die Zeit manchmal übersehen werden kann? Mir das zum Vorwurf zu machen, finde ich kleinlich und beschämend für die Mutter.

Als Vater fühlte sich Pascal wie ein Spielball zwischen Kind, Amalia und ihren Eltern. Er fühlte sich schon während seiner Ehejahre als Reserverad in der Familie.

Klar, dass die Mutter die wichtigste Bezugsperson des Kindes ist und eine kontinuierliche Lebensbegleiterin sein soll. Welchen Stellenwert hat der Vater? Ist die Bank die einzige Verbindung zum Kind, sonst kann er sich scheren? Das Kind braucht genauso die väterlichen Charakterzüge, seine Meinungen, Liebkosungen und Anerkennungen. Die Stellung der Mutter als die wichtigste Bezugsperson des Kindes bedeutet nicht, dass der Vater eine herabgesetzte, reduzierte und minderwertige Rolle in seiner Erziehung spielt. Im Kind sind die Wurzeln der Mutter und des Vaters verankert. Von beiden wird es getragen und nicht nur finanziell genährt.

Wenn man jemanden liebt, steht man ihm in guten und schlechten Zeiten zur Seite. Man lässt sich gegenseitig nicht im Stich. Pascal beabsichtigte, seine kranke Tochter zu besuchen, um ihr beizustehen und somit auch ihren Heilungsprozess zu beschleunigen. Ihm wurde der Zutritt verwehrt, ja, ihm war nicht einmal die Schwere ihrer Krankheit bekannt. Für Pascal eine unerklärliche Haltung von Amalia.

Bin ich vielleicht die Ursache von Majas Erkrankung, dass ich das Haus nicht betreten darf? Die lieben Verwandten mütterlicherseits haben immer einen Tag der offenen Tür zur Tochter. Als Vater muss ich aber draußen vor dem Tor bleiben.

In weiterer Folge berief sich Amalia auf eine Ärztin, die ihr angeblich geraten hätte, den Vater nicht zum kranken Kind zu lassen. Die Gedanken in Pascals Kopf drehten sich immer um dieselben Fragen, wie bei einem Plattenspieler, dessen Nadel die Rille nicht zu wechseln vermag.

Warum darf ich meine Tochter nicht mitnehmen? Warum verhindert Amalia meine Besuche mit allen erdenklichen Mitteln? Hat sie Angst, dass Maja gegen die Mutter aufgehetzt wird? Blödsinn! Das wäre kontraproduktiv und hätte zur Folge, dass ich Maja erst recht nicht zu Gesicht bekäme. Eifersucht? Ja, das wäre eine denkbare Erklärung. Amalia könnte es nicht verkraften, wenn Maja auch ihren Vater ebenbürtig lieben würde. Oder ist Amalia bestrebt, unsere Tochter „vor der Außenwelt abzuriegeln"? Auch das ist nicht ausgeschlossen.

Pascal erlebte in Amalias Herkunftsfamilie eine starke Neigung zur Abschottung und ein Misstrauen gegenüber der Nachbarschaft. *Das muss wohl sehr tief verwurzelt sein.* Er hatte mehrfach den Eindruck gewonnen, dass wohl ein Schleier von etwas Unerklärlichem und für ihn Unbekanntem über der Familie lag.

Es muss in der Familiengeschichte viel Unerklärliches passiert sein, Verwundungen, die nie verheilt sind. Sie bewirkten eine Einstellung und eine Haltung, nach der man niemandem trauen kann, hinter jeder Ecke das Böse lauert und dass ein nahezu erdrückender Zusammenschluss der Familienbande notwendig ist. So vertraut Amalia nur ihren Eltern, ihren Verwandten und sonst niemandem. Auch mir nicht.

Amalias Lebenswelt ähnelt einer Sekte. Da herrscht die Schwarz-Weiß-Malerei. Das Heil gibt es nur in den eigenen vier Wänden der Familie. Die Familienmeinung ist allgegenwärtig und bestimmend, an ihr darf nicht gerüttelt werden. Kritik ist erst gar nicht erlaubt. Außerhalb ist die Welt des Bösen, und man wappnet sich vor der Welt des Feindes.

Pascal fühlte sich in die Außenwelt des Bösen abgeschoben. Er gehörte nach der Trennung und Scheidung nicht mehr zu ihnen, deswegen wurde er als Bedrohung angesehen. Infolgedessen erlebte er eine Abfolge von Demütigungen und Einschüchterungen. *Sollen sie zu meiner endgültigen Kapitulation führen?*

Vor der bevorstehenden Verhandlung zur Besuchsrechtsregelung verfasste Pascal noch einen Brief an seine Ex-Gattin mit der Bitte: „Ich ersuche dich, bei Gericht dem Spuk ein Ende zu setzen. Widerrufe deine infamen Anschuldigungen gegen mich und finden wir eine außergerichtliche und einvernehmliche Besuchsrechtsregelung zum Wohle unserer Tochter."

11. Dezember 1996 am Bezirksgericht Wurmlach. Die Richterin rief über das Mikrofon die Streitparteien auf, in den Gerichtssaal zu kommen. Im Saal des Bezirksgerichtes Wurmlach hatte die Richterin Ella J. den Vorsitz. Sie wirkte wie eine frisch gebackene Frau Rätin, erweckte den Eindruck, in der Frauenwelt bestens eingeweiht zu sein und führte einen dynamischen Verhandlungsablauf. Sie wollte schnell dem Streit ein Ende setzen und hatte die Verhandlung auf nur dreißig Minuten angesetzt.

Hoffentlich ist die Richterin unvoreingenommen und unparteiisch. Wie soll das geschehen? Amalia hatte diese Richterin am Gerichts-Amtstag aufgesucht, ihr verwundetes Herz ausgeschüttet und bei ihr ihre psychischen Brandmale deponiert.

Die Verhandlung fand am Vormittag statt, und das Schicksal über die weitere Beziehung von Kind und Vater lag in richterlicher Hand. Maja war logischerweise nicht anwesend, es drehte sich aber alles um sie, sie war wie ein Phantom der Gerichtsverhandlung. Zur Sprache kam, dass Pascal über ein Jahr seine Tochter Maja mehr oder weniger regelmäßig bei der Kindesmutter besucht hatte. Richterin Ella J. fragte Amalia: „Könnten Sie dem Kindesvater nach dieser extra langen Eingewöhnungsphase das Kind mitgeben?" Amalia stieg die Röte ins Gesicht: „Nein, ich kann die minderjährige Maja dem Vater nicht mitgeben. Das würde dem Kindeswohl widersprechen. Der Kindesvater hat nicht nur mir, sondern auch dem Kind gedroht." „Könnten Sie das noch mehr konkretisieren?", fragte die Richterin. Amalia packte ihre Fantasiekiste aus. Pascal traf jeder Vorwurf wie ein Peitschenhieb auf seinem nackten Rücken. „Am 15. März 1996 hat sich der Vorfall ereignet, dass der Kindesvater einen Nylonsack mit dabeihatte. Das stülpte er dann dem Kind über den Kopf und hat dabei gelacht. Ich weiß ja nicht, was der Kindesvater mit ihr dann aufführt, wenn ich sie ihm allein mitgebe."

Die Anfrage der Richterin, ob die Kindesmutter ihre Tochter dem Vater mitgeben möge, brachte eine Lawine ins Rollen. Bei Amalia taten sich Abgründe auf, sie verlor jegliches moralische Schamgefühl. Pascal fühlte sich völlig ausgeliefert.

Sie kann wahllos kriminelle Verdachtsmomente und Vorwürfe gegen mich vorbringen? Was soll ich dazu sagen – ich kann dem nichts erwidern, ich kann nur den Vorwurf verneinen und sonst gar nichts …

Am liebsten würde Pascal seine Seele aus der Brust schreien. Tatsächlich brachte er kein einziges Wort heraus, die Kehle war ihm zugeschnürt, er war in einem schockartigen Zustand. Durch seinen Kopf gingen Bilder, wie die Gestalt des Gottesknechtes im Alten Testament, der hilflos ausgeliefert wird. „Er wird nicht ermatten und nicht zusammenbrechen, bis er das Recht auf Erden begründet", steht im ersten Gottesknechtslied bei Jesaja. *Ihr Vorwurf wird mich nicht zermürben. Ich muss für meine Tochter kämpfen, das bin ich ihr schuldig.* In der Bibel steht: „Ein geknicktes Rohr zerbricht er nicht und einen glimmenden Docht löscht er nicht aus. In Treue trägt er das Recht aus."

Die zerstörerische Haltung Amalias werde ich nicht fortsetzen und den letzten Funken Hoffnung zerstören. Ich möchte mich keineswegs mit Amalia auf dieselbe Ebene stellen. Das Besuchsrecht soll ja nicht zerbröseln wie eine getrocknete Semmel.

Amalia hatte noch eine Draufgabe im Talon: „Er hat immer wieder erklärt, dass etwas passieren wird, wenn ich nicht pariere. Wenn er zu uns kommt, dann grüßt er mich nicht einmal. Er schreit auch ständig mit mir und beschimpft mich laufend."

Die Richterin rümpfte die Nase, die Wangen waren leicht gerötet. Nach Beweisen und Zeugen wurde kein einziges Mal gefragt, und sie schienen nicht interessant zu sein. Es genügten die Worte Amalias, die wirkungsvoll klangen. Pascal spürte, dass jede Bemühung, jeder Kampf um seine Tochter vergebens und nutzlos waren und ihm seine Kräfte raubten. Im zweiten Gottesknechtslied steht geschrieben: „Ich habe mich umsonst gemüht, vergebens und nutzlos meine Kraft verzehrt." Amalia setzte wie auswendig gelernt fort: „Am 17. Juni 1996 hat er mir erklärt, dass etwas passieren wird, wenn ich nicht spure. Er hat gesagt, dass seine Verwandten auch bei der Polizei arbeiten und dass bald einmal ein Schuss losgehen und beim Auto dann etwas passieren könne."

Da hat Amalia viel Glück gehabt, dass sie den Auszug aus der gemeinsamen Wohnung überlebt hat und dass nichts passiert ist. Hier werden ein-

fach Behauptungen in den Verhandlungsraum gestellt, die weder bewiesen noch widerlegt werden können und müssen. Wie Nebelschwaden nisten sie sich in das Bewusstsein der Anwesenden ein und verschleiern die Sicht.

Amalia setzte noch ein Scherflein drauf: „Am 3. Juli ist Maja krank gewesen. Der Kindesvater hat darauf überhaupt keine Rücksicht genommen, und er hat die Minderjährige einfach aufgeweckt. Er hat erklärt, dass das Kind parat stehen muss, wenn er komme. Wenn sie müde sei, dann könne sie sich zu anderen Zeiten ausschlafen, wenn er eben gerade nicht Besuchszeit hat."

Damit werde ich als Kindesvater als eine verantwortungs- und rücksichtslose Person hingestellt, der man unter den beschriebenen Umständen das Kind niemals anvertrauen darf. Wie im dritten Gottesknechtslied geschrieben steht: „Meinen Rücken bot ich den Schlagenden dar und meine Wangen den Raufenden. Ich verbarg mich nicht vor Schmähung und Bespeien." Pascal stand mit dem Rücken zur Wand. *Beim Bespucktwerden kann ich zwar den Speichel mit meiner Hand abwischen, aber Spuren der Spucke in meinem Gesicht bleiben kleben.* „Am 21. September 1996 ist Maja wiederum krank gewesen. Ich habe versucht, den Kindesvater in der Schule zu erreichen und habe ihm über den Schulwart ausrichten lassen, dass Maja krank ist. Er ist dennoch zu uns gekommen, und er hat mich beschimpft und behauptet, ich hätte Maja grün und blau geschlagen, damit er sie nicht sehen könne."

Lügen, nichts als Lügen. Damit bekräftigte Amalia, dass der Papa sein krankes Kind nicht besuchen darf. Aber Pascal wollte nicht im Klagen versumpfen und seinen Kampf aufgeben. *Einen Brief gibt man auf, niemals seine Tochter.* Trotzdem stand Pascal wehrlos den Vorwürfen gegenüber. „… aber er tat seinen Mund nicht auf. Wie ein Lamm, das man zum Schlachten führt und wie ein Schaf angesichts seiner Scherer, so tat auch er seinen Mund nicht auf", geht ihm das vierte Gottesknechtslied durch den Kopf. Mit Unterstellungen wurde Pascal mundtot gemacht. Er konnte seinen Mund nicht öffnen, war dazu nicht fähig. Egal, was er sagte, es konnte so oder so ausgelegt werden. Es wurde ihm in diesem Moment besonders bewusst, welche Rolle die Sprache spielt. Jedes Wort kann Segen oder Fluch sein, verherrlichen oder verdammen. Er erlebte eine verbale und psychologische Kriegsführung. Fassungslos und versteinert folgte er dem Bombardement der Worte Amalias.

Soll meine Kampffähigkeit und mein Kampfwille um Maja gebrochen werden? Soll die Tochter vom Vater für immer isoliert und entfremdet werden? Sollen durch Verleumdungen Vorurteile aufgebaut werden, um meine Position zu schwächen? Besteht ihr Ziel im Entmutigen, Verunglimpfen, Einschüchtern, Erschrecken und letztlich im Kapitulieren? Und wenn ich kapituliere, folgt die Manipulation der Tochter, indem ich als Feindbild hingestellt werde? Wohin führen diese Vorwürfe und Verleumdungen?

Amalia setzte fort: „Am 19. Oktober 1996 bin ich mit dem Kindesvater und Maja spazieren gegangen, und der Kindesvater hat mir erklärt, dass irgendwas passieren werde."

Die Kampagne Amalias hat Früchte getragen. Richterin Ella J. erkundigte sich sofort bei der Kindesmutter, welche dritte, neutrale Person bei den Besuchen anwesend sein könnte. Amalia schlug ihre Schwester Chayenn vor.

Anschließend wurde Pascal zu den Vorwürfen eingehend befragt. Er bezeichnete sie alle als „frei erfunden". Auf den Plastiksack angesprochen, erwiderte Pascal: „Wenn ich auf den Vorfall vom 15. März angesprochen werde, so gebe ich an, dass ich niemals einen Sack über den Kopf von Maja gestülpt habe. Es ist ein paarmal vorgekommen, dass ich sie angezogen habe beziehungsweise, dass Maja mich darum auch ersucht hat. Ich kann mich noch erinnern, dass einmal der Pullover beim Kopf etwas gesteckt ist und ich etwas fester angezogen habe."

Pascal sagte, dass Drohungen niemals gefallen sind. „Wenn es um meine Tochter geht, dann werde ich immer sehr emotional. Ich habe die Kindesmutter niemals bedroht oder beschimpft. Vielmehr war es so, dass die obsorgeberechtigte Kindesmutter mir erklärte, wenn ich nicht spure, wird mir das Kind vorenthalten. Und sämtliche Besuchstermine wurden im Einvernehmen mit Amalia vereinbart."

Mit dem immer wiederkehrenden Begriff „Drohung" versuchte Amalia, weiterhin für sich Stimmung zu machen und zu punkten. Pascal versuchte sich vorzustellen, was im Kopf der Richterin zu diesen Vorwürfen vorging.

Bei Amalias Vorwürfen wurde sie hellhörig, deren Anschuldigungen musste sie berücksichtigen. Allerdings müsste sie doch bei den ständigen massiven Unterstellungen gegen mich zu meinem Gunsten aktiv werden. Das hat sie unterlassen. Warum? Warum?

Pascal lehnte vorerst Chayenn, die vorgeschlagene Schwester Amalias, als weitere Aufsichtsperson ab. „Die Schwester der Kindesmutter hat Maja fast jeden Tag. Warum sollte nicht eine meiner Verwandten bei diesen Terminen dabei sein, zumal einige meiner Verwandten Maja schon lange nicht gesehen haben?"

In dieser Situation empfand Pascal eine Begleitperson als entmündigend. Es war für ihn eine „menschliche" und „rechtliche" Demütigung.

Auf Vorschlag der Richterin wurde zur Lösung des Besuchsrechtes ein Sachverständiger eingeschaltet. Das Gutachten des Sachverständigen wird die neue Besuchsrechtsregelung maßgeblich beeinflussen. In diesem Sinne wurde die Verhandlung vertagt.

Der Psychologe und gerichtlich beeidete Sachverständige Kilian T. gab im eingeschriebenen Brief Pascal den Termin der Befragung bekannt. Pascal sollte sich am Freitag, den 24. Januar 1997, in seiner Praxis in Wurmlach einfinden. Kilian T. bekam von der Richterin den Auftrag herauszufinden, ob sich Spannungen zwischen den Eltern negativ auf die minderjährige Maja auswirken. Des Weiteren soll er untersuchen, ob im Verhalten des Kindesvaters Anhaltspunkte gegeben sind, welche befürchten lassen, dass es zu negativen Auswirkungen für die minderjährige Maja kommen könnte, wenn der Vater sie an seinen Besuchstagen mitnimmt. Drittens soll der Sachverständige herausfinden, ob sich der Kindesvater seiner Verantwortung bewusst ist, wenn er die minderjährige Maja allein beaufsichtigt.

Pascal erhoffte sich eine gründliche Untersuchung seitens des Sachverständigen und eine Lösung des dauernd aufgeschobenen Konfliktes. Pascal wünschte sich, dass auch herausgefunden würde, dass Maja ihren Papa liebt und zu ihm regelmäßigen Kontakt haben möchte.

In Wurmlach angelangt, stand Pascal vor der Gartentür, die zum Haus, in dem die Praxis untergebracht war, führte. Am Schild stand: „Psychologische Beratungsstelle, Kilian T., Berater in allen Lebenslagen. Kompetente Analyse, Betreuung und zielorientierte Lösungsvorschläge." Als Kilian T. die Tür öffnete, begrüßte er Pascal sehr freundlich, er wirkte väterlich, war schon wesentlich älter und wirkte lebenserfahren. Die großen, grauen Augenbrauen und die runzelnde Stirn stachen besonders hervor. Seine Statur war eher klein und füllig. Er führte Pascal in einen gemütlichen Raum. Der Teppichboden vermittelte Wärme. An den Wänden gab es Stellagen mit Fachbüchern über Existenzanalyse, Sigmund Freud, Gestalttherapie und so weiter. Inmitten des Raumes stand ein riesengroßer Tisch. Abseits davon war eine angenehme Couch. Kilian T. und Pascal saßen am großen Tisch einander gegenüber. Die Brille trug der Sachverständige an der Nasenspitze, und wenn er mit Pascal sprach, lugte er über seine Brille zu ihm. Die Befragung erfolgte freundlich, tief in Pascals Seelenleben greifend und sehr ausführlich.

Pascal erzählte Kilian T., dass Maja ein Wunschkind und dass ein weiteres Kind geplant war. In der schwierigen Zeit der Schwangerschaft war Pascal seiner Gattin immer zur Seite gestanden. Es war beiderseitiger Wunsch, dass Pascal bei der Geburt mit dabei war.

Nach Majas Kaiserschnitt-Geburt hatte sich der Gemütszustand Amalias zum Schlechteren gewendet, berichtete Pascal. Sie wurde immer labiler und suchte Zuflucht in ihrem Elternhaus. „Als ich nur einmal meine Tochter zu meinen Eltern brachte, zeigte sich Amalia extrem eifersüchtig und machte mir Vorwürfe." Pascal war davon überzeugt, dass Amalia ihm den innigen Kontakt zu Maja nicht gönnte, und bei Zwistigkeiten reagierte sie mit den Worten: „Das ist meine Tochter!" Pascals Schwiegermutter bestärkte sie und pflichtete ihr oft bei: „Ein Kind gehört immer zur Mutter!" In Pascals Gegenwart verhielt sich Amalia zu Maja überbehütet. Der Kindesvater hatte oft das Gefühl, dass Amalia auf ihn eifersüchtig wäre. Beeinflusst von den jüngsten Erlebnissen, sagte er dem Sachverständigen, dass er sich im Wesen Amalias getäuscht hätte. „Ich kann mir kaum verzeihen, eine Frau geheiratet zu haben, die wegen ihrer eigenen Interessen über Leichen geht und, wenn sie mit ihren Plänen nicht gleich durchkommt, rasch in Panikzustände verfällt. Dadurch war auch die Partnerschaft, in der es ein stetes Auf und Ab gibt, belastet."

Pascal äußerte dem Sachverständigen Kilian T. gegenüber den sehnlichsten Wunsch, Maja wenigstens einmal im Monat für sich allein zu haben und sie mit sich nehmen zu können. So hätte er auch die Möglichkeit, das Kind zu seinen Eltern, seiner Schwester und seiner Nichte zu bringen. Maja soll auch die Verwandten väterlicherseits kennenlernen und Kontakte zu ihnen pflegen. Dabei wünschte er sich, dass die Kindesmutter ihre Tochter entsprechend darauf vorbereite. Das musste sie auch damals tun, als sie nach ihrem Auszug sofort in den Schulbetrieb einstieg und Maja den Großeltern mütterlicherseits überließ.

Auf die Obsorge angesprochen sagte Pascal. „Diese wurde sehr schnell zugunsten von Amalia entschieden. Es täte mir leid, weil die Vorteile, die meine Ex-Gattin aus der Obsorge genießt, durch die Besuche nicht auszugleichen sind." Die Alternative einer gemeinsamen Obsorge wäre erst bei Zustimmung oder bei grobem Fehlverhalten der Kindesmutter möglich gewesen.

Pascal wurde noch einmal mit dem Nylonsack konfrontiert. Im Nylonsack befanden sich Geschenke, die er für Maja mitgebracht hatte, erzählte er Kilian T. „Alles andere ist eine Erfindung der Kindesmutter. Sie hat mit mir geschrien, weil ich mit meiner Tochter spielte, worüber wiederum Maja erregt war und ihrer Mutter einen Fußtritt gegeben hat."

Auf die Frage nach Drohungen und Beschimpfungen erklärte Pascal dem Sachverständigen, dass auch dies Lügen seien und „ich nur gesagt habe, dass die Schwiegereltern an der Trennung schuld gewesen wären". Auch weitere Drohworte, wie „Schuss losgehen" und „am Auto manipulieren", entsprangen Amalias Fantasie.

Der Psychologe kommt zur Schlussfolgerung, dass Pascal darüber sehr schwer hinwegkommt, „dass man ihm beim Wiedersehen mit seiner Tochter Schwierigkeiten macht". Ein unumstößlicher Satz des Kindesvaters aus der Befragung wurde später vom Psychologen extra hervorgehoben: „Lehrer sein und mein Kind nicht großziehen zu dürfen, finde ich paradox. Auch wehre ich mich dagegen, finanziell ausgebeutet zu werden." Kilian T. beschreibt Pascal als ruhigen, kooperativen Menschen, der bemüht ist, die Übersicht zu bewahren und nichts auszulassen, „verdrängt er doch einiges beziehungsweise rationalisiert Tatbestände, um damit depressive Verstimmungen abzuwehren".

Pascal war mit dem Untersuchungsgespräch zufrieden. Mit großer Spannung erwartete er das Ergebnis der Befragung seiner Tochter und seiner geschiedenen Frau. In der Zwischenzeit gab es zwei unangenehme Besuche, und Pascal informierte den Sachverständigen davon. Am 1. Februar 1997 besuchte er seine Tochter und wollte mit ihr einen Einkaufs-Samstag in Wurmlach verbringen. Seine geschiedene Frau interpretierte sein Ansinnen als

„Aufhetzerei", sie war empört, zornig und lehnte es lautstark ab. Zwischenzeitlich zog Maja bereits ohne Aufforderung ihren Pullover an, der mehr schief am Kopf hing als am Körper, und holte den Anorak. Maja fing bitterlich zu weinen an, als ihre Mutti die Ausfahrt mit ihrem Papa verboten hatte. Nach langem „Tauziehen" durften Maja und Pascal den Bungalow verlassen und unter Kommando der Kindesmutter nur im Garten spielen. Pascal konnte nicht schweigen und sagte zu Amalia: „Du behandelst mich aber nicht als Vater unserer gemeinsamen Tochter. Deinen Eltern und deiner Schwester vertraust du unsere Tochter sehr wohl an."

Beim nächsten Besuchstermin, am 15. Februar 1997, erlebte Pascal wieder eine herbe Enttäuschung. Er läutete an der Gartentür, seine geschiedene Gattin kam heraus und verwehrte ihm den Zutritt zum Haus mit der Begründung: „Die Tochter ist krank. Sie benötigt absolute Ruhe, und deswegen darfst du sie nicht besuchen." Sie sprach durch den Maschendrahtzaun, drehte sich um und kehrte eilig ins Haus zurück.

Pascal schloss seinen Brief an den Sachverständigen mit den Worten: „Ist das nicht eine himmelschreiende Ungerechtigkeit? Wenn ich keine Unterhaltszahlungen leiste, kann ich gepfändet werden. In puncto Besuchsrecht ist aber der Willkür Tür und Tor geöffnet!" Nach einmonatiger Besuchspause, kurz vor ihrem psychologischen Gespräch, konnte Pascal seine Tochter Maja wieder besuchen. So ein „Zufall" – kurz vor der Befragung Majas.

Am 7. März 1997 wurde Maja auch bei dem Psychologen vorgeladen. Maja wurde unabhängig von ihrer Mutter befragt. Pascal erwartete mit Spannung die Auswertung ihres Gutachtens. Kilian T. beschrieb sie als kontaktfreudiges Mädchen von heller Ausstrahlung. „Sie wirkte kleinkindhaft, in ihren Bedürfnissen stark auf die Mutter fixiert und im Kontakt mit fremden Personen zwar abwartend, aber keineswegs ängstlich", so der Sachverständige. „Der Gesundheitszustand ist gut, in der aktuellen

Lebenssituation scheint Maja ausreichende Geborgenheit bei Mutter und Großeltern zu empfinden, und infolge der gleichbleibenden Erziehung, bei der irgendwelche Einbrüche hintangehalten werden konnten, kam es zu keinerlei Störungen des Urvertrauens. Die Hauptbezugspersonen des Mädchens sind seine Mutter sowie die mütterlichen Großeltern und der Kindesvater, wenn er zu Besuch weilt. Das Kind dürfte während der aufrechten Partnerschaft keinerlei Mangel oder Schockerlebnisse gehabt haben."

Besonders beruhigend empfand Pascal die Gesamteinschätzung seiner Tochter Maja seitens des Sachverständigen: „Die minderjährige Maja ist eigentlich die unmittelbar Leidtragende aus den Folgen der gescheiterten Beziehung ihrer Eltern. Doch hat das Mädchen, da es keinerlei Erziehungseinbrüche erlebte und durch die Schutzerziehung der Mutter den eigentlichen Konfliktsituationen weitgehend ferngehalten wurde, von den Streitigkeiten bisher kaum etwas mitbekommen und dadurch ein ziemlich unbefangenes Verhältnis zu beiden Elternteilen, und es würde dem Kind nur dienlich sein, wenn dieser Zustand nicht nur erhalten bleibt, sondern man alles Mögliche versucht, um ihn zu verbessern. Bei der psychologischen Untersuchung der minderjährigen Maja ergaben sich keinerlei Hinweise darauf, dass sie zurzeit ein Opfer von Spannungen zwischen den Kindeseltern darstellt. Wenn sie nicht zum Zeugen von Auseinandersetzungen gemacht wird, hat sie zu ihrem leiblichen Vater dieselbe unbefangene Einstellung wie zu ihrer Mutter."

Beim Lesen des psychologischen Untersuchungsergebnisses verspürte Pascal eine Art Beruhigung und fühlte sich bestätigt. In seinen Gedankengängen bemängelte Pascal, dass der Psychologe im Gutachten nicht auf die Notwendigkeit der Beziehung der Tochter zum Vater ausdrücklich hingewiesen hätte. *Das wäre doch die Pflicht eines „Seelenklempners".*

Pascal machte die Gesamtsicht der Beurteilung aber auch stutzig.

Einerseits wird vom Psychologen festgestellt: „Maja ist kein Opfer von Spannungen" und „Maja hat keine ,Schockerlebnisse' gehabt." Hat sie nichts von den ,Drohungen' bemerkt, oder sind sie doch nur ein Fantasiegespinst der Kindesmutter? Maja habe von den Streitigkeiten bisher kaum etwas mitbekommen. Andererseits spricht aber Amalia bei meinen Besuchen ständig von Drohungen, Morddrohungen, Geschrei und Hetzerei. Und das alles passiert im stillen Kämmerlein, wo das Kind nichts, ja, überhaupt nichts und niemals etwas mitbekommt? Bemerkt Maja nicht, wenn Drohungen auch gegen sie geäußert werden? Der psychologische Sachverständige behandelte diese Gesichtspunkte, als hätten sie miteinander nichts zu tun. Wenn Maja nichts mitbekommt, müsste Kilian T. ja den Schluss ziehen, dass sich Amalia die Drohungsszenarien nur ausgedacht hat.

Die Ergebnisse aus der Befragung der Kindesmutter Amalia waren für Pascal wenig verwunderlich. Sie erzählte dem Psychologen, dass sich Pascal nicht um die Tochter gekümmert hätte, weder beim Füttern, beim Baden noch beim Zu-Bett-Bringen. Allerhöchstens ging er mit dem Kind spazieren.

Pascal erinnerte sich, dass er aus beruflichen Gründen und damals als Alleinverdiener nicht ständig zu Hause sein konnte. Wenn er zu Hause war, beteiligte er sich sehr wohl am Geschehen. Er war der Einzige, der das Kind gebadet hatte. Und nicht nur das. Pascal ist enttäuscht über die Verlogenheit seiner geschiedenen Gattin. Das war ihm ja inzwischen nicht unbekannt.

Wenn Amalia tatsächlich Interesse an meiner Beteiligung beim Großziehen unserer Tochter hätte, dann würde sie sich freuen, wenn ich das kranke Kind besuchen käme. Ich stünde jederzeit und ohne Einschränkungen vor offenen Türen, und Amalia würde einen Antrag stellen, dass ich Maja auch zu ihrer Entlastung wöchentlich besuchen dürfe. Es lebe die Scheinheiligkeit und die Verlogenheit!

Im Laufe des Gesprächs mit dem Sachverständigen brachte Amalia ihre altbewährten Vorwürfe der Bedrohung ins Spiel. „Er

(Pascal) habe sie mit dem Umbringen bedroht sowie auch gesagt, dass auch ihre Familie daran glauben wird müssen." In einem Fall sagte sie: „Maja begrüße die Ankunft des Vaters, nur wenn er mit ihr (der Mutter) schreit und sie selbst dann bedrückt sei, so merkt dies Maja und kommt mit der Frage: Warum bist du so traurig?"

Zur Untermauerung ihrer Behauptungen zitierte Amalia ihre Eltern als Kronzeugen. Pascal wird vorgeworfen, dass er zur Waffe greifen, das Auto der Familie R. manipulieren und seinem Kind etwas antun würde.

Vor Gericht und in der Öffentlichkeit bringt Amalia immer den Vorwurf der Drohungen, ja, sogar Morddrohungen, vor! Die Richterin müsste in diesen lebensbedrohenden Situationen dahingehend Ordnung schaffen, dass sie vielleicht die Staatsanwaltschaft einschaltet, Beweise einfordert oder Amalia auffordert, diese Anschuldigungen nicht mehr vorzubringen, ansonsten wäre dies Verleumdung.

Pascal kam das alles vor wie eine Tragödie, mit der man Stimmung machen und Entscheidungen beeinflussen kann. Es ist ein falsches Spiel auf Zeit, ein unfaires Spiel, in dem der Vater immer den Kürzeren zieht.

Im Gespräch mit dem psychologischen Sachverständigen schlug Amalia folgende Besuchsrechtsregelung vor: „Die bisherige Regelung verlief unbefriedigend, und ich könnte mir am besten eine solche vorstellen, dass zweimal im Monat, am besten der Samstag, für Besuche reserviert werde. Wenn mein Ex sich entsprechend dabei verhalte und vor allem die vereinbarten Zeiten wahrnehme, so könne ich mir nach ca. einem halben Jahr eine Verlängerung der Besuchszeit ohne Weiteres vorstellen. Allerdings möchte ich darauf bestehen, dass die Besuche einstweilen weiter in meiner Gegenwart beziehungsweise einer meiner Vertrauenspersonen stattfinden. Als Grund dafür sehe ich, dass ich seit dem Vorfall mit dem Plastiksack, bei dem mein Ex in unverantwortlicher Weise

Maja spielerisch in Gefahr brachte, erhöhte Angst um deren Sicherheit habe. Außerdem hege ich Angst, dass mein Ex, wenn er allein mit dem Kind ist, dieses gegen sie ‚aufbaue‘. So habe er einmal in ihrer Gegenwart zur Maja gesagt, dass sie ja gar nicht ihre Mutter sei, und als das Kind dann ganz verstört mit der Frage zu ihr kam, ob das stimme, musste sie es beruhigen.“

Pascal erlebte diese Unterstellungen als ständige Totschläge in der totalen Machtlosigkeit.

Mehr als ein Jahr dauerte die erste „Eingewöhnungsphase“, wobei ich wöchentlich die Tochter besuchen durfte. Jetzt soll die nächste „Eingewöhnungsphase“ folgen, wobei ich nurmehr zweimal im Monat das Besuchsrecht ausüben darf? Wie soll ich mich bei dieser Einschränkung um die Tochter kümmern? Mit gehobenem Zeigefinger zeigt Amalia, wo es langgeht und wer die Macht hat, über das Kind zu verfügen. Das Wohl des Kindes scheint wie Plastilin zu sein, das man kneten, wenden, drehen und nach Belieben formen kann.

Der Vorwurf der „Plastiksackattacke“ war wohl nur eine Steigerungsform der kriminellen Vorwürfe, um den Status quo nicht verändern zu müssen. Dies hätte zur Folge, dass der Vater sein Kind nicht mitnehmen dürfe und die Ausübung des Besuchsrechtes nur im Ermessen Amalias und einer weiteren Vertrauensperson aus ihrem Umfeld zu erfolgen habe. *Unter diesen Umständen ist sich Amalia sicher, dass niemand verantworten kann, das Kind einem Vater mit diesen genannten Vorwürfen „auszuhändigen“. Warum hält Amalia das Kind von mir fern?* Eine nimmer endende Grübelei.

In einem schriftlichen Gutachten erfuhr Pascal erstmals, dass bei Maja ein „akzidentelles Systolikum“ diagnostiziert wurde. Besorgt hat er sich bei einem Arzt seines Vertrauens sofort über diese Diagnose erkundigt und brachte in Erfahrung, dass das „akzidentelle Herzrauschen“ oft bei Kindern ab dem dritten Lebensjahr vorkommt. Der Arzt sagte zu Pascal, dass das Herzgeräusch ohne Krankheitswert sei. Es tritt in dieser Entwicklungsphase auf und soll später von selbst wieder verschwinden. Das wirkte auf Pascal sehr beruhigend. Typisch, dass er von dieser Diagnose nicht schon früher erfahren hatte.

Amalia brachte es auf den Punkt und beschrieb dem psychologischen Sachverständigen treffend ihre sattelfeste Position: „Finanziell habe sie keine Sorgen und sei froh, die Obsorge innezuhaben. Sie sei einfach zu gutmütig, jedoch gebe sie nicht auf, das durchzusetzen, was sie für Recht halte. Auf diese Weise gelinge es ihr auch, schwierige Dinge zu bewältigen."

Maja muss finanziell durch meine Unterhaltszahlungen unterstützt werden, und die obsorgeberechtigte Kindesmutter kann nach Gutdünken mit Besuchsrecht und Information über unsere Tochter umgehen. Maja ist ihrer Mutter völlig ausgeliefert und mir, dem Vater, weggesperrt. Unterhaltszahlungen und Besuchsrecht werden vor Gericht unabhängig voneinander behandelt. Wäre das nicht der Fall, dann könnten bei Verletzung des Besuchsrechtes die Unterhaltszahlungen reduziert oder gar gestrichen werden. So wird das soziale und das finanzielle Wohl des Kindes fein voneinander getrennt und mit zweierlei Maß gemessen.

Der Sachverständige Kilian T. beurteilte abschließend die Kindesmutter folgendermaßen: „Frau Amalia R. wirkte beim Gespräch gut vorbereitet, im Bewusstsein, dass sie sich bei der ganzen Affäre nichts zuschulden habe kommen lassen und nur auf ihr Recht als schützende und kindesliebende Mutter poche. Bei Fragen, die in den emotionalen Bereich gehen, macht sie einen relativ offenen Eindruck und scheint auch Kompromissen zugänglich zu sein, wenn dabei ihre Grenzen respektiert werden."

Dem Sachverständigen Kilian T. schienen die kriminellen Vorwürfe Amalias kaum zu berühren, er sah keinen Anlass, die Sachverhalte diesbezüglich einer psychologischen Beurteilung zu unterziehen. *Kilian T. gefällt der Husarenritt von Amalia, die ihr Recht kennt, mit allen Mitteln zu verteidigen sucht und das Paragraphenzeichen zu ihren Gunsten zurechtbiegt.*

Die Richterin Ella J. ersuchte den Sachverständigen herauszufinden, ob im Verhalten des Kindesvaters Anhaltspunkte gefunden werden können, welche befürchten lassen, dass es zu negativen Auswirkungen für die minderjährige Maja kommen könnte, wenn diese anlässlich der Besuchstage ihrem Vater mitgegeben wird.

Der Sachverständige Kilian T. im Schlussplädoyer: „Es hat beim Kindesvater in Situationen, die für ihn affektiv besetzt waren, leichte Anzeichen von Kontrollverlust gegeben." Über die Kindesmutter: „Affekte, die sich gegen die Kindesmutter und ihre Angehörigen richten, übertragen sich unbewusst auf das Mädchen. Solche Gefühlshaltungen des Kindesvaters könnten sich bei jeglicher Kontaktnahme zwischen ihm und dem Kind negativ auf Letzteres auswirken."

Tatsächlich war Pascal ständig auf eine hohe Geduldsprobe gestellt. Er wurde gezwungenermaßen in Situationen hineingedrängt, die immer stark emotional besetzt waren.

Das ist doch paradox. Zeige ich Emotionen und wehre mich gegen die Ungerechtigkeit, werde ich als brandgefährlich eingestuft. Zeige ich keine Gefühle, bin ich empfindungslos und ohne Verantwortung. Das Kind kann nichts dafür, was sich zwischen den Erwachsenen abspielt. Keineswegs darf Maja zum Spielball von Machtinteressen der Erwachsenen werden.

Eine weitere wesentliche Anfrage der Bezirksrichterin an den Sachverständigen war, ob der Kindesvater in der Lage sei, die minderjährige Tochter allein ordnungsgemäß zu beaufsichtigen. „Aufgrund seiner Persönlichkeit ist der Kindesvater, wenn er gefühlsmäßig ausgeglichen ist, durchaus in der Lage, seine minderjährige Tochter ordnungsgemäß zu beaufsichtigen sowie der ethischen Verpflichtung nachzukommen, die in einer verantwortungsvollen Führung eines Vaters seiner Tochter gegenüber besteht. Allerdings sollte in diesem speziellen Fall – sowohl, um der Kindesmutter als Obsorgeberechtigte die Angst um das Mädchen zu nehmen als auch aufgrund des kindlichen Alters

Majas – im ersten halben Jahr eine Vertrauensperson aus der Familie der Kindesmutter oder des Kindesvaters an den Besuchstagen, da ihm das Mädchen mitgegeben wird, dabei sein und erst ab Herbst 1997 der Kindesvater seine Tochter allein mitnehmen dürfen. Zwischenzeitlich mögen die Kindeseltern anlässlich jedweder Treffen vor dem Kind bemüht sein, auf eine bestmögliche mitmenschliche und kindzentrierte Atmosphäre zu achten, um dem Mädchen dadurch die Möglichkeit zu geben, sich mit beiden Teilen in einer positiven Weise zu identifizieren, wodurch Vertrauen auf- und Misstrauen beim Kind abgebaut werden kann."

Dieses Schreiben und Gutachten des psychologischen Sachverständigen an die Richterin wurde Pascal zur Information zugeschickt. Es gab für ihn keine Gelegenheit, auf die Vorwürfe Amalias und auf die Bewertung des Sachverständigen einzugehen. So wurden viele ihrer Behauptungen widerspruchslos angenommen, ohne mit Pascal, dem Beschuldigten, ein klärendes Gespräch zu führen.

Dem Sachverständigen Kilian T. erklärte Pascal im Nachhinein schriftlich, dass Amalia ihren Auszug gegen seinen Willen langfristig geplant hatte und „vom Loswerden" keine Rede war. Folgende Vorzeichen deuteten darauf hin: Ein halbes Jahr vor ihrem Auszug gab sie in einem Schreiben an den Dienstgeber ihre Ferienadresse und die Telefonnummer ihres elterlichen Hauses bekannt. Dies bedeutet, dass sie damit schon geplant und gerechnet hat, die Ferien in ihrem Elternhaus zu verbringen. Bereits zu Ostern erhielt Pascal einen Rechtsanwaltsbrief mit der Aufforderung, einer „einvernehmlichen Scheidung" zuzustimmen. Pascal war sprachlos. Er forderte von Amalia eine Erklärung ein. Er bekam keine Antwort. Dann warf er den Rechtsanwaltsbrief in den Papierkorb. Zu Beginn der Ferien stellte Amalia einen schriftlichen Antrag auf eine Dienstversetzung nach Wurmlach. Das war Pascal nicht bekannt gewesen. Sie lebten damals alle noch gemeinsam in Felsenburg. Wurmlach liegt in der Nähe des elterlichen Wohnortes in Raditsch. Mitte Juli 1995, während eines

Fernsehabends, legte Amalia Pascal einen Text vor mit der Aufforderung, einer einvernehmlichen Trennung für ein Jahr zuzustimmen. Pascal sollte dies unterschreiben. Keineswegs entsprach der Inhalt dieses Schreibens Pascals Willen – darum unterschrieb er es auch nicht. Kurz vor dem Schulantritt kündigte Amalia ihren Auszug an und setzte ihr Vorhaben schließlich mithilfe ihrer Familie um. Der Auszug war langfristig vorbereitet.

Amalia berichtete dem psychologischen Sachverständigen: „Einmal habe er (Pascal) ihren Schlüssel vom Pkw versteckt und sie mit dem Umbringen bedroht sowie gesagt, dass auch ihre Familie daran glauben wird müssen." Pascal konnte es nicht so auf dem Papier stehen lassen. Da platzte Pascal der Kragen. In seiner Verteidigung an Kilian T. empörte er sich schriftlich über diese Behauptung, die widerspruchslos in das Gutachten aufgenommen wurde: „Am 18. Februar 1995 lud die Schwiegermutter zum runden Geburtstag ihrer Schwester ein. Ich sträubte mich dagegen, dass Amalia mit Maja zu dieser Feier allein hinfahren sollte. Ich hatte genug von der Einseitigkeit der Beziehungspflege. Bis dato verhinderte Amalia, dass Maja ihre Großeltern väterlicherseits in Unterburg besuchen konnte. Maja durfte nicht einmal bei der Geburtstagsfeier ihrer Oma, Pascals Mutter, anwesend sein. Hingegen betrachtete es Amalia als Selbstverständlichkeit, Maja ausschließlich in ihre eigene Familie zu integrieren. Dieses Ungleichgewicht war für mich nicht mehr tragbar. Vom Verstecken der Pkw-Schlüssel kann keine Rede sein. Am 19. Februar, dem Geburtstag von Amalias Tante, fand meine Ehefrau zuerst die Pkw-Schlüssel nicht. Wir suchten sie gemeinsam. Amalia fand den Schlüssel, sie wollte nicht mehr zur Familienfeier nach Raditsch fahren. Tags darauf kamen Amalias Eltern zu Besuch, um Pascal zurechtzuweisen. Sie empörten sich darüber, dass Amalia mit Maja nicht an der Geburtstagsfeier ihrer Tante anwesend war. Ich erklärte meiner Schwiegermutter, dass mich die Einseitigkeit und Unausgewogenheit in der familiären Beziehungspflege stören würde. Sie hingegen belehrte mich, dass Maja die Tochter von Amalia ist, und eine Mutter entscheide allein, was mit ihrem Kind passiere. Es gab eine lautstarke Auseinandersetzung. ‚Morddrohungen' oder Ähnliches hat es niemals gegeben. Dem Streit setzte ich ein Ende, indem ich das Haus verließ und wegfuhr."

Dem Sachverständigen erzählte Amalia, dass Pascal Detektive bezahlen würde und solche eingesetzt hätte. „Und ich (Amalia) habe dabei Leute beobachtet, die auch bei mir über den Zaun stiegen, bis ich mir jetzt einen Hund anschaffte, der für meine Ruhe sorgt", sagte Amalia zu Kilian T. Pascal gab dem Sachverständigen in Reaktion auf die Behauptung Amalias, die im Gutachten voll berücksichtigt worden ist, schriftlich bekannt, dass er bislang noch nie einen Detektiv beauftragt hätte. „Wenn das der Fall wäre, dann würden Detektive vor Gericht auftreten und die Sachlage dokumentieren. Das ist nicht der Fall", so Pascal.

Pascal stand die nächste Gerichtsverhandlung ins Haus. *Wird die Besuchsrechtsregelung eine endgültige oder wieder nur eine provisorische werden?* Grundlage dieser Verhandlung sind die Erkenntnisse des Sachverständigen.

Folgt für mich die nächste „Eingewöhnungsphase"?
Wird der Vorschlag Sachverständigen, an den Besuchstagen eine Vertrauensperson beizuziehen, vermeidbar sein? Welch erneute Herabwürdigung meiner Person durch eine Aufsichtsperson. Wo ist die Aufsichtsperson für Maja, wenn die Mutter Amalia zur Arbeit geht?

Er wird die „vertrauenswürdige Begleitperson" akzeptieren müssen, um die Besuchsrechtsregelung zu einem gedeihlichen Ende zu bringen. Aus Liebe zu Maja würde er auch das hinnehmen.

Zur bevorstehenden Verhandlung verfasste Pascals Rechtsanwalt am 16. April eine offizielle Stellungnahme, gerichtet an die zuständige Richterin des Bezirksgerichtes Wurmlach. Dabei wird festgestellt, dass Pascal seine Tochter in Abwesenheit der Mutter besuchen und mit sich nehmen kann. Der Sachverständige schlug jedoch vor, für eine „Übergangszeit" eine dritte Person, eine Vertrauensperson aus der Familie der Kindesmutter oder des Kindesvaters, beizuziehen. Vorgeschlagen wird: „In diesem Zusammenhang schlägt der Antragsgegner Pascal vor, dass das Besuchsrecht so geregelt werden soll, dass die Ausübung des Besuchsrechtes in Abwesenheit der Kindesmutter und unter Beiziehung von Chayenn S. (der Schwester Amalias) oder von Silvia M. beziehungsweise deren Tochter Nadine M. (Schwester und Nichte Pascals) ausgeübt wird. Bei diesen Besuchsrechtsausübungen soll der Antragsgegner berechtigt sein, die Minderjährige mit sich zu nehmen und verpflichtet werden, sie nach Ausübung des Besuchsrechtes wiederum zurückzubringen. Wie der Sachverständige ausführt, wird nach der ‚Übergangszeit' ab Herbst 1997 die Ausübung des Besuchsrechtes durch den Antragsgegner allein erfolgen können."

Pascal konnte sich unter diesen Umständen vorstellen, dass seine Ex-Schwägerin Chayenn S. als Vertrauensperson fungiert und ihn bei den Ausfahrten mit seiner Tochter begleitet. Pascal hatte Amalias Schwester Chayenn als eine ehrliche, brave und sehr hilfsbereite Frau kennengelernt. Sie hatte ihn nie belogen, und sie sprachen miteinander über Gott und die Welt in einer offenherzigen Atmosphäre. Sehr liebevoll kümmerte sie sich um ihre zwei Kinder. Ihre Teilnahme und Hilfe beim Auszug aus dem Haus war für Pascal dennoch ein seelischer Brandfleck.

Die Besuchsrechtsverhandlung fand im Rahmen der Tagsatzung am 3. Juni 1997 statt. Für Spannung war gesorgt. Zur Diskussion standen die „vertrauenswürdigen" Begleitpersonen für Pascal. Amalia als Antragstellerin nannte als Begleitpersonen ihre Schwester Chayenn S. und ihre Mutter Klothilde.

Es überraschte Pascal allerdings sehr, als die Richterin Ella J. ihm anriet, dass er sich mit Maja nicht nur bei seinen Verwandten aufhalten solle. Pascal musste tief schlucken. Er war während der aufrechten Ehegemeinschaft erst ein einziges Mal ohne das Kontrollorgan Amalia bei seinen Eltern gewesen.

Was soll diese unterschwellige Bemerkung oder feindliche Einstellung? Zeigte Amalias persönliche Kontaktaufnahme bei der Richterin Ella J. am Amtstag seine Wirkung? Was hat sie ihr in ihrer Märtyrerrolle vorgekaut und vorgejammert? Ist der Richterin die Entmündigung durch eine Begleitperson zu wenig?

Die Besuche Pascals sollen nach der neuen Regelung nur mehr jeden ersten und dritten Samstag im Monat erfolgen. Pascal drängte auf mehr Besuche, des Weiteren forderte er, dass auch eine Begleitperson aus seiner Familie dabei sein solle. Er schlug vor, dass Chayenn, die Schwester Amalias, und Silvia, die Schwester Pascals, oder seine Nichte Nadine M. als Begleitpersonen fungieren sollen. Amalia forderte in provokanter Manier ihre Mutter als Begleitperson. Pascal war empört darüber und lehnte sich dagegen auf. Die Richterin ermahnte den Kindesvater: „Geht es Ihnen wirklich um das Kind oder letztlich um sich selbst? Merken Sie sich eins: Sie sitzen immer am kürzeren Ast!" Pascal zweifelte immer mehr an ihrer Unbefangenheit.

Als Vater bemühe ich mich, den Kontakt zu Maja zu verstärken und nicht zu verlieren, die Zahl der Besuche zumindest beizubehalten und sie nicht zu verringern. Geht es denn ums Kind oder doch darum, dem Spezialwunsch der Kindesmutter zu entsprechen?

Verbrieft wurde folgende Vereinbarung: Dem Kindesvater Pascal wird das Recht eingeräumt, „jeden ersten und dritten Samstag im Monat in der Zeit von 14.00 Uhr bis 18.00 Uhr seine Tochter mit sich zu nehmen. In diesem Zusammenhang wird festgehalten, dass vorläufig – so wie im Gutachten vorgeschlagen – Amalias Mutter Klothilde S. und ihre Schwester Chayenn S. als Vertrauenspersonen den Kindesvater begleiten." Diese Vereinbarung des Besuchsrechtes wurde mit folgender Ergänzung zum Beschluss erhoben: „Dem Kindesvater steht frei, ab Juli 1997 anlässlich der Ausübung des Besuchsrechtes die minderjährige Nadine M., Majas Cousine, oder Pascals Schwester mitzunehmen." Die Kindesmutter Amalia wird ersucht, „dafür Sorge zu tragen, soweit es in ihrer Macht steht, dass abwechselnd ihre Mutter und ihre Schwester als Vertrauenspersonen fungieren". Amalia ergänzte: „Sowohl meine Mutter als auch meine Schwester haben sich grundsätzlich dazu bereit erklärt, als Vertrauensperson zur Verfügung zu stehen. Ich kann natürlich nicht über deren Zeit verfügen, und zudem muss auch berücksichtigt werden, dass meine Schwester eine eigene Familie hat. Mein Vater hat es abgelehnt, als Vertrauensperson zur Verfügung zu stehen."

Um die Besuchsrechtsregelung nicht zu Fall zu bringen, stimmte Pascal dem Diktat zu, dass in erster Linie die Begleitpersonen aus dem Familienverband Amalias anwesend sind und nicht, wie der Sachverständige vorgeschlagen hatte, abwechselnd eine Vertrauensperson von Amalia und eine von Pascal. Zu seiner Beruhigung und um den Anschein der Gleichberechtigung zu wahren, dürfe Pascal gnadenweise auch seine Nichte mitnehmen.

Nach der Verhandlung war Pascal unfähig, gleich ins Auto zu steigen und nach Hause zu fahren. Er setzte sich nicht zufällig in das Café zum „Paragraphen" neben dem Gerichtsgebäude und bestellte einen Kaffee. Seine Gedanken kreisten um diese Verhandlung. Länger als ihm bewusst war fixierten Pascals Augen das Paragraphensymbol „§", dieses Winden und Schlängeln.

Der Satz der Richterin „Sie sitzen immer am kürzeren Ast" gibt mir keine Ruhe. Rückblickend hatte sie vollkommen recht. Mit der Trennung von meiner Frau ging logischerweise auch die Trennung von Maja einher. Ist das Endziel eine schrittweise bis völlige Loslösung von meinem Kind? Den wöchentlichen Besuchen folgte die „Eingewöhnungsphase", Einschränkung der Besuche auf zweimal im Monat und die Beistellung von Vertrauenspersonen. Dies alles nur, um der Kindesmutter die Angst zu nehmen? Sonderbar!

Wie groß muss die Liebe zu Pascals Tochter Maja sein, dass er all diese Bevormundung auf sich genommen hat? Seine Hoffnung auf eine Besserung der Lage war groß. Bei Unterhaltszahlungen gibt es kein Winden und Schlängeln, was liegt, das pickt. Pascal verglich das Pflegschaftsgericht mit einem Wunschkonzert. Das Ringen um die Tochter glich einem aufgebauten Kartenhaus, das durch eine Brise Wind oder nur die kleinste Berührung vom Einsturz bedroht war.

Wesentlich erbaulicher für Pascal war seine Baustelle in Unterburg. Sein Hausbau gab ihm das Gefühl der Geborgenheit, des Rückzuges und war ein Hoffnungsschimmer. Nach der Errichtung des Rohbaus begannen die Innenarbeiten. Mit Hammer und Meißel sowie mit der Bohrmaschine arbeitete er sich zielgerichtet vor und bereitete die Vertiefungen für die Wasser-, Heizungs-, Sanitär- und Elektroinstallationen vor. Mit jedem Schlag in den Beton oder auf die Ziegel konnte Pascal seinen Frust abbauen. So konnte er das Nützliche mit dem Schrecklichen verbinden. Mit jedem Hammerschlag konnte er seiner Seelenfolter und der Zeit seiner bösen Erinnerungen entgegenwirken. Für sein eigenes Haus war ihm kein Energieaufwand zu viel.

Mit den Eigenleistungen entlastete er seine Brieftasche spürbar. Des Weiteren überwies seine Bank am Monatsanfang die Unterhaltszahlungen für Maja. Außergewöhnliche Privatereignisse wie der Paragraphen-Ringkampf um das Besuchsrecht belasteten seinen Finanzhaushalt erheblich. Trotz Einsatzfreude beim Hausbau musste Pascal immer wieder seine Baukredite anzapfen. Auch diese Mehrfachbelastungen und die negativen Begleitumstände konnten seinen Lebenswillen und seine Hoffnung nicht brechen.

Nachdem sämtliche Installationen unter Dach und Fach waren, der Estrich verlegt war, die Wände verputzt und die Fenster eingebaut waren, erledigte eine Firma die Fliesenarbeiten. Pascals Vater war ursprünglich im Beruf Tischler. Aus finanziellen Gründen und um auch seinem Sohn eine gute Schulbildung zu ermöglichen, wechselte er in den Kaufmannsberuf. Ein Schlaganfall zwang ihn zum vorzeitigen Pensionsantritt. Beim Hausbau seines Sohnes blühte er auf, stand Pascal zur Seite, und er mobilisierte all seine erworbenen Fähigkeiten. Mit Genauigkeit verlegte er Parkettböden in Eiche, Buche oder Kiefer. Ob in Rigips oder Holz – der Dachgeschoss-Ausbau bekam eine nahezu künstlerische Ausgestaltung. Auch Pascals Onkel stellte sich als Hilfskraft zur Verfügung. Zu dritt gestalteten sie den Dachausbau schön und gemütlich.

Die Stolpersteine zum tiefen Fall

In Pascal entfachte eine kleine Hoffnung, dass sich nach dem Auszug von Ehefrau und Kind vor knapp zwei Jahren alles ein wenig beruhigen und einpendeln würde. Sein erster Besuch war ernüchternd. Nach 50 Kilometern Hinfahrt stand Pascal wieder vor versperrten Türen. Dabei erinnerte er sich an die Worte der Richterin, die unumstößlich formulierte: „Sie sitzen immer am kürzeren Ast!" *War das ein Wink für Amalia?* In solchen Situationen kamen Pascal immer schwere Zweifel, und seine Fantasie brannte mit ihm durch. *War es Einbildung?*

In dieser Situation griff Pascal zum Schreibstift, glaubte an die Macht des geschriebenen Wortes und verfasste wieder einmal einen Brief an seine Exfrau. *Ein mündliches Wort kann vom Wind weggeblasen werden. Eine Notiz wird verewigt und könnte etwas bewegen.* Er erinnerte sich an einen aktuellen Medienbericht, nach dem der bekannte gebürtige Kärntner Komponist, Sänger und Pianist Udo Jürgens gemäß einem Urteil des Obersten Gerichtshofes verpflichtet werden sollte, das Besuchsrecht auszuüben.

Eines verstehe ich nicht: Einerseits verpflichtet der Oberste Gerichtshof den Kindesvater Udo Jürgens, das Besuchsrecht auszuüben, andererseits ist man dem Widerwillen der Kindesmutter Amalia ausgeliefert. Geht es beim Besuchsrecht um die Kindesmutter, um das Kind, um beide oder je nach Bedarf und Nutzen?

Im Brief an seine Exfrau zitierte Pascal aus dem Buch „Die ewige Frau" von Gertrud von Le Fort: „Es gibt kein Recht der Frau auf ein Kind, sondern es gibt nur das Recht des Kindes auf eine Mutter." Daraus machte Pascal eine zweite These: „Es gibt kein Recht des Vaters auf ein Kind, sondern es gibt nur das Recht des Kindes auf einen Vater." Aus diesen zwei Thesen zog Pascal folgende Schlussfolgerung: „Es gibt kein Recht der Eltern auf ein

Kind, sondern es gibt nur das Recht des Kindes auf beide Elternteile." Diesem Brief gab er noch eine persönliche Note: „Und dieses Recht des Kindes auf eine innige Beziehung zu beiden Eltern steht nicht nur dir allein zu!"

Der nächste Besuchstermin ist für den 21. Juni 1997 geplant. *Wenn alles problemlos abläuft und ich nicht wieder vor versperrten Türen stehe, dann hat Maja den leiblichen Vater insgesamt bisher schon fünf Wochen nicht mehr gesehen.*

An diesem Tag wird die neue Besuchsrechtsregelung auf die Probe gestellt.

Welche Vertrauensperson wird mich an diesem Tag begleiten? Wie wird die Tochter reagieren? An diesem Samstag gastiert in Wurmlach der Zirkus Althoff Jacobi. Wird der Zirkusnachmittag Maja wohl gefallen?

In Raditsch angelangt, wurden die Vorbereitungen bereits getroffen. Amalia zog Maja an. Ex-Schwiegermutter Klothilde hatte sich zum Mitfahren bereit gemacht. *Hat Amalia gehofft, dass Pascal Klothilde ablehnen würde?* Diese „Entmündigung" hatte Pascal in Kauf genommen, um in geordneten Bahnen das Besuchsrecht ausüben zu können. Um 14.00 Uhr fuhren sie los. Maja saß im Kindersitz neben ihrer Großmutter Klothilde S. Auf der Fahrt nach Wurmlach bereitete Pascal seine Tochter auf den Zirkus vor. „Werden wir auch Elefanten sehen?", fragte Maja. „Bestimmt", erwiderte der Vater. Auf einmal fragte Maja überraschend ihre Großmutter: „Wird Mama zu Hause weinen?" Die Großmutter sagte kein Wort. Im Rückspiegel sah Pascal, wie Klothilde S. heftig nickte.

Pascal besorgte zwei Eintrittskarten für Maja und sich. Wie Klothilde ohne Eintrittskarte den Eingang passieren konnte, blieb ihm ein Rätsel. In der mittleren Tribüne nahmen sie Platz. Maja drängte sich zum Papa, ein wenig abseits saß die Großmutter. Besonders angetan war Maja von den riesigen Elefanten, die nach dem Taktstock ihres Dompteurs ihre Beine hoben und andere

Kunststücke zeigten. Große Aufheiterung brachten die Clowns, die in einer Zirkusvorführung niemals fehlen. Mit Wortspielereien, Slapsticks, dem Gehen über Scherben oder Jonglieren mit dem Ball – immer hatten sie die Lacher auf ihrer Seite. Mit offenem Mund schaute Maja zu, wie ein Jongleur bis zu zehn Reifen in die Luft wirbelte. Königinnen der Lüfte vollführten auf dem Trapez ihre Luftsprünge. Immer wenn es Maja besonders gefiel, drückte sie sich an den Papa und legte ihren Kopf auf seinen Arm. Um die Seilakrobaten besser sehen zu können, setzte sie sich auf seinen Schoß.

Pascal wollte nicht unpünktlich sein und die neue Besuchsrechtsregelung keinesfalls aufs Spiel setzen. Darum verließ er zum Unmut der Sitznachbarn und Maja vorzeitig die Zirkusvorführung. Er wollte seine Tochter pünktlich ihrer Mutter übergeben. Die Extra-Besichtigung der Tiere, Maja liebte besonders die Elefanten, musste gestrichen werden. Als sie in Raditsch angelangt waren, nahm Amalia Maja in die Arme, und Pascal verabschiedete sich sehr schweren Herzens von seiner Tochter. Über den Umstand, dass der Nachmittag dennoch reibungslos abgelaufen war, fühlte er sich erleichtert. Die Feuerprobe war bestanden.

Der 5. Juli 1997 war ein heißer Sommertag, der zweite Besuch bei Maja stand vor der Tür. Diesmal nahm Pascal seine Nichte Nadine M. mit. Geplant war der Besuch des Zwergenparks in Gurk. In diesem Park tummeln sich Gnome, Wichte und Kobolde. Die Fahrt mit dem Bummelzug sollte einen Höhepunkt darstellen. Auch Nadine, die Tochter von Pascals Schwester, freute sich, nach zwei Jahren wieder mal ihre Cousine sehen zu dürfen. Früher sahen sie sich auch nur sporadisch, und dann unter Kontrolle Amalias. Die minderjährige Nadine war 14 Jahre alt, um zehn Jahre älter als Maja, und besuchte die letzte Klasse der Hauptschule.

Knapp vor 14.00 Uhr trafen Pascal und Nadine in Raditsch ein. Wie gewohnt stellte er seinen Pkw an den Rand der nicht asphaltierten Zufahrtsstraße. In dieser Straße gibt es nur zwei Häuser, den Bungalow von Amalia und das einstöckige Familienhaus des Nachbarn. Das Auto sollte niemandem im Weg stehen. Sie lüfteten das Auto, damit es nicht zu heiß ist, wenn sie mit Maja wegfahren. Nach dem Läuten trat Amalia aus dem Haus. Sie öffnete die Gartentür und sagte harsch: „Ich habe heute keine Vertrauensperson und somit niemanden, der mitfährt. Wenn du das Kind sehen willst, dann komm herein, sonst bleib draußen", sagte sie in einer schroffen Tonart.

Nadine sagte schüchtern zu Tante Amalia: „Hallo!" „Was ist das für ein Benehmen?", erwiderte Amalia auf die Begrüßung. Sie schaute Nadine gehässig an und wollte sie zuerst nicht ins Haus lassen. Pascal bestand darauf, ansonsten würde auch er dieses Haus nicht betreten. Sie traten ein. Anstatt ihre Nichte freundlich zu begrüßen, beschimpfte und provozierte Amalia sie und rührte sie zu Tränen. Sie sagte: „Was machst du denn da?" Pascal: „Nach der Besuchsrechtsregelung habe ich sie mitgenommen." Amalia befahl Pascal in einem ungebremst schroffen Ton, die Schuhe auszuziehen und sie an eine bestimmte Stelle zu stellen. Nadine machte es ihrem Onkel nach, um nicht von Amalia angeschnauzt zu werden.

Sie gingen durch einen langen Flur nach links ins Wohnzimmer. Als Maja ihren Papa erblickte, drückte sie sich an ihn und gab ihm einen Kuss auf die Wange. Noch ein bisschen schüchtern drückte sie ihrer Cousine Nadine die Hand. Maja setzte sich auf eine eckige Ledersitzgarnitur und spielte weiter. Nadine und Pascal setzten sich gleich zu ihr, die Hemmschwelle verschwand sogleich, und zu dritt machten sie die Puppen ausgehfertig. Immer wieder belästigte Amalia Nadine mit beleidigenden Unterstellungen. „Pfui, schäm dich, geh lieber mit deinem Vater fort. Besuche lieber deine Oma." Pascal merkte, wie Nadine, die mit ihrem Vater nicht im gemeinsamen Haushalt lebte, ihre Tränen zu unterdrücken versuchte. Sie spielte mit Maja am Boden weiter. Pascal: „Amalia, hör auf! Wir kamen, um Maja zu besuchen und nicht, um zu streiten." Um der negativen Stimmung ein Ende zu setzen, täuschte Pascal vor, ein Diktiergerät bei sich zu haben. Amalia war an diesem Tag unheimlich provokant, aggressiv und aufgezwirbelt.

Nach einer kurzen Unterbrechung setzte Amalia ihre Gehässigkeiten fort. Pascal war die Geduld gerissen. Er verließ schnurstracks das Wohnzimmer und ging in den Flur. Da sah er plötzlich seinen Ex-Schwiegervater Simon R. wie den Phönix aus der Asche aus der Küche kommen, der sich ohne Worte der Begrüßung auf einen Stuhl im Vorraum setzte. Die Küche ist mit einem offenen Zugang mit dem Wohnzimmer verbunden und trotzdem für Besucher nicht einsehbar. Bis zum Augenblick der Begegnung mit Pascal hatte sich Simon R. mucksmäuschenstill und versteckt in der Küche aufgehalten. In seiner Verzweiflung gab Pascal Amalia vor, in der Toilette das Band des Diktiergerätes wechseln zu wollen. Amalia folgte ihm auf Schritt und Tritt und verwehrte ihm den Zugang zum WC. Sein Ex-Schwiegervater saß auf dem Stuhl im Vorzimmer mit gesenktem Blick auf den Boden. Unverrichteter Dinge wollte Pascal in das Wohnzimmer zu den spielenden Kindern zurückkehren. Amalia drängte sich vor, und bei der Wohnzimmertür passierte für Pascal etwas Unvorhergesehenes.

Plötzlich fiel Amalia vor dem Eingang ins Wohnzimmer zu Boden. Nun ging alles sehr schnell. Amalia lag am Boden, ihr Vater stand auf und verließ, ohne seiner Tochter aufzuhelfen, das Haus und rief: „Ich hole schnell jemanden!" Als er das Haus verließ, versperrte er sowohl die Haus- als auch die Gartentür. Pascal wollte Amalia zum Aufstehen verhelfen. Sie lehnte dies mit den Worten ab: „Lass mich!" Amalia behauptete, dass sie Schmerzen in der rechten Hand verspüre. Indessen spielten Nadine und Maja im Wohnzimmer mit dem Rücken zu Amalia und Pascal gekehrt weiter, sie hörten kein Geräusch vom Hinfallen. Durch den Tumult im Flur drehte sich Nadine um und sah Amalia am Boden liegen. Amalia schrie halblaut, fast theatralisch, um Hilfe, ließ sich aber von niemandem helfen. Maja spielte am Boden weiter, als wäre nichts passiert. Pascal ersuchte seine Nichte Nadine, schnell das Haus zu verlassen, um fremde Hilfe zu holen. „Geh zum Pfarrer!", sagte er ihr. Da die Haustür versperrt war, verließ Nadine das Haus über die Tür, die über die Terrasse nach draußen führte und bemerkte, dass auch die Gartentür versperrt war. Eine grüne Hecke, zirka drei Meter hoch, umgab den Bungalow an drei Seiten. Der Maschendraht war auch zu hoch, um über den Zaun springen zu können. Ein Entkommen war für die 14-jährige Nichte Nadine unmöglich. So kehrte sie wieder zu ihrem Onkel Pascal zurück.

Kurze Zeit später wurden die Türen aufgesperrt, und Pascals Ex-Schwiegereltern betraten das Haus. Amalia blieb bis zu diesem Augenblick am Boden liegen. Klothilde S. zog ihre Tochter mit einem Rautekgriff auf das Sofa. Dann schrie sie Nadine und Pascal an. Sie sagte: „Ihr Teufelsbrut, ihr kommt aus der Hölle!" Nadine und Pascal wollten fluchtartig das Haus verlassen. Da sagte Klothilde zu Pascal: „Jetzt bleib doch hier, du hast ja deine Besuchszeit!" Pascal erwiderte: „Unter diesen Umständen haben wir im Haus nichts zu suchen." Nach heftigen Protesten Pascals und nachdem er den Begriff „Freiheitsberaubung" verwendet hatte, sperrte Klothilde die Haustür auf. In der Zwischenzeit nahm Klothilde ihre Enkelin Maja in die Arme und sagte ihr: „Dein Papa hat deiner Mama sehr weh getan!" Maja begann laut zu weinen, sie drückte sich an ihre Oma und sagte zu Nadine und Pascal: „Geht doch!" Pascal sah das verstörte und irritierte Gesicht seiner Tochter. So ein herzzerreißender Anblick! Pascal und Nadine eilten schnellen Schrittes zum Ortszentrum, um den ihnen vertrauten Pfarrer Gottlieb W. aufzusuchen, mit der Bitte, die Situation zu beruhigen. Dieser sagte: „Es wird sich alles einpendeln. Ich mische mich in diese Familienangelegenheit nicht ein!" Plötzlich traf die Polizei am Dorfplatz ein, die von irgendjemandem aus der Familie gerufen worden war.

Die 14-jährige Nadine zitterte am ganzen Körper, sodass Pascal sie an sich drückte und beruhigen musste. Im Bungalow wurde zuerst Amalia von einem Polizisten befragt, während ein anderer Polizist am Ortsplatz sich um Pascal und Nadine kümmerte. Nadine wurde getrennt von Pascal im Polizeiwagen befragt. Ein Polizist klärte auf, dass die Kindesmutter durch den Sturz einen „blauen Fleck" am rechten Fuß habe. Der Polizist: „Ich habe Amalia F. unverzüglich geraten, den Arzt aufzusuchen!" Kurz nach 15.00 Uhr verließen Pascal und Nadine mit ihrem Fahrzeug Raditsch.

Nach diesem entsetzlichen Vorfall fuhren die beiden fluchtartig nach Hause. Nadine teilte Pascal, ihrem Onkel, sogleich mit, dass sie ihn bei seinen Besuchen nicht mehr begleiten werde. Die minderjährige Nichte erlitt im Auto Weinkrämpfe, sodass Pascal einige Male anhalten musste, um sie in die Arme zu nehmen und sie zu trösten. Als sie zu Hause angelangt waren, suchte Nadine die Beruhigung ihrer Mutter, der Schwester Pascals. Die Beschimpfungen, das Gefühl des „Eingesperrtseins" und der Einsatz der Polizei hatten in Nadine einen Schock-Zustand ausgelöst. Sie hatte Ein- und Durchschlafschwierigkeiten, lag in den Armen ihrer Mutter Silvia M., die ihr die Tränen trocknete.

Pascal fühlte sich innerlich leer, erschöpft und ausgedorrt. Es war, als wäre für ihn die Zeit stehen geblieben. Das Leben, die mühevollen Anstrengungen der letzten Jahre, hatte ihn unendlich müde gemacht. Die Besuche seiner Tochter waren aufgrund der Unterstellungen für ihn eine ständige Gratwanderung. Die Gefahr einer Eskalation lag immer in der Luft. Er hätte es sich niemals vorstellen können, dass Amalia jemals so weit gehen würde. Auch seine Nachtruhe war kurz. Die Abfolge der Schreckensszenarien wiederholte sich in seinem Kopf: Beschimpfungen, das Hinfallen, das Eingesperrtsein im Haus, Majas Ruf „Geht doch!", das Eintreffen und die Befragung durch die Polizei. Sehr verdächtig erschien ihm, dass Amalias Vater nach ihrem Hinfall sofort aus dem Haus gestürmt war und sich keineswegs um seine am Boden liegende Tochter gekümmert hatte. *Verdammt, ist die Welt ungerecht!* Pascal war davon überzeugt, dass dieses Szenario für ihn keine Einschüchterung war, sondern ein Nachspiel haben wird.

Nun ging es Schlag auf Schlag. Amalia erstattete noch am Tag des Inzidenten, dem 5. Juli 1997, um 14.20 Uhr, am Polizeirevier Schlund telefonisch die Anzeige, „dass sie soeben von ihrem Ex-mann geschlagen wurde". Die Polizisten hielten schriftlich fest: „Als die beiden Polizisten um 14.35 Uhr am Tatort anlangten, fanden sie Amalia auf einer Couch im Wohnzimmer liegend auf. Sie erklärte ihnen, dass sie aufgrund ihrer Verletzung in der Hüfte nicht aufstehen könne. Die Beamten konnten eine leichte Rötung im rechten Hüftbereich feststellen."

Noch am selben Tag begab sich Amalia um ca. 15.45 Uhr ins Allgemeine Krankenhaus nach Wurmlach, wo sie ambulant be-handelt wurde. Das Unfallkrankenhaus erstellte um 15.56 Uhr folgende Diagnose: „Die Patientin wurde von einer bekannten Person niedergestoßen und dabei an der Halswirbelsäule und am rechten Hüftgelenk verletzt." Das Krankenhaus ordnete Behand-lung durch Salbung und kühle Umschläge an sowie Schonung und Wiedervorstellung bei Anhalten der Beschwerden.

Am nächsten Tag, es war Sonntag, der 6. Juli, hielt die Reli-gionslehrerin Amalia anstelle des Pfarrers Gottlieb W. in Ra-ditsch den Wortgottesdienst. Sie las das Evangelium vom „Ver-lorenen Sohn" vor. Das Gleichnis berichtet vom Vater und den beiden ungleichen Söhnen. Der jüngere Sohn lässt sich das Erb-gut auszahlen, genießt das Leben und verprasst das Geld sogar mit Huren. Als er am Boden zerstört war und die äußerste Not erlitt, wo er sich sogar von Futterschoten der Schweine ernähr-te, beschloss er, zum Vater zurückzukehren. Der Vater nahm ihn auf und bereitete für ihn ein Festmahl. Der ältere Sohn reagier-te eifersüchtig. Amalia nahm diese Frohbotschaft zum Anlass, um in der Predigt ihre Gedanken zum Sonntag vorzutragen. Sie verglich in ihrer Predigt den Vater mit dem barmherzigen Gott, der in der Not niemanden im Stich lässt, niemanden ausschließt und – wenn die Umkehr ehrlich gemeint ist – jeden mit Freuden aufnimmt. „Man muss dem verlorenen Sohn, dem Sünder, eine weitere Chance geben, dass er nicht für immer entgleitet und verloren geht. Nach dem Vorbild Gottes sollen auch die Gläubigen handeln", predigte Amalia den Gottesdienstbesuchern. Pascal, von Beruf auch Religionslehrer, kam der Inhalt dieser Predigt zu Ohren, und er war darüber äußerst empört und frustriert. Der Inzident vom vergangenen Samstag hat sich in der Nachbarschaft schnell herumgesprochen, und eine Dorfbewohnerin informierte Pascal per Telefon von Amalias Aufführung des Wortgottesdienstes.

So eine Scheinheiligkeit! Somit benutzt Amalia den Altar zur Showbühne, um sich von der anständigsten Seite zu zeigen. Und ich stand als Bettler vor der Eingangstür des Bungalows und wurde etliche Male ausgesperrt!

Am darauffolgenden Tag, es war Montag, der 7. Juli 1997, ließ Amalia in der Zeit zwischen 18.42 Uhr bis 19.45 Uhr beim Polizeiposten Schlund folgende Niederschrift anfertigen: „Ich bin seit dem 16. Juli 1996 von meinem Ehemann Pascal R. geschieden. Wir haben uns ca. ein Jahr vorher getrennt und haben nicht mehr zusammengewohnt. Deshalb hat mein Exmann seit dieser Zeit auch gerichtlich das Besuchsrecht für unsere gemeinsame Tochter Maja zugesprochen bekommen. Dieses Besuchsrecht hat er auch regelmäßig ausgeübt. Am 5. Juli 1997, um 14.00 Uhr, wollte mein Exmann unsere Tochter Maja besuchen, und dabei kam es im Haus zwischen mir und Pascal zu einer Streiterei. Im Zuge dieser Auseinandersetzung versetzte mir mein Exmann im Vorhaus mit beiden Händen einen kräftigen Stoß in die Bauchgegend. Durch die Wucht dieses Stoßes fiel ich vom Vorhaus durch die offene Wohnzimmertür zirka eineinhalb Meter ins Wohnzimmer, wo ich am Boden liegen blieb. Ich verspürte sofort starke Schmerzen im rechten Hüftbereich, im oberen Bereich der Halswirbelsäule, an der rechten Hand und in der Bauchgegend. Mein Exmann verließ nach diesem Zwischenfall, nachdem auch meine Mutter eingetroffen war, sofort das Haus, ohne sich um mich zu kümmern. Diesen Vorfall hat auch mein Vater, Simon R., beobachtet, und er verständigte sofort die Polizei. Ich begab mich noch am selben Tag um zirka 15.45 Uhr ins Allgemeine Unfallkrankenhaus nach Wurmlach, wo meine Verletzungen ambulant behandelt wurden. Die Gesundheitsbeeinträchtigung wird jedoch mindestens eine Woche lang andauern. Einem Strafverfahren gegen Pascal R. schließe ich mich als Privatbeteiligte an."

Amalias Vater bestätigte die Angaben seiner Tochter, war jedoch zu einer schriftlichen Einvernahme nicht bereit. Ihre Mutter, Klothilde S., verweigerte die Aussage.

Tags darauf erkundigte sich Pascal, ob Amalia eine Strafanzeige gemacht hätte. Der Polizeibeamte bestätigte dies. In seiner Verzweiflung machte Pascal die Anzeige wegen „Freiheitsberaubung". Die Anzeige wurde an die Staatsanwaltschaft weitergeleitet. Die Staatsanwaltschaft legte die Anzeige Amalias wegen „Imstichlassen einer Verletzten" zurück. Ebenso legte die Staatsanwaltschaft die Verfolgung wegen „Freiheitsentziehung" zurück. Die Polizisten erklärten: „Die gegenständliche Wohnung in Raditsch befindet sich ebenerdig. Dem Verlassen dieser Wohnung steht kein ernstes Hindernis entgegen (auch wenn die Haustür abgesperrt ist), weil mehrere Fenster und eine Terrassentür ins Freie führen."

Pascal wurde jedoch eine Anzeige wegen Körperverletzung angehängt. Diese Anzeige nahm Bezug auf Amalias Niederschrift beim Polizeiposten Schlund. Demnach wäre sie von Pascal „durch einen Stoß in die Bauchgegend am Körper misshandelt worden, stürzte durch die Wucht des Stoßes durch die offene Tür zirka eineinhalb Meter ins Wohnzimmer und blieb am Boden liegen. Verletzungen: im rechten Hüftbereich, im oberen Bereich der Halswirbelsäule, an der rechten Hand und in der Bauchgegend. Die Gesundheitsschädigung dauerte etwa eine Woche lang".

Beim Lesen der Strafanzeige fielen Pascal Amalias Krankheitsbeschwerden aus den Ehejahren ein.

Die Halswirbelbeschwerden behandelte sie mithilfe von Massagen. Magengeschwüre und Behandlungen gegen Unterleibsentzündungen gab es ja schon in den Studienzeiten. Oft bediente sie sich einer Krankheit, um ihren eigenen Willen durchzusetzen. Und der rote Fleck im rechten Hüftbereich? Den kann man sich auch selbst zufügen. Würde ich tatsächlich für diesen Vorfall zur Verantwortung gezogen und bestraft werden, hätte ich nachhaltige finanzielle Konsequenzen zu tragen. Den Job könnte ich im öffentlichen Dienst gleich an den Nagel hängen.

Pascals Liebe zu seiner Tochter Maja trieb ihn so weit, dass er das Erlebte und die Strafanzeige verdrängte und sein Besuchsrecht weiterhin ausüben wollte. Zur eigenen Sicherheit nahm er als Begleitperson einen Freund und Kriminalbeamten, Gerd, mit. Er hatte sich an Pascals Besuchstagen freigenommen, um ihm Begleitschutz zu gewähren. Einmal trug es sich zu, dass Ex-Schwiegervater Simon R. aus Amalias Haus herauskam und sagte, dass Maja krank sei. Pascal überreichte ihm über den Maschendrahtzaun einen Kinderrucksack mit Spielzeugen für Maja. Diesen Rucksack wollte Pascals Nichte schon beim letzten Besuch Maja schenken. In der Hitze des Gefechtes war es dazu nicht mehr gekommen. Nun hat Pascal dies nachgeholt.

Vierzehn Tage später, beim nächsten ordentlichen Besuchstag, am 2. August 1997, war am Postkasten neben der Gartentür folgende Notiz zu lesen: „Wir sind auf Urlaub, Amalia!" Aus dem Haus war Hundegebell zu hören. Als Pascal und Gerd durch Wurmlach nach Hause fuhren, sahen sie Amalia mit Tochter Maja spazieren gehen.

Die einstündigen Anreisen waren Sisyphusfahrten. Pascal und sein Begleiter Gerd standen ständig vor versperrten Türen. Trotz lang anhaltendem, oftmaligem Läutens wurden die Türen nicht geöffnet. Der Weg war umsonst. So neckten sie die beiden verspielten Hunde, die sich hinter dem Maschendrahtzahn auf Amalias Grundstück aufhielten.

An einem Besuchstag der Tochter standen Pascal und Gerd wieder mal draußen vor der versperrten Gartenzauntür. Diesmal planten sie, nach längerer vergeblicher Wartezeit zum Schein so zu tun, als würden sie heimwärts gefahren sein. Tatsächlich stellte Pascal seinen Wagen in einer nahegelegenen Waldlichtung ab, und sie legten sich auf die Lauer. Etwa hundertfünfzig Meter südlich des Anwesens von Amalia liegt ein Feld, durch einen Erdwall abgegrenzt. In der kommenden Stunde beobachteten sie das Wohnhaus von Amalia und Maja. *Wie wird sich Amalia verhalten, wenn sie sich sicher fühlt, dass sich Pascal außer Reich- und Sichtweite befindet?* Der Bungalow ist durch eine hohe Hecke umgeben, sodass von dieser Ferne nur das rote Ziegeldach sichtbar ist. Die Umfriedung des Anwesens durch eine Hecke wird wegen des Eingangsbereiches und der Garagenzufahrt ostseitig abgebrochen. Da ist auch der Maschendrahtzaun mit der Gartentür sichtbar. Als sich Amalia in Sicherheit wiegte, mussten Pascal und Gerd nicht lange darauf warten, dass das Anwesen Amalias wieder zum Leben erwachte. Mit einem mitgenommenen Feldstecher beobachteten sie das immer reger werdende Treiben. Zuerst verließ Pascals Ex-Schwiegermutter Klothilde das Anwesen von Amalia und begab sich schnurstracks zu ihrem Haus, dass in der Nähe liegt. Dann spielte Maja vor dem Hauseingang. Majas Cousin Gabriel S. stürmte zur Tante Amalia. Amalia betrat allein die Zubringerstraße und schaute sich detektivisch um. Gemeinsam verließen Amalia, Maja und Gabriel das Anwesen, um wohl in ihrem Elternhaus das Mittagessen einzunehmen. Am liebsten würde Pascal seiner Tochter zurufen, aber in diesem Moment ist ihm jedes Wort in der Kehle stecken geblieben.

Die erfolglosen Fahrten waren immer mit einem hohen Kostenaufwand verbunden. Pascal fragte sich: *Wer ersetzt diese Kosten?* Pascal könnte die Zeit besser nutzen, als stundenlang in glühender Hitze auf der Fahrt oder draußen vor der Tür zu verbringen. Pascal stellte erneut einen Antrag, sein Mindestrecht auf persönlichen Kontakt zur Tochter dahingehend zu ändern, dass in Zukunft seine Besuche ausschließlich in Abwesenheit der Kindesmutter „sowie der in den Vorfall vom 5. Juli 1997 involvierten Mutter Amalias, Frau Klothilde S., stattzufinden haben". Der Antrag wurde von der Bezirksrichterin Ella J. abgewiesen. Die Begründung: „Das Gericht hat immer in erster Linie das Wohl des Kindes zu berücksichtigen. Darüber wurde auch grundsätzlich Einigung zwischen den Kindeseltern erzielt. Zu vereinbaren, um wen es sich konkret handelt, ist jedoch Sache der Kindeseltern. Hier können die Eltern am besten beurteilen, welche Vertrauensperson neutral genug sei, um Konflikte oder negative Beeinflussung der minderjährigen Maja in irgendeiner Richtung zu verhindern."

Sache der Eltern? Pascal las diesen Beschluss mit Schmunzeln. Beim Pflegschaftsgericht, wo er um das Mindestrecht auf Kontakt zu seiner geliebten Tochter kämpfte, erlebte er nur Machtlosigkeit und Diktat. „Pascal sitzt doch immer am kürzeren Ast." Er musste einer Begleitperson zustimmen, sonst würde die Besuchsrechtsregelung nicht zustande kommen. Tatsächlich gab Amalia die Spur vor. Sie nannte die Begleitpersonen, und Pascal musste Frieden geben und auch den schweren Klotz, Klothilde als Begleitperson, schlucken. Gnadenhalber wurde ihm gewährt, seine Schwester oder seine Nichte mitzunehmen. Pascal hatte keine Einspruchsmöglichkeiten. Des Weiteren musste er sich damit abfinden, stundenlang vor versperrten Türen zu verweilen.

Wie soll eine Kindesmutter bestraft werden, wenn sie die gerichtlichen Beschlüsse des Pflegschaftsgerichtes nicht einhält? Zur Reduzierung der Unterhaltszahlungen als Strafmaßnahme ist das Pflegschaftsgericht nicht zuständig, und das Finanzielle ist das Einzige, was vom Gericht eindeutig zum Wohl des Kindes geregelt ist.

„Wohl des Kindes"? Der Kindesvater Pascal wurde niemals gefragt, was seiner Meinung nach dem Wohl des Kindes entsprechen würde.

Geht es wirklich um das Wohl des Kindes? Das Wohl des Kindes bestimmt nur ein Elternteil. Nach den bisherigen Erfahrungen liegt das Wohl

des Kindes darin, keinen Kontakt zum Vater zu haben. Das Wohl des
Kindes bestehe wohl im ungleichen Tauziehen.

In dieser verzweifelten Situation verfasste Pascal wieder einmal
ein Schreiben an die Pflegschaftsrichterin, indem er sie darauf
aufmerksam gemacht hat, dass er die Tochter schon elf Wochen
nicht mehr gesehen hatte. Den Brief schloss er mit den Worten:
„Frau Rat, ich habe eine Bitte: Könnten Sie für mich Informationen einholen, ob meine Tochter noch lebt, ob sie gesund sei
und wie es ihr geht? Für diese Information wäre ich Ihnen sehr
dankbar, da mir das Mindestbesuchsrecht vorenthalten wird!"

Der „Tag der versperrten Tür" fand am 20. September eine
Fortsetzung. Diesmal funktionierte die Hausglocke nicht. Ohne
Wissen des Kindesvaters war Amalia mit der Tochter Maja bei
einem Begräbnis, erfuhr er im Nachhinein. Diesmal war er besonders emotional gebeutelt, weil ja sein Geburtstag am 25. September bevorsteht. An diesem Tag verfasste Pascal einen Brief
an die Pflegschaftsrichterin. Dabei zitierte er einen Kommentar
von zwei Rechtsexperten, Schlemmer/Schwimann, zum § 148
des ABGB. Dieser Paragraf legt das Besuchsrecht des Elternteils,
der nicht mit dem minderjährigen Kind im selben Haushalt lebt,
fest. Der Kommentar der beiden: „Das Recht des Elternteils,
dem Pflege und Erziehung nicht zustehen …, auf persönlichen
Umgang mit dem Kind … ist ein Grundrecht der Eltern-Kind-
Beziehung und darüber hinaus ein allgemein anzuerkennendes
Menschenrecht." Im Brief an die Richterin Ella J. ergänzte Pascal: „Die obsorgeberechtigte Kindesmutter verletzt das Grund-
recht/Menschenrecht, indem sie vorsätzlich dem Vater den persönlichen Umgang mit dem Kind verweigert. Sind Grund- und
Menschenrechte nicht Rechte, die dem Menschen als solchem
zukommen und einen universalen Charakter haben? Warum
kann das Grundrecht der Eltern-Kind-Beziehung nicht wirkungsvoll durchgesetzt werden? Ein Grundrecht dürfte auch
nicht mithilfe einer willkürlichen Auslegung des ‚Kindeswohles' ausgehöhlt werden!"

Auch zum vierten Geburtstag konnte Pascal seiner Tochter Maja nicht gratulieren. Es war wieder einmal ein Tag der versperrten Tür. Diesmal traf er seine geschiedene Frau mit Maja, als sie ihm auf der Heimfahrt mit dem Wagen entgegenkamen. Auch diesmal „belästigte" Pascal die Richterin mit einem eingeschriebenen Brief und verwies auf die Behinderung des Besuchsrechtes. Diesmal zitierte er aus dem Expertenbericht zum UN-Übereinkommen über die „Rechte des Kindes". Dabei schrieb er: „Das Verhalten der Kindesmutter widerspricht dem Kindeswohl, denn die Kontakte zum nicht obsorgeberechtigten Elternteil dienen im ‚Normalfall dem seelischen und geistigen Wohl des Kindes und fördern seine gesamte Weiterentwicklung.'"

Die Besuchsrechtsverweigerung fand am 18. Oktober eine unrühmliche Fortsetzung. Seit dem 5. Juli, dem Tag der Kriminalisierung, hat Pascal seine Tochter Maja nicht mehr gesehen. In einem Brief an die Richterin zitierte Pascal aus dem Artikel „Sag mir, wo die Väter sind …" der österreichischen Moderatorin und Psychologin Gerti Senger: „Die Gefahr, dass ‚vaterlose' Kinder eines Tages schwierige Partner werden, ist groß. Ein Mädchen, das einen Vater nie wirklich erlebt, kommt um das sichere Gefühl, in der Obhut einer schutzbereiten Väterlichkeit zu existieren." Diesmal wies Pascal die Richterin darauf hin, dass ihm durch die vergeblichen Fahrten auch ein finanzieller Schaden entsteht.

Auf die persönlichen Briefe bekam Pascal niemals eine Antwort. Er hatte das Gefühl, dass sie vergeblich waren und wie ein Papierflugzeug im Mülleimer der Richterin landeten. Die Richterin entscheidet durch ihre endgültigen Beschlüsse über das Wohl der Tochter. Die Früchte erlebt Pascal eher als bittere Pillen.

Pascal stellte über seinen Anwalt den Antrag, über die Kindesmutter „Beugestrafen in entsprechendem Ausmaß zu verhängen, um die Ausübung des auch im Sinne des Kindeswohles gelegenen Besuchsrechtes durch den Kindesvater zu ermöglichen". Diesen Schritt begründete er damit, dass Amalia das Besuchsrecht unter Heranziehung verschiedener Ausflüchte verhindere. Er habe die Tochter bereits 15 Wochen nicht mehr gesehen. „Es ist evident, dass die Kindesmutter versucht, den Kontakt zwischen dem Kindesvater und seiner minderjährigen Tochter völlig zu unterbinden und eine Entfremdung zwischen Vater und Kind herbeizuführen. Diese Vorgangsweise ist dem Kindeswohl abträglich."

Wegen des anhängigen Strafverfahrens kam es zu keiner Beugestrafe. Zuerst soll der Ausgang des Strafverfahrens abgewartet und anschließend der Akt wieder dem Sachverständigen zur Ergänzung des Gutachtens übermittelt werden. Warum einfach, wenn es kompliziert auch geht?

Im Herbst 1997 zog Pascal in sein Eigenheim ein. Da musste er nicht wegen der Gefühlskälte vor der Tür frieren. Pascals Eigenheim war nun bezugsfertig. Im Inneren des Hauses richtete er die Wohnküche neu ein. Das andere Mobiliar nahm er aus Felsenburg mit und füllte es im neuen Haus aus. Für das Arbeitszimmer gingen sich keine neuen Möbel aus. Gott sei Dank ist Pascal nicht abergläubisch und verbrachte auch das Schlafzimmer in sein Haus. Durch die zahlreichen parallel laufenden „Sonderausgaben" musste er sich nach der Decke strecken. Auch für den Außenputz reichten vorerst die Mittel nicht. Das Geld hatte er gezwungenermaßen für das Tauziehen bei Gericht verputzt. Sein neues Zuhause wurde zum Rückzugsort, Oase des Alltags und Tankstelle der Lebensbewältigung. Es ist ein Lichtblick im Ensemble der zahlreichen Schattenspender.

Die Gerichte-Küche brodelt

Durch die Anzeige Amalias wurde die Staatsanwaltschaft Wurmlach eingeschaltet. Sie legte Pascal das Vergehen der Körperverletzung nach dem §83 Abs. 2 StGB zur Last. Dieser Strafrechts-Paragraf besagt: 1) Wer einen anderen am Körper verletzt oder an der Gesundheit schädigt, ist mit Freiheitsstrafe bis zu einem Jahr oder mit Geldstrafe bis zu 360 Tagessätzen zu bestrafen. (2) Ebenso ist zu bestrafen, wer einen anderen am Körper misshandelt und dadurch fahrlässig verletzt oder an der Gesundheit schädigt. Die Staatsanwaltschaft Wurmlach beantragte die Durchführung der Hauptverhandlung vor dem Bezirksgericht Wurmlach. Die Verhandlung wurde für den 20. Oktober 1997 anberaumt.

Pascals Gang zum Bezirksgericht Wurmlach war schleppend, als hätte er schwere Eisenkugeln an den Füßen. Er betrat das Gebäude des Bezirksgerichtes, um sich als Beschuldigter vor dem Strafgericht zu verantworten. Mit einem schicken, schwarzen Anzug und roter Krawatte betrat er im ersten Stock mit gehobenem Haupt den Verhandlungssaal im ersten Stock. Es war ein länglicher Saal. Im hinteren Teil des Saales waren Stühle für die Zuhörer vorgesehen. Am Kopfende, dem vorderen Teil, waren Tische und Stühle u-förmig aufgestellt. In der Mitte des Saales stand ein Stuhl für den Angeklagten. Pascals Eltern nahmen als einzige Zuhörer im Zuschauerraum Platz, um ihm in dieser schwierigen Situation Rückhalt zu geben und ohne Worte beizustehen.

Pascal musste zur Befragung durch die Richterin Marietta W. auf dem Stuhl des Angeklagten Platz nehmen. Die Richterin, eine klein gewachsene, leicht pummelige Frau mit freundlicher Ausstrahlung und forschem Auftreten, begann mit dem Verhör. Zu ihrer Seite waren zwei Schöffen, auf der linken Seite der u-förmigen Anklagebank saßen die Staatsanwältin und rechts Kurt K., Rechtsanwalt von Amalia, und David M., Rechtsanwalt Pascals. Die Richterin mit den beiden Schöffen saß um zwei Stufen erhöht. Die Frau Rat trug bei der Verhandlung einen schwarzen Talar, der bis zum Knöchel reichte, mit breiten Ärmeln und spitzem Halsausschnitt und einem Revers aus violettem Samt. Auch die Ärmel hatten diese violetten Streifen. Vor Verhandlungsbeginn mussten die beiden Schöffen noch beeidet werden. Dabei legte die Richterin das schwarze Barett mit violettem Streifen auf ihr Haupt.

Richterin Marietta W. eröffnete die öffentliche Verhandlung mit der Aufnahme der Personalien des Angeklagten. Eine hagere Staatsanwältin mit schriller Stimme brachte die Anklage vor, die Pascal mittlerweile schon in- und auswendig kannte. Seit dem Vorfall hat sich sein Alltag ständig um diesen Vorfall gedreht. Abgesehen von wenigen Strafzetteln hat sich Pascal bislang nichts zuschulden kommen lassen. Er hasste körperliche Gewalt, insbesondere gegen Schwächere und gegen jene, die sich nicht verteidigen konnten – und jetzt so was. Jeder Vorwurf, jeder vorgebrachte Anklagepunkt war für ihn wie ein Peitschenschlag.

Dann befragte die Richterin Pascal zu den Anklagepunkten der Staatsanwältin. Er bestritt vehement jeden Versuch einer körperlichen Misshandlung. Er konnte sich auch nicht erklären, wodurch sie zu Boden gestürzt sei und weshalb ihn Amalia beschuldigte. Pascal ließ den Vorfall vom 5. Juli 1997 nochmals Revue passieren. Er erzählte der Richterin, dass an diesem Besuchstag Amalia einen erregten Eindruck machte und erklärte, dass für Amalia seine Nichte Nadine nicht die geeignete Begleitperson wäre. Die Kindesmutter Amalia überfiel Nadine mit Schimpftiraden. Pascal berichtete der Richterin vom Versuch, das Tonband, das die Schimpftiraden angeblich aufzeichnete, zu wechseln, die Verfolgung durch Amalia und das Auftauchen des Ex-Schwiegervaters. „Ich wandte meinen Blick dem Vater Amalias zu. Als ich in Richtung Wohnzimmer blickte, lag Amalia vor mir, und zwar mit ihrem Körper seitlich auf der rechten Schulter am Boden. Ich habe sie niemals berührt und habe auch nicht einmal ein markantes Fall- oder Stolpergeräusch gehört. Für mich stellt sich dieses ‚Zusturzkommen' als Niederlassen durch die Kindesmutter dar, sozusagen eine konstruierte Geschichte."

Pascal blickte im Saal kurz zurück. Er sah, wie gerade sein Vater mit dem rechten Zeigefinger hinter der Brille die Träne wegwischte. Pascal drehte sich schnell wieder nach vorn zur Richterin, um so zu tun, als hätte er es nicht gesehen.

Danach berichtete Pascal, dass Amalia seine Hilfe ablehnte und der Ex-Schwiegervater nach dem Verlassen des Bungalows die Tür abgeschlossen hatte, sodass ein Entkommen unmöglich war. In dieser brenzligen Situation ersuchte er Nadine, jemanden zur Hilfe zu holen, da die Kindesmutter „immer noch am Boden lag und um Hilfe gerufen hatte". Auf Anfrage von Amalias Rechtsanwalt Kurt K. wiederholte Pascal, dass seine Nichte Nadine vor versperrter Haustür stand und das Verlassen des Hauses über die Terrassentür nichts nützte, „weil ja der Weg aus dem Garten versperrt war". Dann folgte noch ein Streitgespräch mit der Ex-Schwiegermutter, die nach dem Aufsperren der Garten- und Haustür das Gebäude betrat.

Die Richterin befragte ihn über die Krankheitsgeschichte, und Pascal sagte, „dass die Kindesmutter im Bereich der Halswirbelsäule und des Brustkorbes Probleme und auch dadurch krankheitsbedingt Ausfälle hat, ist mit bekannt". Der Verteidiger Amalias fragte, ob Simon R. vom Sturz was mitbekommen hat. Pascal: „Ich glaube aber eher nicht, weil er zu dem Zeitpunkt, als ich ihm meine Vorhalte machte, zu Boden starrte." Pascal betrat den Bungalow Amalias um 14.00 Uhr, und als Klothilde S. ihre Tochter mit dem Festhaltegriff zum Sofa schleppte, war es kurz vor 14.30 Uhr. Pascal: „Ich betone, dass die ganze Zeit über die Kindesmutter am Boden lag, sicherlich während zehn Minuten. Sie hat nur einmal die Hand gehoben und unserem Kind gedeutet zu kommen, doch das Kind reagierte darauf nicht, sondern spielte ruhig weiter", beantwortete er die Anfrage seines Rechtsanwaltes.

Die erste Hauptverhandlung dauerte eine halbe Stunde und wurde vertagt. Bei der nächsten Verhandlung wurden die Zeugen Amalia, ihr Vater und ihre Mutter einzeln befragt.

Pascal zog sich in der Zeit der Hetzjagd am liebsten zurück und lebte in seiner heilen Gedankenburg. Nach der Arbeit machte er lange Spaziergänge in der Natur, die ihm in der Stille ein Stück Ruhe und Ewigkeit zurückgaben. Da wurde er von den persönlichen Tiefschlägen abgelenkt. Am liebsten zog es ihn in die Stadt. Da konnte er stundenlang oft wahl- und ziellos durch die Gassen schlendern. Am Hauptplatz tummelten sich an warmen Tagen sehr viele Leute. Dabei zischten sie wie Silhouetten an ihm vorbei. In Gedanken vertieft, hat er sie kaum bemerkt. Peinlich waren Situationen, wenn er Bekannte nicht bemerkte. Seine Stadtspaziergänge fühlten sich wie ein Schwebezustand an.

Gerne setzte er sich in eine Cafeteria und beobachtete vorbeigehende Personen. Besonders emotional erregt war er, wenn er Väter mit Kindern beobachtete. Ein kleines Mädchen weinte im Kinderwagen. Der Papa nahm es in die Arme, beruhigte es, und die Tochter umarmte ihren Papa innig. Da musste Pascal seine Träne unterdrücken, um im Lokal die Aufmerksamkeit nicht auf sich zu lenken. Pascal zog einen gedanklichen Spagat zu seiner Tochter.

Fragt Maja nach dem Papa? Hat sie ihn nach diesem Vorfall vergessen? Was wird ihr eingeredet? Streckt sie ihre Hände und sucht in der Nacht ihren Vater? Was sagt Amalia, warum der Papa schon so lange nicht mehr gekommen ist, um Maja zu besuchen? Welche Ausflüchte und Entschuldigungen hat die Kindesmutter parat? Sagt Amalia etwa: „Papa hat keine Zeit, er hat so viel zu tun.", „Papa hat keine Lust, dich zu besuchen, er hat dich nicht lieb!" oder „Papa ist böse, er hat mich geschlagen, deswegen darf er nicht zu Besuch kommen?"

Pascal tippte auf die zweite Variante, dass Papa Maja nicht mag, deswegen kommt er nicht zu Besuch. *Das würde am besten in das Konzept der Kindesmutter passen.* Ein Papa auf der Straße holt gerade eine Getränkeflasche aus der Tasche. Sein kleiner Sohn nimmt kräftige Schlucke. Wie gern würde Pascal sich um die Tochter sorgen und ihr das Gefühl geben, dass er immer für sie da ist.

Vierzehn Tage später, am 4. November 1997, stand am Bezirksgericht Wurmlach die zweite Hauptverhandlung auf der Tagesordnung. Dazu wurden Amalia, ihr Vater und ihre Mutter als Zeugen vorgeladen und befragt. Pascal hatte an diesem Tag einen besonders starken Rückhalt. Hinter ihm im Zuschauerraum nahm außer seiner Herkunftsfamilie auch sein Firmpate mit den beiden Söhnen Platz. Einer der Söhne war auch Gerd, der ihn zu den Leerfahrten nach Raditsch begleitete.

Strafrichterin Marietta W. rief Amalia in den Zeugenstand. Die Kindesmutter saß im Befragungsstuhl inmitten des Saales wie ein Häuflein Elend und in gewohnter Märtyrerrolle. Zum Besuchsrecht hob sie hervor: „Ich selbst enthalte ihm das Besuchsrecht nicht vor, jedoch übt er es auf eine Art aus, die nicht dem entspricht, was ich mir vorstelle, sodass ich auch immer gezwungen war, mittels anwaltlicher Schriftsätze dies dem Gericht bekanntzugeben."

In Pascal kochte es gewaltig. Seit dem 5. Juli war ihm der Besuch der Tochter verwehrt worden, und zuvor stand er immer wieder vor versperrten Türen, und Amalia behauptete, das Besuchsrecht nicht vorzuenthalten. Welche Art von nicht entsprechendem Verhalten wird wohl gemeint sein? Und dann argumentierte Amalia wieder mit Beschimpfungen und angsteinflößenden Bedrohungen, die bislang erfahrungsgemäß guten Anklang fanden. Pascal hoffte, dass sie damit die Richterin nicht hinters Licht führt.

Die Staatsanwältin interessierte mehr der Vorfall am 5. Juli, und sie befragte Amalia darüber eingehend. Amalia schilderte, dass sich an diesem Tag ihr Vater in der Küche versteckt aufhielt, weil sie Angst vor Pascal hatte. Nach Pascals Eintreffen sagte Amalia zum Ex-Gatten, dass diesmal keine Begleitpersonen zur Verfügung stehen und das Besuchsrecht in ihrem Haus ausgeübt werden muss. Amalia zur Staatsanwältin: „Pascals Nichte Nadine darf seinen Onkel bei den Ausfahrten begleiten, keinesfalls ist in der Besuchsrechtsregelung eingeschlossen ein Besuchsrecht von Nadine in meinem Haus." Sie sagte, dass Pascal darauf bestand, dass Nadine sie ins Haus begleite.

Pascal dachte sich, dass er Nadine nicht zumuten konnte, in brütender Hitze im Auto warten zu lassen. Im Nachhinein betrachtet hatte der Kindesvater viel Glück, dass er darauf beharrte, dass Nadine mit ins Haus kam, ansonsten wäre er der Falle völlig allein ausgeliefert.

Dramatisch schilderte Amalia ihrem Rechtsanwalt die Beschimpfungen Pascals in Anwesenheit seiner Nichte und seiner Tochter. Sie steigerte die Dramatik. „Der Beschuldigte beschimpfte mich im Wohnzimmer trotz Gegenwart des Kindes lautstark. Währenddessen rannte der Beschuldigte nervös im Wohnzimmer herum. Ich forderte den Beschuldigten auf, doch mit dem Kind zu spielen, weil er gerade wegen des Kindes gekommen ist, und auch die minderjährige Maja erklärte, Angst zu haben. Ihre Gestik und Gebärden vermittelten mir den Eindruck, dass ihr die Situation überhaupt nicht behagte."

Amalia sagte, dass sie in dieser Situation beruhigend auf das Kind einzuwirken versuchte und durch die lautstarken Streitereien und Beschimpfungen ihr Vater aus der Küche entlockt worden war. Dann folgte Amalia Pascal ins Vorzimmer, als sie auf einmal Maja rief, dann „drehte ich mich um und wandte mich vom Vorzimmer dem Wohnzimmer zu und frage Maja, was denn los sei. Ich habe in dieser Situation plötzlich seitlich an meiner Hüfte einen starken Kraftimpuls verspürt und unmittelbar dann anschließend auch seitlich links und vorne links. Ich hatte den Eindruck, als wenn man mir in die Seite boxen würde, und zwar mittels eines starken Stoß-impulses. Der Beschuldigte stand in einem solchen Nahbereich bei mir, dass er diese starken Stöße gegen mich ausgeführt hat. So wie der Kraftimpuls gegen mich gerichtet war, bin ich weiter seitlich ins Wohnzimmer auf den Boden gestürzt. Ich bin seitlich mit dem Bauch zum Boden gewandt zum Liegen gekommen".

Amalia behauptete, im Nahbereich von Maja und Nadine zu liegen gekommen und weiter beschimpft worden zu sein. Sie sag-te, dass sie über Schmerzen klagte, und ihr Vater verließ Amalias Haus, ohne ihr sofort zu helfen und um Hilfe zu holen. Ihre Mutter Klothilde fand sie in der „Endlage" und schleppte sie zur Couch. Auch die Mutter wurde von Pascal beschimpft, schilderte Amalia die Begebenheit der anklagenden Staatsanwältin.

Pascal schüttelte nur den Kopf. Bei der Befragung musste er im Zuschauerbereich schweigen, da er bereits in der ersten Haupt-verhandlung befragt worden war. Er musste sich von diesen Vorwürfen berieseln lassen. Zum Nachdenken müssten auch die vorgeworfenen Attacken geben.

Bei den starken Stoßimpulsen und Boxattacken müsste Amalia letztens mehr rote, rötliche oder rot-blaue Flecken haben. Wie ist das möglich, dass Amalia durch einen Kraftstoß seitlich liegen bleibt? Müsste sie beim Sturz nicht Atmungsprobleme haben und einen Schmerzschrei ausstoßen?

Aber schmunzeln musste er, als Amalia berichtete, dass sie Schmerzen hatte und ihr Vater sie im Stich gelassen hatte, um Hilfe zu holen.

Ihr Vater ist ein Arbeiter, zwar klein gewachsen, aber kräftig. Ohne Probleme könnte er seiner Tochter, die ein Federgewicht war, unter die Arme greifen und sofort Hilfe leisten. Wenn so was meiner Tochter zustoßen würde, ich würde niemals zögern, ihr sofort zu helfen und sie nicht im Stich zu lassen. Was ist das für eine Elternliebe, wenn der Vater in Not davonrennt? Oder bestand das alleinige Ziel darin, die Polizei zu verständigen?

Auf Befragen ihres Rechtsanwaltes Kurt K. sagte Amalia: „Er kümmerte sich weder um seine Tochter noch um mich, und dann war es Nadine, die unflätige Äußerungen sogar noch wiederholte." Dann sagte sie, dass ihr Vater die Polizei verständigte. „Ich habe, abgesehen von der Prellung der Halswirbelsäule und des rechten Hüftgelenks, auch ein Hämatom an der linken Taille erlitten", berichtete Amalia R. Vom Tonband, das mitgelaufen sein sollte, hatte sie nichts bemerkt. Zum Schluss hat sie auch ein Teilschmerzensgeld beantragt. Pascal war klar geworden, dass Amalia bei Verurteilung Pascals beim Zivilgericht finanzielle Ansprüche stellen würde und das Teilschmerzensgeld nur der Anfang der finanziellen Ausbeutung wäre.

Nach Amalia folgte ihr Vater Simon S., eine schmächtige, kleinwüchsige Persönlichkeit, in den Zeugenstand. Die Befragungen wurden getrennt voneinander durchgeführt. Wie Amalia hinterließ auch Simon den Anschein, keiner Fliege etwas tun zu wollen. Zur Richterin bemerkte Pascals Ex-Schwiegervater: „Soweit ich weiß, hat der Beschuldigte zu meinem Enkelkind an jedem Samstag, ab 14.00 Uhr, das Besuchsrecht. Für den 5. Juli 1997 ersuchte mich meine Tochter Amalia, zu ihr zu kommen, weil eben der Beschuldigte das Besuchsrecht ausüben sollte."

Interessant! Somit war der Ex-Schwiegervater nur für diesen Tag beauftragt, im Haus meiner Tochter zu verweilen. Das riecht nach abgekartetem Spiel, ein Spiel, das für mich verhängnisvoll enden könnte. Gott sei Dank begleitete mich meine Nichte, und ich hatte beim Pflegschaftsgericht durchgesetzt, dass sie Amalias Haus betreten darf.

Auch Simon R. behauptete, von Pascal aufs Gröbste beschimpft worden zu sein. Die Körperverletzung schilderte Simon folgendermaßen: „Meine Tochter Amalia wandte sich vom Vorzimmer dem Wohnzimmer zu, um zu überprüfen, was denn mit dem Kind ist. Der Beschuldigte kam von hinten auf sie zu und sagte: Ich werd dir zeigen, du Hur. Er streckte beide Arme von sich, die Hände zu Fäusten geballt, und versetzte meiner Tochter seitlich links und etwas nach vorne versetzt mit beiden Fäusten einen Stoß. Der Stoß war so heftig, dass sie weit nach vorne ins Wohnzimmer auf den Boden fiel. Meine Tochter kam auf der rechten Seite zum Liegen. Der Beschuldigte stellte sich zu meiner am Boden liegenden Tochter hinzu und sagte: Du Hur, du Sauschädel, du tust markieren."

Die Richterin befragte Amalias Vater Simon, wie er seiner Tochter zur Hilfe stand. Er sagte lapidar: „Ich fragte meine Tochter, ob ich ihr helfen könne. Sie antwortete, ich könne dies nicht, und so sagte ich ihr wiederum, dass ich Hilfe holen werde."

Trotz ernstlicher Lage war es ihm so zum Lachen zumute. Aber er musste sich beherrschen, sonst würde er nur Schwierigkeiten bekommen. Die Schimpfwörter wurden seines Erachtens ziemlich deftig und theatralisch aufgetragen. Solche Worte waren ihm nicht nur in Anwesenheit so vieler Personen abträglich. Er hoffte, dass der Richterin das unglaublich erschien. Des Weiteren berichtete Simon R., dass „er im Vorzimmer immer auf dem Sessel sitzen blieb, um sich die Schuhe auszuziehen, während der Beschuldigte im Vorraum war, dort herumlief und auch fremde Türen öffnete".

War das nicht auffällig, dass Simon gerade in diesem Augenblick auftauchte, als sich alles zugespitzt hat? Das musste doch komisch klingen, wenn der Vater seiner Tochter nicht hilft und beisteht. Darüber hinaus ließ er seine Tochter allein mit einem angeblich gewalttätigen Schwiegersohn im Haus. Er hätte auch vom Haustelefon seiner Tochter Hilfe anfordern und die Polizei rufen können. Warum rief er zuerst die Polizei an und nicht den Notarzt oder die Rettung? So viele Ungereimtheiten.

Selbstverständlich bestritt Simon, die Tür versperrt zu haben, und er gestand, die Polizei gerufen zu haben. David M., der Rechtsanwalt von Pascal, informierte sich über seine Hilfestellung nach dem Hinfallen seiner Tochter. „Von dieser Sitzposition im Vorraum habe ich Amalia gefragt, ob sie Hilfe benötigt und habe unmittelbar darauf das Haus verlassen. Ich sagte dann dem Polizeibeamten, dass mein Schwiegersohn meine Tochter, von der er geschieden ist, überfallen hat und dass die Polizei rasch kommen soll."

Simon R. berichtete, dass er gemeinsam mit seiner Gattin Tochter Amalia ins Krankenhaus gefahren habe. „Ich habe dann auch an der rechten Hüfte jene blau-rote Hautverfärbung gesehen, die meine Tochter erlitten hat." Auch das kam Pascal äußerst geheimnisvoll vor. *Die blau-rote Hautverfärbung tritt doch nicht so wundersam schnell, sondern erst Stunden später auf?* Der Ex-Schwiegervater hätte die Verfärbung bereits unmittelbar nach dem Sturz diagnostiziert.

Als dritte Zeugin wurde Pascals Ex-Schwiegermutter Klothilde S. vorgeladen und befragt. Klothilde und Amalia waren beide gleich groß, jedoch Pascals Ex-Schwiegermutter war hüftengepolsteter. Mit verschmitztem Lächeln und anbiedernder Sprache erweckte sie den Eindruck, als wolle sie jedem den Honig ums Maul schmieren. Sie berichtete dem Gericht nur, dass sie ihr Gatte vom Vorfall unterrichtete und dass sie dann sofort ihrer Tochter zur Hilfe gekommen war. „Ich stürzte ins Wohnzimmer und sah meine Tochter am Boden liegen. Kaum, dass der Beschuldigte mich sah, sagte er: Jetzt ist die alte blöde Sau auch schon da. Diese Art, so mit mir zu sprechen, hat sich der Beschuldigte nach der Scheidung angewöhnt."

Sie schilderte, wie sie ihrer Tochter Erste Hilfe geleistet hat. „Da die minderjährige Maja schrie und geradezu am ganzen Leib zitterte, habe ich mein Enkelkind an mich genommen, um es zu beruhigen." Dann behauptete sie, dass sie Pascal mit „Verbrecher, Räuber" beschimpfte. Zudem fügte Klothilde S. noch hinzu: „Um das Verhalten des Beschuldigten, das auch für mich außergewöhnlich war, zu bezeichnen, schildere ich, dass er auf mich mit seinem Kopf zukam und mich vehement aufforderte, ihm doch einen Schlag zu versetzen. Ich wusste gar nicht mehr, wohin ich blicken sollte, hatte ich doch mein Enkelkind am Arm."

Wenn die Lage nicht so ernst wäre, dann hätte Pascal bei der Gerichtsverhandlung hinausgerufen: „Ich bin doch kein Masochist." Aber Pascal verhielt sich ruhig im Hintergrund.

„Welche Verletzung haben Sie beobachtet?", fragte Amalias Rechtsanwalt. Interessant lautete die Diagnose der Ex-Schwiegermutter. Wenn ihr Gatte von einer blau-roten Hautverfärbung sprach, sagte Klothilde S.: „Da meine Tochter über solche Schmerzen klagte, beratschlagten wir, was zu tun ist. Ich habe sie mir auch äußerlich angesehen, ob ihr etwas fehlt. Doch bei solchen Stürzen ist äußerlich nichts sichtbar. Es war vielleicht eine kleine Rötung zu sehen. Diese hat sich aber im Verlaufe der nächsten drei Wochen zu einem Hämatom verfärbt."

Pascal atmete im Zuschauerraum wegen der „Farbenblindheit" der Zeugen einmal tief durch und dachte sich, dass dies ein Pluspunkt für ihn wäre und die konstruierte Lüge aufgedeckt würde. Nach der Verhandlung verließen die Beteiligten den Verhandlungssaal. Pascals Firmpate konnte sich im Gangbereich nicht verkneifen, dem Ex-Schwiegervater zu sagen: „Kennen Sie das achte Gebot? Es lautet: Du sollst nicht lügen!" Pascals Vater sagte zu Amalia: „Bitte leg unseren Familiennamen ab. Du bist es nicht wert, ihn zu tragen. Das hat noch niemand in unserem Familienkreis gemacht."

Auch diese Hauptverhandlung, die knapp zwei Stunden gedauert hatte, wurde vertagt. Zum nächsten Termin wurden die Gendarmen und die Zeugin Nadine vorgeladen sowie die Krankengeschichte beigeschafft.

Um seine Ruhe zu finden, zog sich Pascal zu Hause zurück. Dann machte er, wie so oft nach anstrengenden Tagen, lange Waldspaziergänge. Er genoss den betäubenden Duft des Holzes und der Nadeln der Tannen, die eine Frische ausströmten. Der Wald hatte auf Pascal immer eine inspirierende Wirkung, wo er Ideen schmiedete, Entscheidungen leichter treffen konnte. Die Bäume lassen einige Sonnenstrahlen hindurch und werfen nach Belieben Schatten. Schattenreich ist auch Pascals jetziger Kreuzweg. Der Ausgang des Prozesses schien total ungewiss zu sein. Auf Gedeih und Verderb war er von der Anklägerin, ihren Zeugen und der Richterin abhängig. Er hoffte nur, dass die Lügen kurze Beine haben. Apropos Zeugen: Das war für Pascal total unverständlich, dass Angehörige, Verwandte von Amalia als einzige Zeugen aussagen dürfen.

Sind sie nicht befangen? Ist das Rechtssystem nicht auf dem Holzweg, wenn es diese Art von Zeugen zulässt? Damit werden Streitereien auf die lange Bank geschoben, Hass noch mehr geschürt und der Willkür Tür und Tor geöffnet.

Er trifft auf dichtes Unterholz. Da wünschte er sich, im Unterholz all seine Torturen und Peitschenhiebe des Lebens zu begraben, dass sie madig werden und sich durch Zersetzung langsam auflösen.

Im November sind die Tage schon wesentlich kürzer. Die anbrechende Dämmerung rüttelte ihn zum Aufbrechen auf. In der Entfernung kündete eine Lichtung den Waldrand an. Zweige, Äste und Bäume wurden von einem weißen Schleier aus Sonnenstrahlen umhüllt. Das Sonnen-Schatten-Spiel ist sehr heimtückisch. Eine Wurzel am Waldboden brachte ihn zu Fall. Das ist symptomatisch für sein Leben. Zurzeit erlebte er einen Stolperstein nach dem anderen. Die Lichtung war ihm nicht vergönnt. Unter den gegebenen Umständen glaubte er nicht an die Lichtung, an eine positive Lösung, den Kontakt zur Tochter aufrechterhalten zu können. Es sprach doch alles gegen ihn. Der laufende Strafprozess hat ihm das Rückgrat gebrochen. Die Rückzahlung des Darlehens für sein Haus belastete seine Brieftasche enorm. Für diese gefährlichen Spielereien mit dem Feuer hatte Pascal kein Geld mehr, da ja alles auf die lange Bank geschoben wird. Die Aussichtslosigkeit deckte ihm jede Lichtung des Problems zu.

Zu Hause angelangt, legte er eine Nachtschicht ein. Er verfasste wieder einen Brief an die Pflegschaftsrichterin, um dem Spuk ein Ende zu setzen, eigentlich zu kapitulieren. Möge Amalia jubilieren, aber er sah nach dem Vorfall vom 5. Juli keine Möglichkeit mehr, sein Besuchsrecht in ihrem Haus auszuüben. Dem Gericht schienen die Hände gebunden zu sein. Es ist wie der Fall des Vorhangs nach dem letzten Akt. In seinem Leben bekam er die Hauptrolle in einer Tragödie. Er kann das Haus Amalias niemals wieder betreten und die Tochter nicht mehr mitnehmen, weil das Gericht keine Handhabe dazu hat und auch kein Interesse dafür zeigt. Am 2. Dezember 1997 schrieb er der Bezirksrichterin und Herrin über das Besuchsrecht:

„Sehr geehrte Frau Richterin Ella J., mit diesem Schreiben stelle ich folgendes fest: Frau Rat, Sie betonten, dass der Kindesvater immer auf dem kürzeren Ast sitze. Ich kann es nicht beurteilen, ob Sie damit ausschließlich die Rechtslage in Österreich meinten. Infolgedessen werde ich mich nicht mehr an das Pflegschaftsgericht um Unterstützung wenden. Ich ersuche Sie freundlichst, für die weitere Vorgangsweise den Sachverständigen nicht mehr zu beauftragen und damit das Besuchsrecht erneut auf die lange Bank zu schieben. Auch nach zehn Gutachten wird dieses Problem nicht gelöst werden. Ich habe die Erfahrung gemacht, dass die gerichtlichen Beschlüsse beim Pflegschaftsgericht sowieso wertlos sind, da sie nicht sanktionierbar sind oder nicht sanktioniert werden können. Ich werde nach dem Strafrechtsverfahren versuchen, das Besuchsrecht außergerichtlich zu lösen. Wenn mir das nicht gelingt, werde ich wohl aus Liebe zum Kind und um dem Kind weitere psychische Qualen zu ersparen, wie die wahre Mutter im salomonischen Urteil, handeln müssen, das heißt als Vater zurückzutreten und anderen Platz zu machen."

In den folgenden Ausführungen des Briefes wiederholte Pascal die zwei Jahre des Rosenkrieges um das Kind: „Am 12. September 1995 gab in der Tagsatzung Amalia zu Protokoll, dass Pascal sie beschimpft und sogar mit dem Leben gedroht, beim Hals gefasst, die gemeinsame Tochter genommen und mit ihr spazieren gegangen sei. Als verantwortungsbewusster Vater würde ich keinem Menschen dieser Welt mein Kind anvertrauen, der mich zuvor bedroht und am Hals gefasst hat. Ebenfalls würde ich die Minderjährige keinem zur Gewalt neigenden Menschen, auch nicht zum Spaziergang, unbeaufsichtigt überlassen."

Pascal ging in weiterer Folge auf die kriminellen Unterstellungen ein: „In den besagten drei Jahren brachte die Kindesmutter massive Anschuldigungen gegen meine Person vor. Demnach hätte ich Beschimpfungen, Drohungen, Morddrohungen gegen die Kindesmutter, Maja und gegen die Ex-Schwiegereltern ausgesprochen. Es gab vor Gericht niemals eine Beweisführung. Und die Kindesmutter Amalia wurde deswegen weder verwiesen noch bestraft. Dennoch haben die Anschuldigungen nachweislich die Besuchsrechtsregelung negativ beeinflusst."

Anschließend sprach Pascal die Willkür der Kindesmutter in der Besuchsrechtsausübung an und dass er seine Tochter bislang schon vier Monate nicht mehr gesehen hatte. „Hier wird mit zweierlei Maß gemessen. Ein geschiedener leiblicher Vater wird nachweislich zum Vater zweiter Klasse degradiert. Jede andere Person hätte mehr Erziehungsrechte als der leibliche Vater. Die ‚Gummiparagrafen' in den Pflegschaftsangelegenheiten sprechen vom Wohl des Kindes, tatsächlich wird aber das Wohl der Kindesmutter gemeint sein. Entspricht dies dem Gleichheitsgrundsatz? Ich möchte mit dem Pflegschaftsgericht nichts mehr zu tun haben, wenn der Kindesvater von vornherein immer am kürzeren Ast sitzt und nicht einmal das Mindestbesuchsrecht sanktioniert wird. Infolgedessen soll das Gericht die Erziehungsrechte meiner Tochter wahrnehmen und auch bei etwaigen Vorfällen die Mitverantwortung unter allen Umständen übernehmen."

Die Obsorge wurde der Kindesmutter allein zugeordnet, weil sie eine Wiederaufnahme der gemeinsamen Lebensführung nicht mehr in Erwägung zieht. Dazu Pascal in seinem Brief an die Pflegschaftsrichterin Ella J.: „Aufgrund der bisherigen Rechtslage habe ich mich um eine gemeinsame Obsorge nicht bemüht. In meinem Fall wurde der Kindesmutter ein Instrument der Willkür in die Hände gelegt. Vor ihr muss das Pflegschaftsgericht kapitulieren. Zum Abschluss werde ich den § 18, Abs. 1 der UN-Konvention über die Rechte des Kindes in Erinnerung rufen: Die Vertragsstaaten bemühen sich nach besten Kräften, die Anerkennung des Grundsatzes sicherzustellen, dass beide Elternteile gemeinsam für die Erziehung und Entwicklung des Kindes verantwortlich sind."

Damit hat Pascal in seiner aussichtslosen Situation den Hürdenlauf beim Pflegschaftsgericht gestoppt. In seiner ausweglosen Situation hat er diesen Brief auch an den Justizminister mit der Hoffnung geschickt, er könnte noch ein Wunder bewirken. Aber es war nur ein geheimer Wunsch, der auf Bestellung nicht geliefert werden kann. Das sollte auch sein Gewissen beruhigen, dass er nichts unversucht gelassen hat.

Die Kapitulation vor dem Pflegschaftsgericht war ein Zwischenspiel zwischen der zweiten und dritten strafrechtlichen Hauptverhandlung beim Wurmlacher Bezirksgericht. Pascal kam bisher einiges suspekt vor.

Die Kindesmutter gab ein Hämatom an der linken Taille an, der Ex-Schwiegervater sah an der rechten Hüfte eine blau-rote Hautverfärbung, und für die Ex-Schwiegermutter war ursprünglich nichts sichtbar, vielleicht eine kleine Rötung. Amalia behauptete, dass sie nach dem Stoß im Wohnzimmer in der Nähe von Maja und Nadine liegen geblieben war. Der Ex-Schwiegervater saß auf dem Stuhl inmitten des Vorraumes. Da müsste er ja um die Ecke und durch die Wand sehen können, um seine liegende Tochter zu erblicken. Er behauptete nämlich, dass sein Blick auf die dort liegende Amalia durch nichts verstellt war, und er hatte eine freie Sicht auf die Liegende.

Demnach beantragte Pascal bei der Hauptverhandlung die Beiziehung eines ärztlichen Sachverständigen und einen Lokalaugenschein. Damit soll der Wahrheitsgehalt der Zeugen und der Vorfall unter die Lupe genommen werden. Pascal müsste wenigstens freigesprochen werden, ansonsten wäre seine Situation existenzbedrohend.

Der dritte Teil der Hauptverhandlung war für den 15. Dezember 1997 anberaumt. Als Zeugen waren die Polizisten und seine Nichte Nadine geladen. Der Polizeibeamte Inspektor Samuel T. wurde als Erster von der Richterin unter Eid einvernommen. Er berichtete, dass er von der Leitzentrale per Funk mit seinem Kollegen nach Raditsch beordert worden war, „weil sich dort eine familiäre Auseinandersetzung abspielen soll". Zehn Minuten benötigten sie für die Anfahrt, und sie fanden den Anrufer, den Beschuldigten und seine Nichte in der Nähe des Dorfzentrums auf. Sie widmeten zuerst der verletzten Amalia ihre Aufmerksamkeit. „Wir fanden im Haus Amalia auf einem Sofa liegend vor. Sie sagte, sie habe solche Schmerzen, sie sei so verletzt, dass sie nicht aufstehen könne. Mehrmals ist der Kindesmutter die Herbeiholung der Rettung bzw. Verständigung des Arztes angeboten worden, doch hat sie dies kategorisch abgelehnt."

Amalia gab dem Polizisten gegenüber an, dass sie tätlich angegriffen worden war. „Der Stoß sei vom Vorhaus gesetzt worden, und sie sei von dort durch die geöffnete Wohnzimmertür gestoßen worden." Der Polizist hielt fest, dass sich der Beschuldigte nicht um die Verletzte gekümmert hatte. Er sah auch ihre Verletzung und gab an: „Meiner Meinung nach war es im Bereich des Hüftknochen-Oberschenkels, da die Haut eine Rötung aufwies. Die Rötung war handtellergroß. Sie sagte, es tue ihr am ganzen Körper weh, sie könne nicht aufstehen. Den Begriff ‚Halswirbelsäule bzw. Nacken' verwendete sie bei der Schilderung ihrer Schmerzen nicht." Aus diesem Anlass führte der Vorfall zur Anzeige.

Zuletzt musste Nadine, die Nichte von Pascal, in den Zeugenstand. Sie war damals erst 15 Jahre alt und musste eine gerichtliche Befragung über sich ergehen lassen. An dem Tag des Vorfalls begleitete Nadine ihren Onkel. Sie gab an: „Es war das erste Mal, dass ich am 5. Juli 1997 meinen Onkel begleiten sollte. Wir hatten an sich schon vor, gemeinsam mit Maja was zu unternehmen, mit dem Kind irgendwohin zu fahren, doch haben wir uns vorher auch noch nicht besprochen. Es war ja auch noch unsicher, ob Maja mit uns mitfahren dürfe. Ich selbst dachte mir, dass mir ein vergnüglicher Nachmittag bevorsteht, keinesfalls hatte ich den Eindruck, dass ich eine allfällige Zeugenfunktion ausüben soll."

Nadine berichtete der Richterin, dass Pascal Amalia gesagt hätte, dass er ohne Nadine nicht in das Haus gehen würde, dass beide sofort die Straßenschuhe ausziehen müssen, ansonsten könne Pascal gleich gehen. Auf der Couch spielte sie mit Maja. „Sie griff mich und meine Familie an, sodass ich gleich zu weinen begann", so Nadine. „Sie nannte mich eine aufgehetzte Göre, und der Beschuldigte sagte sarkastisch zu Amalia: Bitte, hör auf, du solltest als Lehrerin ein Vorbild sein." Dann sagte Nadine noch, dass ihr Onkel die Tonbandaufnahme vorgetäuscht hätte, um Amalia zu beruhigen.

Auf Befragen des Rechtsanwaltes von Amalia berichtete Nadine, dass sie „auf einmal neben mich geschaut habe, und dann ist dort die Tante gelegen. Kaum aber, dass Amalia am Boden lag, war auch schon ihr Vater da, und sie forderte ihn auf, Hilfe zu holen." Die Hilfe von Pascal lehnte sie ab. Der Staatsanwalt wollte wissen, ob sie was bemerkt hätte. „Ich betone, dass ich weder Streit noch das markante Auftreffen eines Körpers am Fußboden hörte", so die Zeugin Nadine. „Ich bleibe dabei, dass mein Onkel und Amalia überhaupt nicht stritten, sondern die Tante nur mich provozierte." Den Vater von Amalia hat sie vorher nicht bemerkt.

Dann geschah etwas Außergewöhnliches. Der „Privatbeteiligtenvertreter" Kurt K. verließ während der laufenden Verhandlung den Saal und legte sein Mandat als Rechtsanwalt von Amalia zurück. Er ging ohne Worte zu Mittag aus dem Verhandlungssaal, sodass selbst die Richterin verdutzt war. *Hat er von seiner Mandantin und ihren Behauptungen die Schnauze voll gehabt?*

Auf Befragen des Rechtsanwaltes von Pascal schilderte Nadine ihre Hilfsbereitschaft: „Ich selbst wollte auch Hilfe herbeiholen, suchte vergebens im Haus nach einem Telefon, konnte über die Haustür nicht nach außen gelangen, weil sie versperrt war. Es gelang mir dann, über die Balkontür ins Freie zu gelangen, doch musste ich feststellen, dass ein Rauskommen nicht möglich war, da das Gartentor versperrt war und auch der Zaun so beschaffen war, dass ich nicht drüber kam. Im Haus, wo inzwischen die Mutter Amalias eingetroffen war, forderten wir diese auf, uns hinauszulassen, doch sagte sie nur: Jetzt hat er sein Besuchsrecht, jetzt muss er dableiben."

Die Richterin erkundigte sich über ihren Gefühlshaushalt nach dem Vorfall, und Nadine sagte: „Ich war mit den Nerven total fertig, und ich habe nur geweint."

Letztlich beschloss die Richterin die Vertagung und Verhandlung an Ort und Stelle in Raditsch sowie die Ladung weiterer Zeugen.

Mit einem Schlag entlastet

Pascals Schicksalsstunde schlug am Donnerstag, dem 26. Februar 1998. Als er nach Raditsch fuhr, war der Himmel wolkenbehangen, und auf der Autobahnfahrt regnete es in Strömen. Die Scheibenwischer hatten alle Arme voll zu tun. In Raditsch war die Landschaft noch schneebedeckt. An diesem Entscheidungstag wurde nicht nur ein Lokalaugenschein durchgeführt, sondern da wird auch das endgültige Urteil gesprochen.

Pascal hat sich fesch angezogen, um einen gepflegten Eindruck zu hinterlassen. Dazu zählten ein dunkler Anzug und eine Krawatte mit roten Rosen, die wie ein Talisman Hoffnung versprühen sollten. Egal wie das Urteil ausfällt, er würde es mit gehobenem Haupt und Anstand annehmen. Mit im Gepäck hatte er die detaillierten Erinnerungen über den Tag des Vorfalls, um ja keine Einzelheit zu vergessen, die ihm zum Nachteil reichen würde. Eine mentale Absicherung war auch die bisherige Korrespondenz und seine seitenweisen Notizen. Am wichtigsten war aber die einzige Zeugin, seine Nichte Nadine. Sie sagten sich im Auto immer wieder, dass hoffentlich die Ehrlichkeit und Wahrheit siegen werde. Sie bestanden darauf, bei ihrer Version und Wahrheit des Ablaufes zu bleiben, egal wie der Prozess ausgeht.

In Raditsch angelangt, hörte es auf zu regnen, und es erwartete sie das „Tribunal". Richterin Marietta W. hatte einen langen Wollmantel und unter ihrem linken Arm den Akt der Erkenntnis. Ihr zur Seite stand ihr Schriftführer und Rechtspraktikant. Der Staatsanwalt Nils C., ein groß gewachsener Mann, wartete bereits erwartungsvoll mit einem Notizblock und der Anklageschrift in der Hand. Sein Rechtsanwalt David M. beruhigte Pascal, indem er mit der rechten Hand winkte und ihm sagte: „Wir haben alles im Griff. Die Widersprüche der Klägerin und ihrer Zeugen sind für uns ein Pluspunkt. Ich hoffe, dass beim Lokalaugenschein weitere folgen werden." Anwesend waren auch Amalia und ihre Eltern, ihre Kronzeugen sowie ihre neue Rechtsanwältin, die eine Zigarette nach der anderen rauchte. Sie hatte ein runzeliges Gesicht und schon graue Haare. Bekanntlich hatte der erste Rechtsanwalt Amalias demonstrativ während der Verhandlung in Wurmlach den Saal verlassen, was schon vieles zu bedeuten hatte. Amalias Rechtsanwältin war eine spitzzüngige Juristin, die wohl die letzten Kastanien aus dem Feuer holen sollte.

Bei der Verhandlung an Ort und Stelle wurde der ganze Vorfall nachgestellt. Von besonderem Interesse war das Zustandekommen der dem angeklagten Pascal angelasteten Körperverletzung. Zuerst ließ die Richterin die bisherige Sachlage Revue passieren.

Nadine wurde von Amalia am Tage des Vorfalles unaufhörlich beleidigt. Dieser unangenehmen Situation wollte Pascal entkommen, gab an, ins Vorzimmer zu gehen, um das Tonband zu wechseln. Dann tauchte sein Ex-Schwiegervater unerwartet und unangekündigt aus der Küche auf. Die Protokollschreiberin des Gerichtes hielt fest: „Kaum dass der Beschuldigte seinen ehemaligen Schwiegervater sah, wandte er sich aufgebracht an diesen. Er beschuldigte Simon R., dass er schon während der Ehe beziehungsweise anlässlich des Scheidungsverfahrens sich schlecht gegen ihn gestellt hatte. Er machte eine abfällige Bemerkung gegen ihn."

Dabei wandte sich Pascal zu Simon R., der auf dem Sessel saß. Aufgrund der Sitzposition wurde festgehalten: „So sah er nur am Rande seines peripheren Sichtfeldes, dass Amalia vom Vorraum ins Wohnzimmer zu gehen beabsichtigt und somit mit ihrem Körper eine Position einnahm, die vom Vorzimmer weg in Richtung Wohnzimmer gerichtet war. Amalia stand mit dem Rücken zur rechten Türzarge und den Blick in das Wohnzimmer gewandt."

Der Staatsanwalt machte sich Notizen, als er die Endlage der am Boden liegenden Amalia betrachtete. Alle am Vorfall Beteiligten mussten die Wortlaute und Handlungen in allen Einzelheiten wiedergeben. Bei der Befragung von Nadine, an Ort und Stelle, wurde festgehalten, dass die Nichte Pascals mit der minderjährigen Maja spielte und erst Amalia auf dem Boden seitlich liegend bemerkte, „ohne dass sich Amalia aus dieser Liegeposition wegbegab, insbesondere aus eigenem Antrieb aufstand oder den Beschuldigten Pascal oder ihren Vater Simon R. aufforderte, Hilfe zu holen". Verteidiger, Juristen und Staatsanwalt hinterfragten jede Situation, um keine Option offen- und nichts auszulassen. Aufgrund der Sachlage, der wiederholten Aussagen der Beteiligten und der „Endlage" der gestürzten Amalia zog die Richterin den Schluss, der Pascal zum entlasteten Durchatmen bewog: „Ohne dass der Beschuldigte Pascal ihr im Taillenbereich zwei Stöße versetzte, stürzte Amalia aus ihrer Stillstandposition in das Wohnzimmer und kam dort seitlich aufkommend zu Boden, da sie sich mit der rechten Hand abstützte, schlug sie nicht mit dem Kopf auf. Nicht festgestellt werden kann, dass der Beschuldigte Amalia einen Stoß versetzte, sodass sie zu Boden stürzte. Nicht festgestellt werden kann das Zustandekommen des Sturzes."

Die Richterin hat das Verhalten von Amalia besonders durchschaut.

Amalia blieb liegen wie eine Schwerverletzte, die nicht aufstehen kann, ersuchte um Hilfe und ließ sich erst von ihrer Mutter unter starken Schmerzen klagend aufs Sofa heben. Sind ihr die Reaktion und das Verhalten „am Boden liegend" verdächtig aufgefallen?

Der Vollständigkeit halber wurde noch festgehalten, dass nach einem Streitgespräch mit der Ex-Schwiegermutter Pascal mit seiner Nichte das Haus verließ. Simon R. verständigte zwischenzeitlich die Polizei.

Nach dem Lokalaugenschein im Wohnhaus Amalias folgten vor dem Haus die Beurteilung des medizinischen Sachverständigen und das Schlussplädoyer. Die Richterin ersuchte den Sachverständigen, das Ergebnis seines medizinischen Gutachtens über dem Vorfall am 5. Juli 1997 vorzutragen: „Prellung der Halswirbelsäule und Prellung der rechten Hüfte. Im Lokalbefund wird eine handtellergroße Rötung ober dem Rollhöcker des Oberschenkels beschrieben mit druckschmerzhafter Haut ohne Trochanterklopfschmerzen und ohne Beckenkompressionsschmerz. Im Bereich der Halswirbelsäule waren äußerlich keine Verletzungszeichen sichtbar, keine neurologischen Ausfälle behebbar. Es wurden Druck- und Klopfschmerz über den Dornfortsätzen festgehalten, die Röntgenaufnahmen waren unauffällig."

Abgesehen von den sichtbar angegebenen Verletzungen wäre die Patientin Amalia in der Lage gewesen, ihr Bein selbstständig anzuheben. Sie verspürte keine Schmerzen am oberen Ende des Oberschenkelknochens bei den Knochenvorsprüngen – oder Trochanten genannt. Ebenso war sie im Bereich des Beckens schmerzfrei, was nur durch massive Gewaltwirkung verursacht werden könnte. Amalia könnte problemlos selbst aufstehen und nicht theatralisch die Hilfe ihrer Mutter anfordern.

Der medizinische Sachverständige über den Befund der Kontrolluntersuchung Amalias vom 11. Juli 1997: Da zeigte sich „im Bereich der rechten Hüfte das Hämatom, und die Schmerzen sind bis in die Fersen festgehalten. Die Halswirbelsäule war unauffällig, die Beweglichkeit weitgehend frei, und Amalia wurde eine Salbenbehandlung empfohlen". Nach sechs Tagen hat das Unfallkrankenhaus die Behandlung abgeschlossen. Resümee der Verletzung: „Die Verletzungen sind an sich leichtgradig. Die Dauer der Gesundheitsschädigung ist mit über drei, jedoch unter 24 Tagen gegeben. Nach fünf bis sieben Tagen war eine Gesundheitsbeeinträchtigung nicht mehr vorliegend."

Im Protokoll wurden rückblickend noch mal die festgefahrenen Positionen vorgelesen, nach denen Pascal von einer „konstruierten Geschichte" ausging. Amalia hielt beim Lokalaugenschein an den zwei Stößen in die Taillengegend fest, die zum Sturz führten.

Die Stöße schrieb sie wieder Pascal zu. Dies bekräftigte auch ihr Vater Simon R. Er sagte aus, „dass er zwei boxende Stöße, ausgeführt von Pascal gegen seine Tochter von seiner Sitzposition – nicht einmal drei Meter vom Geschehen entfernt – mit ständiger Blickrichtung zum Geschehen beobachtet hatte.“

Nichtsdestotrotz hielt der medizinische Sachverständige im Gutachten fest: „Die Verletzungen sprechen dagegen, dass sich Amalia ‚fallengelassen hat‘, keinesfalls sind aber diese Verletzungen so zustande gekommen, wie sie Amalia und ihr Vater Simon R. erklärten. Es wird dezidiert ausgeschlossen, dass Amalia zwei Faustschläge im Bereich der Taille erlitt und deshalb zu Fall kam. Die Krankheitsgeschichte spricht wohl von einem Sturz auf die rechte Hüfte, jedoch die Ursache dieses Sturzes lässt sich nicht rekonstruieren. Er kann sowohl durch einen Stoß, sei es vom Beschuldigten, als auch durch Stolpern und dergleichen bewirkt worden sein.“

So kam der medizinische Sachverständige zum folgenden Schluss: „Amalia habe nicht so ausgesagt, wie sich der Vorfall tatsächlich abspielte. Die leugnende Verantwortung Pascals, dass er nicht tätlich gegen Amalia vorgegangen ist und somit keine Verantwortung für deren Zusturzkommen trägt, kann durch Amalia und ihren Vater als Zeugen nicht widerlegt werden.“

Für den medizinischen Sachverständigen blieb dahingestellt, aus welchen Gründen Amalia und ihr Vater übereinstimmend das Zustandekommen der Verletzung vorbrachten, „sie sagten jedoch medizinisch nicht nachvollziehbar aus. So kann aus der Gesamtheit ihrer beiden Aussagen nichts gewonnen werden, was die Verantwortung des Beschuldigten widerlegt. Es kann keine Feststellung über die Ursache des Sturzes getroffen werden.“

Als dieses Gutachten bei der Verhandlung vor Ort vorgelesen worden ist, atmete Pascal noch einmal tief durch. Er hatte ein befreiendes Lächeln im Gesicht und schaute gen Himmel und sagte: „Vater im Himmel, danke, du hast dem Spuk ein Ende gesetzt." Jetzt stand wohl nichts mehr im Wege, dass auch die Richterin diesem Argumentationsstrang folgte.

Der Richterspruch war letztlich der Schlussstrich unter einer leidigen Geschichte. „Aufgrund des durchgeführten Beweisverfahrens konnte nicht festgestellt werden, dass tatsächlich der Beschuldigte Amalia diese Verletzungen zufügte, sodass dieser im Zweifel von den gegen ihn erhobenen Anklagen nach § 83 Abs. 2 StGB freizusprechen ist."

Freispruch wegen Mangels an Beweisen bedeutete, dass Pascal vom Vorwurf der Körperverletzung freigesprochen worden ist. Demgegenüber hatte auch Amalia keine Verfolgung wegen „vorgetäuschter Körperverletzung" zu befürchten.

Den Tag des Freispruchs empfand Pascal in erster Linie als eine große Befreiung. Damit konnte er sich einige nachhaltige Probleme ersparen. Er war davon überzeugt, dass er als Verurteilter wegen Körperverletzung Schwierigkeiten im Lehrberuf bekommen könnte. Unter diesen Umständen dürfte er seine pädagogischen Aufgaben nicht erfüllen. Wie könnte ein rechtskräftig verurteilter Lehrer seinen erzieherischen Pflichten nachkommen?

Eine Verurteilung und eine bedingte Strafe hätten ein Disziplinarverfahren und den Jobverlust zur Folge, weil ich für den Schuldienst und Lehrberuf nicht mehr tragbar wäre. Dies bedeutet, dass ich mich nach einem neuen Beruf umschauen müsste. Bei einer Verurteilung würde Amalia den Zivilrechtsweg einschlagen. Dann würde ich beim Zivilgericht dazu verurteilt werden, Amalia Schmerzensgeld für das erlittene Leid zu bezahlen. Ich kenne meine geschiedene Frau. Dann würde sie auch Krankengelder und Finanzierung von Therapien einfordern. Alte Krankheiten und Beschwerden im Bereich der Wirbelsäule, besonders im Halsbereich, sowie Migräne und andere körperlichen Gebrechen kämen gelegen, um Folgeschäden zu konstruieren und weitere Forderungen zu stellen.

Vor dem Urteilsspruch beim Strafgericht hat Pascal bereits einen Schlussstrich gezogen. Er gab den Kampf um seine Tochter beim Pflegschaftsgericht auf. Es blieb ihm nichts anderes übrig, er hatte keine andere Wahl. Nach einem richterlichen Rat wurde ihm nahegelegt, das Haus seiner Ex-Gattin nicht mehr zu betreten, um sich nicht noch einmal in diese Gefahr zu bringen. Zweimal kann er wegen derselben Anklage und dem Mangel an Beweisen nicht freigesprochen werden. Des Weiteren wollte er diese gefühlsbetonten und einschneidenden Szenen der Tochter niemals mehr zumuten. *Da wird willentlich der Hass gegen mich geschürt. Hat sich dieser Vorfall im Herzen meiner Tochter eingekerbt?* Pascal hoffte trotz ihres Alters von vier Jahren, dass es bei Maja zu diesen Auswirkungen nicht kommt. Er hoffte und betete, dass es Maja bei ihrer Mutter gut geht – davon war er immer überzeugt. Ohne Zweifel war er auch immer davon überzeugt, dass Maja dem Vater in irgendeiner Weise abgehen wird. Aber wie? Unter diesen Umständen blieb Pascal nichts anderes übrig, als die Flucht nach hinten anzutreten und das Kind allein der Mutter zu überlassen. Mit einem Schmunzeln im Gesicht dachte er sich, *es ist so wie bei den Kaninchen. Da wachsen die kleinen Hasen auch nur bei der Häsin auf. Der Narr hat seine Schuldigkeit getan – er kann gehen.*

Auch die finanzielle Situation drängte ihn zu diesem Rückzug. Sämtliche notwendigen Rechtsanwalts-, Sachverständigen- und Gerichtskosten bohrten ein tiefes Loch in seinen Sparstrumpf. Die Begleitmusik bei seinem Hausbau waren unzählige Gerichtstermine und die notwendige Heranziehung eines Rechtsanwaltes. Der einzige Erfolg war beim Strafgericht. Beim Pflegschaftsgericht gab es eine ständige Abfolge von Demütigungen und Benachteiligungen bis zur endgültigen Kapitulation. Jetzt folgte das Endresultat des gerichtlichen Tauziehens. Mit diesen Ausgaben hätte Pascal den ganzen Außenputz seines Hauses finanzieren können.

Nach diesem Unschuldsspruch hoffte Pascal, dass langsam Ruhe und Normalität in seinen Alltag einkehren. In seinem neuen Zuhause hat er sich eingenistet und es sich gemütlich gemacht. Nachdem der Hausbau ein vorläufiges Ende gefunden hat, suchte er nach einer neuen Herausforderung, um Lücken der bitteren Erinnerungen zu schließen. Er hat sie gefunden. Bei der Redaktion einer Tageszeitung hat er sich vorgestellt und seine Mitarbeit angeboten. Er hinterließ einen guten Eindruck, und alsbald bekam er als freier Mitarbeiter seinen ersten Auftrag. Diesem folgte einer nach dem anderen. Er entwickelte eine Freude und Genugtuung, die Vielfalt von Gedanken bei Vorträgen, Sitzungen und Interviews in eine Form zu schmiegen, seinem schriftlichen Korpus einen ansprechenden Vorspann zu liefern und dem Leser in den Überschriften des Artikels einen Blickfang zu entlocken. Die journalistische Arbeit wurde durch sein stark geknechtetes Selbstbewusstsein und durch die ständigen Demütigungen in den vergangenen Monaten zu einem Zufluchtsort. Er entdeckte die Macht des Wortes und im Schreiben die Möglichkeit nach Mitbestimmung und Veränderung. Aus seinem Gefühlszustand der Ohnmacht entwuchs eine neue Energie, die kreative Kraft des Wortspiels.

Das Aufbäumen währte nur kurze Zeit. Wie aus heiterem Himmel flatterte ihm wieder ein blauer Brief ins Haus. Amalia ging in die Berufung, konnte ihre Niederlage nicht hinnehmen und versuchte erneut, Pascal aufs Kreuz zu nageln. In der Berufung begründete sie: „Der medizinische Sachverständige habe ausgeschlossen, dass die Verletzung so zustande gekommen sei, wie dies die Zeugin und deren Vater bekundeten. Dieser Teil der Beweiswürdigung ist insoweit unrichtig, als die Zeugin Amalia weder vor der Gendarmerie noch vor Gericht behauptet, durch Faustschläge verletzt worden zu sein, sondern bekundet, plötzlich seitlich an der Hüfte und anschließend auch seitlich links und vorne links knapp daran anschließend einen starken Kraftimpuls in Form eines Stoßimpulses verspürt zu haben. So wie des Weiteren, dass der Angeklagte starke Stöße gegen sie ausgeführt habe. Die Aussage der Zeugen ist mit dem medizinischen Gutachter in Einklang zu bringen, der erklärte, dass gegen die Privatbeteiligte seitlich ein Stoßimpuls erfolgen musste, der sie aus der Balance brachte. Demgegenüber schloss der Sachverständige dezidiert die Behauptung des Angeklagten, seine geschiedene Frau habe sich selbst auf den Boden fallen lassen, und dies eine von ihr konstruierte Geschichte, aus. Ein theoretisch mögliches Stolpern ohne vorherigen Stoßimpuls setzt jedoch ein Hindernis voraus, über welches man fallen kann. Ein solches Hindernis, wie etwa eine Stufe, wurde weder im Ortsaugenschein beschrieben noch von einem der Beteiligten behauptet, sodass es sich diesbezüglich um einen rein hypothetischen Sachverhalt handeln würde.“

Im Berufungsschreiben wurde gefordert, dass das Gericht zur Erkenntnis kommt, dass die Angeklagte mit „Misshandlungsvorsatz“ einen Stoß erhielt und dadurch zum Sturz kam. Gefordert wurde, dass die nächste Instanz, das Landesgericht, in ihrem Sinne das Urteil spricht und die Beweisführung wieder aufgenommen würde. Amalia drängte darauf, dass durch die Berufung an das Landesgericht Pascal wegen des Vergehens der Körperverletzung schuldig erkannt und schuldangemessen bestraft wird. Naturgemäß schloss sich die Staatsanwaltschaft dem Berufungsverfahren an.

Pascal musste sich am 26. Februar 1998 wieder in Schale werfen und sich diesmal vor der zweiten Instanz, dem Landesgericht in Wurmlach, rechtfertigen. Die nächsthöhere Instanz musste begutachten, ob die erste Instanz, das Bezirksgericht, rechtens geurteilt hatte. Die Berufungsverhandlung könnte zu folgenden zwei Schlussfolgerungen führen.

Einerseits könnte das Urteil der Richterin in erster Instanz bestätigt werden, andererseits könnte das Verfahren unter einem neuen Vorsitz in erster Instanz noch einmal zur Gänze aufgerollt werden. Dann würde der Prozess mit drei Hauptverhandlungen und einem Lokalaugenschein von Anfang an wieder seinen Lauf nehmen.

Pascal war guten Mutes, dass er nicht noch einmal diese seelische und finanziell ausbeuterische Tortur durchmachen müsste.

Im Verhandlungssaal erwartete Pascal ein männliches gerichtliches Triumvirat unter dem Vorsitz des Vizepräsidenten des Landesgerichtes und weiteren zwei Richtern. Anwesend waren auch der Erste Staatsanwalt und die Rechtsvertreter der Klägerin und des Angeklagten. Pascal wurde von seinem Rechtsanwalt siegessicher mit den Worten beruhigt, dass das Ersturteil bestätigt wird, da das Verfahren bisher detailliert und gründlich geführt worden war. Amalia erschien zu dieser Verhandlung nicht. Ihre Rechtsanwältin, eine dürre hagere Frau, wirkte sichtlich nervös. Vor der Verhandlung und dem Saal rauchte sie wie eine Dampflokomotive eine Zigarette nach der anderen. Die Rechtsanwältin Amalias erweckte den Eindruck, als ob sie nur ihre Pflicht erfüllen wolle und nicht gerade ambitioniert sowie Erfolg versprechend der Berufungsverhandlung entgegenblickte.

Die drei Richter schienen gut vorbereitet gewesen zu sein und studierten vorab Hunderte von Seiten des Aktes gründlich.

War das Urteil erster Instanz ein Fehlurteil? Muss noch mal verhandelt werden, ob ich eine Körperverletzung begangen habe und nach § 83 Abs. 2 des Strafgesetzbuches verurteilt werden muss?

Die Richter zogen sich zur Beratung zurück, die sehr kurz gedauert hatte. Dann betraten sie wieder den Verhandlungssaal, um ihr Urteil, zweiter Instanz, zu verkünden. Bei der Urteilsverkündigung standen alle auf. Der Staatsanwalt und die Rechtsanwälte sowie der Angeklagte Pascal blickten schon gespannt zum Vorsitzenden Richter, der das Urteil vorgebracht hat. Bei der Urteilsverkündigung trugen die Richter nicht nur den Talar, sondern setzten nun auch das Barett, eine schwarze, runde Kopfbedeckung, auf.

„Im Namen der Republik", lautete die Urteilsverkündung. „Die Berufung Amalias wird als unzulässig zurückgewiesen", so die Schlussfolgerung der Berufungsinstanz. Das Ersturteil wurde hiermit bestätigt. Ausdrücklich wurde betont, dass durch den

Freispruch Pascals seine Ex-Gattin keinen Anspruch auf ein Zivilrechtsverfahren habe. Dies bedeutet, dass sie wegen des Freispruchs keine Entschädigungsansprüche stellen und Pascal aussäckeln kann.

Der Berufung der Staatsanwaltschaft, beziehungsweise Amalias, wurde mit folgender Begründung nicht Folge geleistet: „Das Berufungsgericht hat keine Bedenken gegen die erstrichterliche Feststellung. Diese stützen sich nämlich auf eine ausführliche Beweisaufnahme und auf eine durchaus schlüssige und in allen Punkten nachvollziehbare Beweiswürdigung."

Das Berufungsgericht geht nun eingehend auf den Vorwurf der Körperverletzung ein: „Das Erstgericht hat recht, wenn es feststellt, dass nicht festzustellen sei, dass der Angeklagte seine geschiedene Frau gestoßen und zu Sturz gebracht hat. So ist diese Feststellung auch mit dem Gutachten des ärztlichen Sachverständigen in Einklang zu bringen. Dies umso mehr, als Amalia bei ihrer Einvernahme durch die Polizei davon spricht, ihr Ex-Mann habe ihr mit beiden Händen einen kräftigen Stoß in die Bauchgegend versetzt, während sie in der Hauptverhandlung vor dem Erstgericht davon spricht, sie habe plötzlich seitlich an ihrer Hüfte einen starken Kraftimpuls verspürt, was zur Folge gehabt habe, dass sie weiter seitlich ins Wohnzimmer auf den Boden gestürzt sei. Zu der Zeit sei der Angeklagte so nah bei ihr gestanden, dass er diese starken Stöße gegen sie hätte ausführen können. Soweit Amalia von den Faustschlägen sprach, schloss der ärztliche Sachverständige diese ausdrücklich aus."

Auch das Berufungsgericht kam zur Erkenntnis, dass „zumindest im Zweifel nicht zu beweisen ist, dass der Angeklagte seine Frau gestoßen, so zu Sturz gebracht und die später festgestellten Verletzungen verursacht hätte". Mit Verwunderung und Erleichterung nahm Pascal die weiteren Ausführungen auf. „Der Angeklagte ist bisher unbescholten. Die Schuld wäre unter den gegebenen Umständen (Streit und Erregung) gering, die Folgen unbedeutend." Pascal kannte seine geschiedene Frau, und ihm war bewusst, dass eine Verurteilung für ihn weitreichende Folgen hätte. Eine Verurteilung wäre ein Brief für weitere Entschädigungsansprüche und ein Sturm auf seine Brieftasche. Verheerender würde sich dies auf die Beziehung zu seiner Tochter auswirken. Pascals Verurteilung wäre ein emotionaler Zündstoff für seine Tochter, und sie würde ihren Vater noch mehr hassen und ablehnen, weil er so böse zu ihrer einzigen Bezugsperson, der Mutter, ist. Das wäre wohl der endgültige Bruch gewesen und in weiterer Folge eine willkommene Rechtfertigung der Kindesmutter für die versperrten Türen sowie ihre Verweigerung des Kontaktes.

Schattenwürfe auf Oasen des Lebens

Pascal hatte die nächste Attacke auf seine Würde abgewehrt. Es folgte eine Phase des Rückzuges, verbunden mit der Beschäftigung mit sich selbst. Nun versuchte er, bewusst sein neues Zuhause im neuen Haus zu genießen. Seine Kräfte konzentrierte er auf seinen Beruf und die Aufgabe, seine Pflichten als Pädagoge in der Schule nach bestem Wissen und Gewissen zu erfüllen. Ihn hielt es weniger in seinem Hause. Er musste hinaus, weg aus den begrenzten und einengenden Räumen. Entweder tänzelte er in der Stille des Abends auf den Waschbetonplatten, die sein Haus umgeben, oder er machte längere Spaziergänge durch die Gassen seines Wohnortes und über die schneebedeckten und zugefrorenen weiten Felder. Kaum ein Geräusch von Brummern, kein Hupkonzert von Autos, kein Geschrei war zu hören. Das Himmelszelt mit den Sternen diente ihm als schützende Plane. Die Sterne und ihre Stellungen hatten auf ihn schon immer eine magische Wirkung. Die Nacht vermittelte ihm diese Ruhe, die ihm in den letzten Monaten und Jahren abging. Ab und zu nahm er auf seiner Nachtwanderung seinen Mini-Radio-Cassetten-Recorder mit, steckte die Kopfhörer an und hörte Musik seiner Wellenlänge.

Dabei rauchte er, mit der Vorsicht, nicht zu übertreiben, hier und da gerne eine Zigarette. Er blies den blauen Dunst bewusst hinaus. Mit einem Brust-Zug blies er sich die Schadstoffe aus seiner Seele. Er redete sich immer wieder ein, dass er im Werben um seine Tochter alles gemacht habe, mehr könnte man nicht tun. Damit wollte er etwaige Schuldgefühle, nicht um die Tochter gekämpft zu haben, von der Seele blasen. Zum Selbstschutz musste er jetzt auf sich selbst schauen, um nicht zu verbrennen. Der Kampf um eine gute Sache wird dann zwecklos und sinnentstellt, wenn er sich selbst schadet und mehr Verwirrung beziehungsweise Unruhe stiftet. Als übervorsichtiger Typus vermied er exzessives Rauchen. Die Angst, krank zu werden oder in die Sucht zu verfallen, war sein Begleiter. Besonders vorsichtig war er beim Konsum von Alkohol und wich Situationen aus, seine Probleme und Sorgen in diesem Suchtmittel zu ertränken. Pascal ist sich sicher, dass Amalia einen etwaigen Alkoholverfall ausnutzen würde, um der Tochter einmal zu sagen: „Bei diesem Alkoholiker habe ich es nicht ausgehalten."

Balsam für seine Seele war die Musik, insbesondere die Songs des italienischen Sängers Eros Ramazzotti, die immer wieder in seine Ohren dröhnten. Zum Hymnus wurde Eros „L'aurora". Das Lied von der „Morgenröte" widmet der italienische Hitparadenstürmer Eros seiner Tochter. In diesem Moment rührten Melodie und Text Pascal in Tiefen seiner Existenz an. „Continuerò a sognare ancora un po', uno die sogni miei. Quello che c'è in fondo al cuore non muore mai." Der Traum träumt nie aus. Einer dieser sehnlichsten Träume ist, wieder unbeschwert die Tochter in den Armen zu halten, sie in den Händen zu wiegen, ihr in die Augen zu schauen und zu sagen: „Ich liebe dich über alles." Quello che c'è in fondo al cuore non muore mai – der Traum, der in der Tiefe des Herzens ist, stirbt niemals! Ungewiss bleibt, ob der Traum Wirklichkeit wird („Io non so se mai si avvererà. Uno di quei sogni che uno fa"). Aber die Hoffnung stirbt doch zuletzt. Dazu muss die Finsternis der Nacht übertaucht werden. Das Trauerband der Nacht wird langsam durchschnitten von der aufgehenden Sonne in Begleitung der Morgenröte. Die schwarzen Konturen der Natur bekommen durch die Aurora die kräftigen Farben zurück. Die Natur wacht wieder auf und erlebt die tägliche Auferstehung.

„Sará sarà l'aurora
    Per me sarà cosi
        Come uscire fuori
        Come respirare un'aria nuova
        Sempre di più
            E tu e tu amore
            Vedrai che presto tornerai
                Dove adesso non ci sei."

Die Morgenröte ist wie ein Hinausgehen, wie eine neue Luft zum Atmen, besingt Ramazzotti. Tatsächlich erscheinen in der Morgenröte die Bäume wie Silhouetten, und mit der aufgehenden Sonne beginnt der Boden zu atmen. Auch Pascal erlebte das Aufatmen als Einsaugen von Hoffnung und Zukunft. „Und du, meine Liebe, wirst sehen, dass du bald zurückkommst, da, wo du derzeit nicht bist."

Eine Pattsituation: Durch den Freispruch ist der Prozess zwar rechtlich gewonnen, aber zugleich verloren. Es bleibt das Warten auf die Rückkehr der Tochter, dorthin, wo du derzeit noch nicht bist. „Io non so se mai si avvererà" – Es ist und bleibt eine ungewisse Zukunft, ohne zu wissen, ob sie jemals Wirklichkeit wird.

Eine Rückzugsinsel war Pascals journalistische Schreibakrobatik und das Vertiefen in die Literatur sowie das Aufsuchen von der Lokalität mit der Bezeichnung Sunrise. Es war eine Oldie-Bar für Frauen und Männer mittleren Alters mit Evergreens. Oft bestellte er sich nur ein oder zwei Drinks und genoss Oldies, die ihm als Goldies die guten Zeiten wachriefen. Songs von Carpenter, Peter Maffay, U 2, Scott MacKenzie, The Rubettes, ABBA und so weiter versetzten Pascal in eine andere Welt, die sein Herz erquickten und zum Träumen verführten. Dabei beobachtete er die aufgeputzten Damen und Männer mit Jägerblick, die sich der Aufmerksamkeit des anderen Geschlechtes erfreuten. Die Musik war dabei recht laut, wobei man dem Partner gezwungenermaßen näherrücken musste, um ihn zu verstehen. In der Nacht wurde auch eine Menge an Alkohol konsumiert, der die Stimmung immer mehr lockerte. Lichteffekte erweckten bei den Nachtschwärmern die Disco-Zeiten.

Zum Genuss der Musik nahm Pascal vorrangig einen Beobachterstatus ein. Er studierte die verschiedenen Neigungen und Beweggründe der Lokalbesucher. Ein grauhaarig melierter und stark gebauter Mann, nach dem äußeren Erscheinen wohl ein Bauarbeiter, schien im Alkohol seinen Kummer zu ertränken. Er erweckte den Eindruck, dass sein einziger Partner sein Glas Bier vor seiner Nase ist, mit dem er anscheinend einen Dialog führte. *Wollte er seinen Kummer in der berauschenden Flüssigkeit versenken, oder freute er sich auf das Wochenende wie auf eine Erlösung?* Zwei Damen wurden von keinem Mann zum Tanz aufgefordert, und so schwangen die Blondinen zu Dr. Albans „Its my life" allein ganz wild das Tanzbein. Ihr Tanzen war so impulsiv, als ob der kleine Tanzboden ihnen allein gehören würde – Rempeln war inbegriffen. Wie zwei Turteltauben pickte ein Pärchen beisammen. Die Worte, die aus ihrem Mund kamen, spielten wohl eine sekundäre Rolle, sie schauten sich tief in die Augen. Der sogenannte „Vogeltanz" riss so manchen von den Sitzen. Einige wurden auf die Tanzfläche mitgerissen, denn bei diesem gruppendynamischen Tanz sollte niemand fehlen. Pascal konnte seinen Beobachtersitz weiterhin eisern verteidigen. *Bei diesem Vogeltanz treten das Kindliche in der Frau und im Mann zutage. In diesen zwei Minuten haben die Tänzerinnen und Tänzer ihre Federn auf der Bühne gelassen.* Die Kniebeugen waren wohl der Beitrag zur Abendgymnastik. Erfreulich am Vogeltanz war für einige, dass auf die Tanzschritte nicht achtgegeben werden musste. Allein der Spaßfaktor war entscheidend. Ein athletischer Typ mit starken Geheimratsecken wollte wohl als Dancing-King in die Geschichte des Abends eingehen. Er trug wie ein Läufer ein T-Shirt. Den Staffelstab reichte er einer Dame nach der anderen, denen das schweißgebadete Gesicht nicht störte. In eleganter und aufrechter Haltung hielt er die jungen und älteren, eleganten und einfachen Frauen in den Händen und überraschte sie beim Tanz mit einer eleganten Drehung. Bei anderen Pärchen stand der Tanz nicht im Vordergrund. So kamen sie sich von Minute zu Minute näher. Bei der zahlreichen Menge viel nicht auf, wenn sie sich auch körperlich berührten. Alsbald verließ ein verliebtes Pärchen, dem die frische Temperatur nichts antat, das Lokal. Nach längerem Ausgang kamen die beiden mit roten Wangen ins Lokal, was wohl nicht nur auf die Außentemperatur allein zurückzuführen war. Ein bisschen verlegen schauten sie sich um. Mit dieser Gestik wollten sie den Lokalgästen sagen, dass auch sie mal austreten mussten. Das Glänzen in den Augen der Begleiterin nach der Rückkehr sprach von starken Glückshormonen und Emotionsschüben.

An einem Wochenende begab sich Pascal wieder einmal in die Oldie-Bar. Das Tanzlokal war bereits von starken Nikotinschwaden eingehüllt. Es war eine sehr ausgelassene Stimmung. In einem Eck fand Pascal einen Platz, um seine Beobachterposition wieder einzunehmen und um mit der Musik entrückt zu werden. Ein leichtes Raunen durchstieß das Lokal bei der Musik von Smokie. Jugenderinnerungen wurden bei so manchen graumelierten und mit Geheimratsecken gestreuten Oldies wach. Mit „Needles und Pins" versetzten Smokie emotionale Nadelstiche. Pascal lehnte sich zurück und genoss den Evergreen. Unverhofft trafen sich seine Blicke mit einer Dame, die wohl seinem Alter zuzuordnen war. Eine schwarzhaarige Frau saß mit Freundinnen in einer Runde. Sie war in ein Gespräch vertieft, dennoch trafen sich ihre Augen und jene von Pascal immer wieder. Pascal spürte den Anstieg der Pulsschläge. Ihre flockenden Blicke fesselten ihn, ihre erotischen Lippen, in die sie in Verlegenheit hineinbiss, erregten ihn. Instinkthaft und mit einer Kopfbewegung warf sie ihre langen, welligen Haare nach hinten. Durch die Beleuchtung der Spots kam ihr langer Ohrenschmuck zum Glänzen. Zuerst tat die Unbekannte so, als würde sie Pascals Blicke nur so nebenbei bemerken. Jedoch der zeitliche Abstand beim Wechsel der Blickkontakte wurde immer kürzer. *War dies ein Zeichen der Nervosität, dass sie immer wieder die Beine übereinanderkreuzte?* Im Laufe des Abends konnte sie ihren Freundinnen die Nadelstiche der Augen mit Pascal nicht verbergen. So drehte sich eine ihrer Freundinnen in die Blickrichtung Pascals, wobei die hübsche Unbekannte leicht zu erröten schien. Dann folgte ein fast unauffälliges Getuschel in der Frauenrunde.

Pascal ermunterte sich und bat die Unbekannte zu einem Tanz. Ohne große Überlegung stimmte sie dem Tanz zu, so, als ob sie darauf schon sehnlichst gewartet hätte. Pascal genoss den Tanz mit ihr, hörte die Musik nur im Hintergrund, seine Tanzbewegungen verliefen automatisch. Seine Blicke wechselten zwischen den Lichteffekten und den verlegenen Blickfängen ihres bezaubernden Gesichts. So stellte sich Pascal das „Mexican girl", das Smokie besingen, immer vor – lange, wellige, schwarze Haare und blaue Augen. Nicht mexikanisch war die große und stattliche Statur der Unbekannten. Der längere Blickkontakt drückte aus, dass beide füreinander eine starke Sympathie empfanden. „Ich bin Maria" und „ich Pascal", wechselten sie zwischen den Musiksequenzen die Namen. Pascal spürte den Boden unter seinen Füßen nicht mehr. Auch sein Mexican girl schien zu schweben. Es war ein Moment eines starken Glücksgefühls. Wie bestellt wurde im Tanzlokal Smokies „Lay back in the arms of someone" gespielt. Pascal spürte, dass sich Maria liebevoll auf der kleinen Tanzfläche an ihn anlehnte, er konnte ihr durch Lichtblitze glänzendes schwarzes Haar bewundern und den angenehmen Geruch aufnehmen. „Zufällig" berührten sich für einen kurzen Moment die Wangen. Auch die Körper schmiegten sich vorsichtig aneinander. Niemand lehnte die zarten und unschuldigen Berührungen ab. Kurz lehnte sie ihr Haupt auf seine Schulter. Sie sprachen nicht viel, tauschten nur kurze Informationen aus. Pascal empfand es als sehr angenehm, Maria in den Händen zu halten, ihre Hand beim Tanz leicht zu berühren, gefühlvoll sein zu dürfen und mit ihr in leisen Augenblicken zu sprechen. Beim letzten Tanz waren sie eng umschlungen, er spürte, wie ihr Körper atmete. Maria legte beim Tanz ihre Hände um seinen Hals, Pascal hielt sie um die Hüften, und sie waren eng umwickelt, passend zum „Endless love" von Diana Ross & Lionel Richie. Marias Freundinnen schenkten ihrem Geplauder keine Aufmerksamkeit mehr. Pascal sah, wie sie auf Maria und Pascal fast neidisch blickten, einander zuzwinkerten und einen neuen Gesprächsstoff eröffneten. Zu schnell vergingen „Endless love", der passionierte Tanz, und der unvergessliche Abend. Zum Abschied stellten sie ein Wiedertreffen in Aussicht, und Maria steckte Pascal ihre Telefonnummer zu. Zum Wiedersehen küsste sie Pascal auf seine rechte Wange und sagte: „Tschüs, bis bald."

Es vergingen mehrere Wochen bis zum ersten Date. Nach einem anstrengenden Arbeitstag trafen sich Maria und Pascal zu einem Getränk in einem von Besuchern dünn gesäten Lokal. Sie konnten ein vertieftes Gespräch miteinander führen. Das war im Tanzlokal nicht möglich. Es war ein herzliches Treffen. Dabei haben sich viele Parallelen aus ihrem Leben herauskristallisiert. Maria ist ebenfalls geschieden und Alleinerzieherin einer Tochter. Sie erzählte, wie sich ihr geschiedener Gatte aus der Beziehung geschlichen hatte, zahlt zwar brav die Alimente, aber interessiert sich für seine Tochter nicht mehr. Sie versteht sein Desinteresse, weil er sogleich eine neue Beziehung eingegangen ist, und die neue Flamme versuchte eifrig, die alten Kontakte zu löschen. Pascal erzählte eindrucksvoll seine vergeblichen Liebesmühen um seine Tochter und die korrupten Machenschaften seiner Ex. Für Maria ist es unverständlich, dass eine Mutter den Kontakt zum leiblichen Vater zu verhindern versucht, und sie meinte, dass diese Haltung dem Kind nur schade. „Was kann das Kind dafür, wenn die Eltern sich nicht mehr verstehen und sich auseinanderleben? Ein Kind darf nicht zum Sündenbock werden", meinte Maria. Sie tröstete Pascal mit den Worten, dass einmal eine Zeit kommen wird, wenn das Kind den Papa suchen und sich ein eigenes Bild vom Papa machen wird. Pascal dachte sich, *das kann noch sehr lange dauern, und da verfließt viel Zeit. Das ist ein Warten mit ungewissem Ausgang und ein Hoffen auf Raten.*

Maria: „Was ist denn da passiert, dass die Mutter das Kind dem Vater vorenthält?" Diese Frage hat ihn sehr irritiert, wonach er Einzelheiten aus seiner Lebensgeschichte ausließ und zurückgezogen kurz Einhalt hielt. Nicht nur, dass Pascal die Tochter nicht sieht. Er muss sich darauf einstellen, dass seine Lage immer einen negativen Beigeschmack hinterlassen wird.

Jeder wird sich die Frage stellen, was ich angestellt habe, dass mir die „beschützende Mutter" diesen Kontakt verweigert oder verhindert. Egal, welche Argumente ich vorbringe, diesen negativen Beigeschmack, den langen Schatten, werde ich wohl nie los.

Somit wurde nicht nur sein Kontakt zur Tochter unterbunden, sondern er musste sich mit quälenden Fragen und unausgesprochenen Verdächtigungen auseinandersetzen.

Jeder geschiedene Vater hat Kontakt zu seinem Kind, warum gerade ich nicht? Soll ich jedem meine Unschuld und den Freispruch beweisen? Soll ich meine Überweisungen von Unterhaltszahlungen stets bei mir haben? Jeglicher Beweis würde nur in eine Sackgasse führen, und auf Antworten bliebe die Frage offen: Wenn ich so ein guter Vater bin, warum lässt die Mutter den Kontakt nicht zu? Es ist ein Teufelskreis, und jede Verteidigungsrede würde letztlich nur neuen Nährstoff für weitere Fragen ergeben.

Maria berührte seine Hand und streichelte sie und sagte aufdringlich: „Du brauchst Zeit, um das zu überwinden, aber es wird sich schon einpendeln." Pascal genoss in diesem Moment Marias zärtliche Berührung und hielt auch ihre Hand.

Beim nächsten Mal lud Maria Pascal zu ihrem Geburtstag nach Hause ein. Pascal stellte sich mit einem Blumenstrauß ein, was Marias Herz weichklopfte. Marias Tochter war an diesem Samstagabend bei ihrer Freundin. Aus der Küche roch ein angenehmer Duft des Zubereiteten. Der rundliche Tisch war festlich mit Kerzen, einem Tischtuch mit aufgestickten Girlanden gedeckt, dazu reihten sich passende Servietten und Pascals Blumenstrauß ein. Er war begeistert von Marias Sauberkeit, Handarbeit und künstlerischem Ausschmücken ihrer Wohnung. Tafelspitz mit Kren, geröstete Kartoffeln und ein gemischter Salat mit Joghurt Dressing unterstrichen ihre Begabung als Kochkünstlerin. Dazu tranken sie einen erlesenen Wein, den Pascal aus seinem bescheidenen Weinkeller mitgebracht hatte.

Nach dem Abendmahl hörten sie gemeinsam romantische Musik und plauderten auf dem Sofa. Sie erzählte von irgendeinem Vorfall mit ihrem geschiedenen Gatten, der Inhalt, der zur Nebensache geworden ist, weil sich Maria an Pascals Schulter lehnte. In diesem Augenblick hielt sie Pascal in den Händen und drückte sie zur Beruhigung noch enger an seine Schultern. Tränen in ihren Augen veranlassten Pascal, sie mit seinem Zeigefinger behutsam abzuwischen, dabei streichelte er ihre Wangen und wiederholte abgeändert ihre Worte des ersten Treffens. „Es wird einmal die Zeit kommen, wenn sich alles einpendeln wird." Ihre dürftige Bekleidung, angeblich wegen der heißen Temperatur in der Küche, zeigte in dieser Situation ihre Wirkung. Langsam berührten sich ihre Lippen, die angenehm warm waren. Dabei blickten sie sich tief in die Augen. Dem folgte ein ewig langer Kuss, beide hingen schon gebeugt am Sofa. Eine starke Erregung machte sich breit. Der Puls schlug bei Pascal stärker, auch der Blutdruck stieg.

Es wurde ihm heiß, sodass er sein Sakko ausziehen musste. Maria lehnte sich am Sofa ganz zurück. Pascal kam wieder ihrem Gesicht sehr nahe, sah ihre erotischen Lippen und fixierte ihren Blick. Sie deutete an, geküsst werden zu wollen. Der Blick irritierte Pascal. Nach seinem Empfinden drückte sie in ihrem Blick den Wunsch nach Beherrschen aus. Mit ihren langen, dünnen Fingern machte sie sich an die Wäsche und öffnete Knopf für Knopf sein Hemd. Als die Hälfte des Hemdes geöffnet war, durchzuckte es Pascal ruckartig. Eine Angst überfiel ihn. Zuerst war da der beklemmende Blick, dann das Gefühl der bedrängten Verführung. Traumatisch klickte es in seinem Kopf, und er zog sich zurück.

Was hat sie vor? Wird sie nach dem Liebesrausch mit zerzaustem Haar fluchtartig ihre Wohnung verlassen, mit ihren Fingernägeln sich Schürfwunden im Körperbereich zufügen und im Stiegenhaus nach Hilfe schreien? Wird dann die Polizei aufmarschieren und mich mit Verdacht auf Vergewaltigung abführen?

„Was ist los mit dir?", fragte empört Maria. „Hab' ich was falsch gemacht?" „Nein, nein", erwiderte Pascal, „mir geht es heute nicht gut." Nach dieser Bloßstellung Marias hatte Pascal es nicht mehr lange bei ihr ausgehalten, und sie verabschiedeten sich mit einem platonischen Kuss. Pascal drückte noch mal die allerbesten Glückwünsche zum Geburtstag aus. Es war ihm bewusst, dass er Maria brüskiert und durch seine stümperhafte Reaktion verletzt hatte.

Pascal merkte, dass mit ihm etwas nicht stimmte, und er spürte, dass die Wundschläge der letzten Monate tiefe seelische Furchen und lange Schatten hinterlassen hatten. Dieses Trauma rief bei ihm ängstliche Reaktionen hervor.

Sein Single-Dasein hat einige Frauen aus der Reserve gelockt und das Interesse an ihm geweckt. Aufdringlich versuchten sie, das Schicksal mit ihm zu teilen, ihm einen seelsorgerischen Beistand zu leisten und sich dafür eine zärtliche Belohnung zu holen. Noch nie empfand Pascal die Annäherungsversuche so schüchtern und fallweise bedrohlich. Eine wirklich peinliche Situation und Lage. Er fühlte sich wie ein Pubertierender, den die Angst packt und der davonläuft.

Trotz Ängste – er hatte ein sehr beklemmendes Gefühl, mit einer fremden Frau allein im Raum zu sein – versuchte Pascal, seinen seelischen Haushalt aufzuräumen. Da musste viel zerschlagenes Geschirr aufgehoben und entsorgt werden. Das Kitten war ein unmögliches Unterfangen, eine Sisyphusarbeit und eine aussichtslose Sackgasse.

In der Phase der inneren Festigung flatterte wie aus heiterem Himmel wieder ein „blauer Brief" ins Haus. *Kann es denn kein Ende geben?* Amalia verlor ihren Generalangriff beim Strafgericht in zwei Instanzen. *Jetzt versuchte sie sich wohl über das Pflegschaftsgericht zu revanchieren und das Besuchsrecht anzuprangern.* Ein halbes Jahr nach dem Freispruch zweiter Instanz, zu Weihnachten 1998, stellte sie vom längeren Ast des Pflegschaftsgerichtes den Antrag auf Aussetzung des Besuchsrechtes des Kindesvaters, mit der Begründung: „Pascal hat seit Monaten keinen wie gearteten Kontakt zur minderjährigen Maja. Jede Andeutung dem Kind gegenüber, dass Besuchszeiten wieder festgesetzt werden sollen, und wenn dies auch noch so vorsichtig und rücksichtsvoll im Interesse des Kindes geschieht, wird von der Minderjährigen mit Angstreaktionen beantwortet. Es wird daher erforderlich sein, durch einen geeigneten, gerichtlichen Sachverständigen festzustellen, ob derzeit die Festsetzung des Besuchsrechtes bzw. die Ausübung desselben im Interesse der Minderjährigen gelegen ist, und wenn ja, in welcher Form dieses Besuchsrecht auszuüben wäre."

Seine Phase der inneren Festigung währte nur eine kurze Zeit, und wieder holte ihn die Vergangenheit ein. Beim Lesen des Antrages stürzten seine Gedankengänge wieder in die Untiefe von Trauer, Betroffenheit und Machtlosigkeit.

In dem Antrag ist nichts davon zu lesen, dass ich vom Vorwurf der Körperverletzung freigesprochen worden bin, kein Wort des Bedauerns und eines konstruktiven Neuanfangs dem Kind zuliebe. Wie eine Litanei wird die Angstreaktion des Kindes wieder ins Spiel gebracht. Mit der Angst kann man gute Geschäfte machen und beim Pflegschaftsgericht den von der Kindesmutter ungewollten leiblichen Vater schachmattsetzen.

Aber Pascal sammelte sorgsam all diese Schreiben, die seiner Ansicht nach nur seine Bemühungen für das Kind und die Ausflüchte sowie das „Über-Leichen-gehen" von Amalia belegen.

Pascal wurde vorgeworfen, keinen Kontakt zur Tochter gehabt zu haben.

Wie soll das möglich sein? Ich war monatelang mit meiner Verteidigung vor dem Strafgericht beschäftigt, wo es um Sein oder Nicht-sein ging und wo an den Festen seiner Existenz gerüttelt worden ist. Ich stand in dieser Zeit ständig vor versperrten Türen und kann ja nur durch geöffnete Türen zur Tochter gelangen.

Amalia war bestrebt, erneut einen Sachverständigen auf den Plan zu rufen.

Wozu? Zu welcher Erkenntnis soll der Sachverständige kommen? So ein
Hohn! Soll er das Besuchsrecht wieder im Hause Amalias einfordern?
Nach der Verhandlung und dem Freispruch vor dem Strafgericht wegen
Mangels an Beweisen darf ich das Haus sowieso nicht betreten, um mich
nicht noch einmal derselben Gefahr auszusetzen und beim nächsten Mal
endgültig verurteilt zu werden. Eine Verurteilung käme Amalia sehr ge-
legen. So könnte sie jederzeit der Tochter einleuchtend begründen, wa-
rum sie den Kontakt des Vaters zum Kind verhindern musste. So bleibt
aber nur die Angst, die Amalia von ihrem Kopfkino auf die öffentliche
Leinwand des Gerichts überträgt. Amalia würde mit allen Mitteln ver-
hindern, dass ich Maja mitnehmen darf. Dafür hat sie ja wieder Angst-
reaktionen der Tochter vorgebracht. Und wenn sie mir die Tochter las-
sen müsste: Welchen neuen Strafakt würde Amalia dann konstruieren?

Die Vorfälle der letzten Monate und Jahre hatten bei Pascal das
Fundament des Vertrauens komplett erschüttert.

In Vorbereitung auf die Verhandlung und auf diesen Antrag
reagierte Pascal mit einer schriftlichen Stellungnahme an das
Pflegschaftsgericht: „Ich werde niemals auf mein Besuchsrecht
verzichten. Dieses ist ja sowieso nur ein Minimalrecht, das die
österreichische Gesetzgebung für den Kindesvater vorsieht. Die
Ausübung des Besuchsrechts wäre aber wegen des Vorfalls vom
5. Juli 1997 für mich in jeder Hinsicht existenzbedrohend. Deswegen werde ich derzeit keine Besuchsrechtsregelung anstre-
ben. Diese Haltung dient zu meinem Selbstschutz und drückt
keinesfalls die Beziehung und die Gefühle zu meiner Tochter aus. Die minderjährige Maja ist beim Kindesvater jederzeit willkommen. Mit dem Alter werden die Ängste wohl von
selber vergehen. Eine zukünftige Ausübung des Besuchsrechtes wäre nur möglich, wenn die Kindesmutter die Anschuldigungen widerruft.“

In den weiteren schriftlichen Ausführungen ging er auf die Pro-
blembereiche und altbekannten, heruntergeleierten Vorwürfe
ein. Er bezog sich auf die Unterstellungen von Angstreaktionen,

Drohungen bis Morddrohungen. Er brachte das Untersuchungsergebnis des Sachverständigen Kilian T. zur Erinnerung: „Bei der psychologischen Untersuchung der minderjährigen Maja ergaben sich keinerlei Hinweise darauf, dass sie zurzeit Opfer von Spannungen zwischen den Eltern darstellt." Da er die Tochter in der Zwischenzeit nicht sehen durfte, argumentierte Pascal, die Angstreaktionen der Tochter seien auf die „aufhetzende Haltung" der Mutter zurückzuführen und im Nachhinein erzeugt worden: „Die Ursache der jüngsten kindlichen Angstreaktionen liegt somit ausschließlich in der Projektionshaltung der Mutter und dem Vorfall vom Juli 1997, der am Strafgericht abgehandelt wurde. Im Zuge dessen wurde die minderjährige Maja zur Zeugin von Auseinandersetzungen, und damit wurde ihr Urvertrauen und ihre Unbefangenheit zum leiblichen Vater zerstört."

Anschließend ging Pascal in seiner Stellungnahme für das Pflegschaftsgericht auf den Hürdenlauf in der Besuchsrechtsausübung ein, der für ihn zu einem Spießrutenlauf geworden ist. Mittlerweile hat er schon 551 Tage kein Lebenszeichen von seiner Tochter bekommen und sie auch nicht besuchen können. „Trotz gerichtlicher Regelung stand ich oft vor versperrten Türen. Seit dem Vorfall im Juli 1997 wurde mir die Besuchsrechtsausübung von der Kindesmutter endgültig verwehrt. Am 25. September 1997 stellte ich einen Antrag, Beugestrafen über die Kindesmutter zu verhängen. Wegen des laufenden Strafrechtsverfahrens wurde die bisherige nicht eingehaltene gerichtliche Regelung des Besuchsrechtes außer Kraft gesetzt und die Kindesmutter für ihr Verhalten keineswegs bestraft."

In weiterer Folge führte Pascal aus, warum er trotz zweimaligen Freispruchs, sowohl vor dem Landesgericht als auch vor dem Richtersenat, keine Besuchsrechtsregelung anstrebe. „Es bestünde bei jeder Ausübung des Besuchsrechts die Gefahr, dass ich meine Existenz aufs Spiel setze. Das kann ich mir nicht leisten. Bei der Ausübung im Haus der Kindesmutter bin ich ihr hilflos und faktisch schutz- und wehrlos ausgeliefert. Obwohl meine Schuldlosigkeit durch ein aufwendiges Verfahren bewiesen wurde, wurde die Kindesmutter für ihre Tat nicht zur Rechenschaft gezogen. Auch bei der für mich freundlichsten Regelung des Besuchsrechtes ist es nicht auszuschließen, dass die Anschuldigungen noch eine Steigerungsform erfahren könnten. Diese Personen könnten mich noch ins Gefängnis bringen."

Zum Abschluss seines Schreibens an die Pflegschaftsrichterin zur bevorstehenden Verhandlung konnte sich Pascal nicht verkneifen, im Brief persönliche Abschlussbemerkungen vorzubringen. „Das Gesetz hat ein stiefmütterliches Interesse, dass das Kind zu beiden Elternteilen die gleiche Beziehung hat. Mit taktischen und straflos kriminellen Anschuldigungen kann die Kindesmutter mithilfe der Gummiparagraphen problemlos das Besuchsrecht behindern und verhindern sowie eine Regelung des Besuchsrechtes auf die lange Bank schieben, bis der Kindesvater schlussendlich aufgibt. Und die Kindesmutter wiegt sich dabei in Sicherheit. Es wäre wünschenswert, wenn das Gesetz und die Rechtsprechung einen Beitrag zur Beruhigung der Situation sowie dem Recht des Kindes auf beide Elternteile leisten würden."

Zur Verhandlung, am 21. Jänner 1999, fuhr Pascal mit gemischten Gefühlen. Einerseits wollte er den Antrag Amalias auf Aussetzung des Besuchsrechtes bekämpfen und andererseits der Richterin begreiflich machen, dass er das Besuchsrecht unter diesen Umständen keineswegs ausüben kann und darf. Es war ihm sehr wohl bewusst, dass das Verfassen seines ausführlichen Schreibens keine Bohne wert sei, ein geduldetes Papier darstelle und früher oder später im Papierkorb der Gerichtskanzlei geschnitzelt werde.

Zum Verhandlungstag am Bezirksgericht Wurmlach erschienen sattsam bekannte Gesichter, die Richterin mit dem höhnischen Lächeln, die Anwälte mit finanziellen Interessen und so weiter. Es fehlte diesmal nur Amalia, die durch ihre Abwesenheit glänzte und sich von ihrer Rechtsanwältin vertreten ließ. Die Verhandlung war ein kurzer Prozess. Letztlich zog die Rechtsanwältin von Amalia „den Antrag der Kindesmutter auf Aussetzung des Besuchsrechtes" zurück. Sie reagierte auf die schriftliche und mündliche Stellungnahme des Kindesvaters Pascal, der festhielt: „Im Hinblick auf die Vorfälle in der Vergangenheit halte ich es derzeit für besser, wenn ich mein Besuchsrecht vorläufig nicht ausübe und ziehe meinen Antrag auf Einräumung eines Besuchsrechtes vorläufig zurück."

Nach einer halben Stunde war die Verhandlung abgeschlossen und das Schicksal der Tochter besiegelt. Amalia hat ihr Ziel erreicht, dass sie sich den leiblichen Vater der gemeinsamen Tochter Maja erfolgreich entledigen konnte, dass sie auf die Erziehung des Vaters verzichte und sich mit den Unterhaltszahlungen begnüge.

Das Protokoll des Pflegschaftsgerichts fiel kurz und prägnant aus. In den vergangenen Monaten wurde der Kindesmutter Amalia beim Pflegschaftsgericht viel Platz eingeräumt, ihre Ängste und Bedrohungen bis ins Detail zu schildern. Pascal stand die Entgegnung zu. In der jüngsten Verhandlung wurde nur festgehalten, dass die Kindesmutter das Besuchsrecht des Vaters nicht will und dass der Kindesvater das Kind nicht besuchen kann. Es war nicht erwähnenswert, dass Pascal beim Strafgericht vom Vorwurf der Körperverletzung freigesprochen worden ist, dass er in der Zeit des Strafverfahrens bei der Ausübung des Besuchsrechtes unrechtmäßig vor versperrten Türen stand und dass der Antrag auf eine Beugestrafe gegen Amalia ausgesetzt worden war. Sonst müsste die Gerichtsinstanz reagieren und auf das Bürgerrecht des Familienvaters Pascal hinweisen sowie entsprechende Schritte setzen. Es interessierte niemanden, ob das Kind in weiterer Folge einen Kontakt zum zweiten Elternteil habe oder nicht. Für Pascal war die letzte Verhandlung ein endgültiger Abschied vom Pflegschaftsgericht, dessen Raum er niemals mehr zu betreten gedachte.

Bittere Wunden

„Hinter mir die Sintflut", lautete nun das Motto von Pascal. Der Kampf vor Gericht war geschlagen, und er versuchte aus dem Schattendasein herauszukriechen, um wieder ein Leben in Ruhe und Frieden führen zu können. Das Schattenboxen bei Gericht versuchte er in seinen Erinnerungen zu versenken und fand sich langsam damit ab, dass die Tochter ohne Vater aufwachsen muss und das sehnsüchtige Ausstrecken nach der Hand von Maja nur ein Traum bleiben wird. Er redete sich ständig ein, in diesem ungleichen Bemühen um seine Tochter, als Zweitgereihter, alles gemacht zu haben.

Er stürzte sich in die Arbeit. Er pendelte zwischen den Betätigungsfeldern Schulunterricht und journalistischen Streifzügen. In der Schule achtete er auf die Wortwahl, um sich keine verbalen Ausrutscher zu leisten und sich gefühlsmäßig nie aus der Fassung bringen zu lassen. Bei jedem unbedachten Wort oder Ausrutscher zuckte er, und ihm schwebte die Gerichtsversammlung vor Augen. Die zweideutigen Ausrutscher waren im Nachhinein betrachtet komplett harmlos. In dieser Situation war er behutsam und vorsichtig. Er war ein gebranntes Kind, und es war ihm bewusst, wie schnell man sich rechtfertigen muss. Unerwartete emotionale Entgleisungen beschäftigten ihn mit dem mulmigen Gefühl, übertrieben zu haben.

Sein literarisch-gestalterisches Wirken für die Zeitung vermittelte ihm weiterhin das Gefühl des Gebrauchtseins, etwas Sinnvolles zu schaffen und den Leser zu beeinflussen. Er spürte dabei eine gewisse Macht, gepaart mit dem Ansinnen, das Bewusstsein der Leser zum selbstständigen Denken sowie Entscheiden zu animieren. Für Pascal war die Mehrfachbeschäftigung wohltuend und ablenkend zugleich. So hatte er wenig Zeit, die bitteren Pillen der Vergangenheit zu schlucken. Zeitweise fühlte er sich wie ein Workaholic.

Aus dem Alltagstrott und der Hetzjagd von Terminen warfen ihn die christlichen Feiertage, die verbunden sind mit Melancholie, Erinnerungen und mit einer starken Portion Wehmut. Besonders in der Winterzeit erlebte er eine „Weihnachtsdepression". Die stille Nacht, heilige Nacht wurde für ihn zur unruhigen Weihnacht und zum Lecken an den Wunden. Da stand doch das Christkind im Mittelpunkt religiöser Betrachtung. Er fürchtete in dieser Zeit die Einsamkeit. Er bewunderte die Eltern von Jesus, die sich auf Herbergsuche befanden und in einem Stall übernachteten.

In schwierigen Zeiten hielt die Familie wie Pech und Schwefel zusammen. Meine Herbergsuche endete in getrennten Haushalten, in einer Einsamkeit zu zweit und in unüberbrückbaren Ausgrenzungen. Wenn die Bibel von der Jungfrauengeburt erzählt, fühlte ich mich behandelt, als wäre ich nicht der leibliche Vater. Wenn die Sterndeuter dem Jesuskind ihre Aufwartung machten, so lässt sich die Kindesmutter Amalia heroisch feiern als eine tapfere Mutter, die ihr Kind „ohne fremde Hilfe" und allein aufziehen muss. Jesus mit seinen Eltern Maria und Josef flüchten vor dem blutrünstigen Herrscher und römischen Handlanger Herodes nach Ägypten. Auch ich wurde vorsätzlich von Amalia und ihren Handlangern in die Wüste geschickt. In der Zwischenzeit wütete in Betlehem der Kindermord eines Autokraten, der um seine Macht fürchtete. Dabei denke ich an die vielen Kinder, die im Leben auf der Strecke bleiben, ein Opfer von Machtgelüsten ihrer Eltern geworden sind und denen die Kindheit gestohlen wird. Ich wünsche mir einen Engel, der Josef befahl, ins Gelobte Land aufzubrechen. Dieser Engel soll ihm ermöglichen, das Fest der Familie am Heiligen Abend mit seiner Tochter zu verbringen. Mein Schutzengel möge mich beschützen vor den Peitschenhieben der seelischen Verletzungen und dem Einfädeln ins erneute Strafverfahren.

Diese hoffnungsvollen Träume im Advent, der Zeit der Erwartung und Ankunft, waren nur Schäume. Der weihnachtliche Lichterglanz erstrahlte nur vor seinem Christbaum zu Hause. Weihnachten feierte er mit seinen Eltern und Verwandten und durchbrach damit seine mörderische Einsamkeit. Der einzige Brückenschlag zu seiner Tochter war eine Weihnachtsüberraschung, die sich aus Glückwunschkarten und Geschenken zusammensetzte.

Mit Bedacht setzte er sich an einem ruhigen Adventabend zu Tisch und verfasste die Weihnachtswünsche. Sie war erst sechs Jahre alt und besuchte wahrscheinlich erst den Kindergarten – oder nicht? Pascal hoffte, wenn sie die Weihnachtskarte bekäme, dass ihre Mutter sie auch vorlesen wird. Auf dem Billett war eine Winterlandschaft abgebildet, Schneeflocken waren riesengroß wie Lebkuchen. Im Hintergrund glitzerten kleine gelbe Sternchen. Im Mittelpunkt der Karte war die Biene Maja als Weihnachtsmann mit roter Mütze und geruscheltem Mantel verkleidet. Als Reporter verfasste er wie aus den Ärmeln geschüttelt seine Artikel. Im Brief tat er sich schwer, hielt sich wortkarg und überdachte jedes geschriebene Wort, sodass es zu keinen Missverständnissen käme. Bei Majas Alter sollten mehr die Geschenke im Vordergrund stehen.

„Liebste Maja!
Der Winter bereitet dir heuer sicherlich Freude. Die Landschaft ist schneebedeckt, Eiszapfen hängen von den Dächern und den Baumästen. Ich kann mir vorstellen, du schnallst dir die Schier an und wedelst mit deiner Mutti auf der Piste. Hast du schon einen Schneemann gebaut? Gefällt es dir im Kindergarten? Ich würde gerne wissen, wer ist deine beste Freundin und was spielst du im Kindergarten am liebsten? Was unternimmst du in den Weihnachtsferien? Hat die Mutti viele Weihnachtskekse gebacken? Die Weihnachtszeit ist eine besinnliche Zeit, wo die Familie zusammenrückt und Wärme ausstrahlt. Da wirst du sicher mit Mama, Verwandten und lieben Menschen den Heiligen Abend verbringen."

Hier unterbrach Pascal den Fluss des Schreibens. Unkontrolliert kullerte eine Träne auf das Weihnachtsbillett und verschmierte das mit Tinte geschriebene Wort „Heiligen" fast bis zur Unkenntlichkeit, Pascal trocknete seine Augenlider und schrieb weiter. „Ich hoffe, du denkst an deinen Papa und wie wir zusammen gespielt hatten. Würde gerne einmal mit dir spielen, Karten auflegen, die Puppe Susi fesch bekleiden, das Video mit den sieben Zwergen anschauen. In der Zwischenzeit wünsche ich dir frohe Weihnachten und alles Gute im Neuen Jahr, dein Papa."

Das Weihnachtsbillett verpackte Pascal in ein Paket mit Geschenken. Anstelle der Zuneigung und Liebe musste Pascal mit materiellen Sachen auf sich aufmerksam machen. Dazu legte er ein Buch mit Tiergeschichten und einen warmen Pullover für den Winter. Bei den Weihnachtsgeschenken beteiligten sich auch die Eltern von Pascal sowie seine Schwester und Taufpatin. Auch sie legten Kleidungsstücke für Maja dazu. Die Verwandten väterlicherseits hatten Maja seit der Trennung nicht mehr gesehen. Bereits während der aufrechten Lebensgemeinschaft könnte man auf einer Hand aufzählen, wie oft Pascals Eltern nur für eine kurze Zeit allein mit Maja sein konnten. Die Besuche der Eltern von Pascal waren auch sehr spärlich.

Pascal hat sich während der kurzen gemeinsamen Wohngemeinschaft immer gewünscht, dass die junge Familie den Weihnachtsabend allein und gemeinsam verbringe – keine Chance. Amalia bestand darauf, dass das Weihnachtsfest bei ihren Eltern gefeiert wird. Um eine Einseitigkeit zu vermeiden, bestand Pascal darauf, dass an diesem Tag auch ein Abstecher zu seinen Eltern gemacht wird. Stille Nacht, heilige Nacht, was für ein Hohn!

Nach der Trennung und Scheidung spielte all dies keine Rolle mehr. Seine Vaterrolle bestand wohl nun darin, allein für das materielle Wohl zu sorgen und sich gefälligst mit dem Briefkontakt zur Tochter zu begnügen.

Wird Amalia ihrer Tochter den Brief vorlesen und erzählen, dass die Weihnachtspost von ihm und seinen Eltern ist? Oder wird sie sagen, dass der Papa verschollen sei, dass er mit der Tochter nichts mehr zu tun haben will und der Weihnachtsmann sich der irdischen Post bedient, um Maja die Geschenke zu bringen? Hohoho. Der Weihnachtsmann ist da, der von einem anderen Planeten die „stille Post" verschickt.

Pascal schickte seiner Tochter Karten zu Weihnachten, Ostern, zu ihrem Namens- und Geburtstag. Dafür erntete er keine Reaktion, keine Antwort, kein Dankeschön. *Hat sie die Karten und die Geschenke überhaupt erhalten?* Das Billett ist wie ein stummes Denkmal aus Papier. Die gemalten Bilder mit Hufeisen, vierblättrigen Kleeblättern, geflügelter Biene vermitteln eine heile, irreale und zugleich eine fremde Welt. Die Buchstaben in Sätze gepresst drücken aus: Ich denke an dich, kann aber „leider" nicht bei dir sein. Der Postler ist der Überbinger und Überraschungsmann zugleich.

Seine Erziehungsfunktion erschöpfte sich im Versenden von Geschenken. Gerne würde er Maja ein Vorbild sein, gern würde er mit ihr gemeinsam spielen, gern würde er – wenn sie die Schule besucht – mit ihr lernen, gern würde er … ihr einfach beistehen, wenn sie ihn benötigt und sie nicht im Stich lassen.

In seinen Briefen an seine Tochter tat er sich sehr schwer. Was soll er sie fragen? Seine Tochter wurde ihm entzogen, und sie wurde ihm immer fremder. Seine Briefe klangen so, als würde er mit einem Geist kommunizieren, der sich im Gedächtnis verankert hatte und zum Schweigen verurteilt ist.

„Liebe Maja,
ich tue mich schwer dich zu fragen, wie es dir geht, weil ich dich nicht sehe. Leider kenne ich dich zu wenig. Es ist sehr schwer, die richtigen Worte zu schreiben und noch schwieriger, die richtigen Fragen zu stellen. Ich bin mir sicher, dass es dir gut geht, da dich deine Mutti immer gernhat und sich um dich sorgt. Zu deinem Namenstag und zum Nikolo-Tag wünsche ich dir alles Gute. Ich hoffe, dass du auch mein Foto gesehen hast. Die Geschenke sind wie gewöhnlich auch von deiner Oma, deinem Opa, deiner Tante und Nichte aus Unterburg.
Alles Gute, dein Papa."

Diesmal legte Pascal dem Brief an seine Tochter auch ein eigenes Foto bei, dass sie ihn und sein Aussehen nicht vergisst. Nach dem Versenden bereute er, den Text geschrieben zu haben. Die Beschreibung der eigenen Befindlichkeit hat in dieses Schreiben nicht hineingepasst. Was kann die Tochter für dieses Tohuwabohu? *Aber diesen Teil des Briefes hat Amalia der Tochter sicherlich vorenthalten.*

„Hallo Maja!
Auch zu Ostern 2000 habe ich dich nicht vergessen. Auch in der übrigen Zeit denke ich immer an dich. Ich hoffe, dass du gesund bist und dass du in der Volksschule brav lernst. Kannst du schon die Großbuchstaben lesen? Ich hoffe, dass dir das gekaufte Kleid für den Sommer passen wird. Ich habe dir auch eine Videokassette, einen Zeichentrickfilm, beigelegt. Unterhalte dich recht schön. Die restlichen Geschenke sind – wie immer – von Oma, Opa, Tante und Nadine aus Unterburg. Alle wünschen dir frohe Ostern, insbesondere aber dein Papa!"

Pascal bekam ein „kräftiges Lebenszeichen" seiner Tochter zu Gesicht. Zu Schulbeginn wurde in einer Zeitung ein Foto abgebildet. Maja steht inmitten von sechs Schulkindern mit einem Rucksack vor der Schule. Hand in Hand steht sie vor dem Hauptportal der Volksschule. Pascal schnitt das Bild aus und packte es in seine Erinnerungsbox. *Sie ist ein kleines Pummelchen geworden.* Sie lächelt mit hellem Haar und Stirnfransen. Zu diesem Anlass und zu ihrem Geburtstag kreierte Pascal mit seinem Bildbearbeitungsprogramm eine Geburtstagskarte. Er wünschte ihr zu ihrem neuen Lebensabschnitt, dem Einstieg in die Schule, aus ganzem Herzen viel Erfolg.

An einem Samstagabend nahm Pascal einen unerwarteten Anruf entgegen. Anita S. aus Raditsch, eine Frau, die er aus den Ehejahren und den Besuchen in der Ortschaft gut kannte, rief ihn an und erkundigte sich über sein Wohlbefinden. Der Anlass ihres Anrufes war in erster Linie, um Pascal Auskunft über seine Tochter zu erteilen. In der Zeit der Trennung von Exfrau und Tochter erhielt Pascal aus der Ortschaft zahlreiche Anrufe. Sie munterten ihn auf, den Kampf um die Tochter nicht aufzugeben. Immer schilderte er seine verzwickte Situation, was die Einheimischen mit größter Empörung aufnahmen und dem ablehnend gegenüberstanden. Pascal nahm diese Anrufe mit gemischten Gefühlen entgegen. Einerseits bekam er ein weiteres Lebenszeichen von seiner Tochter, andererseits beunruhigten ihn auch weniger erfreuliche Bemerkungen und Beobachtungen.

Anita S. berichtete, dass Maja ein sonniges Wesen ist und gerne im Garten spiele. Täglich pendle sie zwischen dem Haus ihrer Mutter und dem Haus der Ex-Schwiegereltern. Sie spiele und tolle gerne mit Gabriel und Ramona, den Kindern der Ex-Schwägerin, herum. Über die Dorfbewohner wurde Pascal über den Schulerfolg seiner Tochter informiert, worauf er stolz sein durfte. Eine Schulepisode blieb ihm bedauerlicherweise in Erinnerung. Anita S. erzählte Pascal, dass seine Tochter jeden Tag von der Schule, die einige Kilometer weit weg liege, mit dem Auto eskortiert wird. Maja wird von den Eltern der Mitschüler, ihrer Mutter oder Schwiegermutter mitgenommen. Ein Elternteil eines Mitschülers hat sich erheblich verspätet, und die Ex-Schwiegermutter hat darauf bitterböse reagiert. Anita S.: „Maja wird keine Minute allein gelassen und kontrolliert. Deine Ex-Verwandten haben Angst, dass du sie von der Schule abholst und beschatten sie rund um die Uhr." *Die Tochter wächst ja in einem gläsernen Käfig auf.*

Pascal kam auch zu Ohren, dass Amalia regelmäßige Besuche eines Berufskollegen mit seinen Kindern bekäme. Sie erzählte, er sei nur ein guter Freund der Familie, der im Haushalt öfters Hand anlege. Da hatte Pascal das erste Mal so richtig gespürt, dass er für seine geschiedene Frau nichts mehr spüre und ihr keine Träne nachweine. Sorgen bereiteten ihm nur, dass der Hausfreund seiner Ex zum Vaterersatz wird. Wieder so ein Moment der Entwürdigung Pascals als leiblicher Vater. Auch diesem Treiben musste er tatenlos zusehen. Es rumorte in ihm. Pascal tat innerlich weh, dass seine Erziehungsfunktion allein aus Briefchen schreiben, aus Geschenken, Post- und Kontoüberweisungen besteht. Dafür erntete er kein Dankeschön und von Amalia keine Informationen über den Schulerfolg und das Wohlbefinden seiner Tochter. Diese Informationen und dieser Umstand bereiteten ihm kurze Nächte und erhebliche Sorgen. *War das Kindeswohl in Gefahr?*

Er plante regelmäßig, den Gottesdienst in der Pfarrkirche seiner getrennten Familie zu besuchen. Das war für Pascal kein leichtes Unterfangen. Als „unerwünschte Person" soll er erscheinen und einer religiösen Handlung in der Pfarrgemeinde beiwohnen. Er dachte, dass so ein geistlicher Rahmen mehr Frieden und Menschlichkeit sowie Besinnung hervorrufen könnte. *Würde die Messe Wunden heilen und Brücken schlagen?*

An einem Sonntag, kurz vor dem Dreikönigstag, fuhr er mit ungutem Gefühl und sehr nervös nach Raditsch zum Gottesdienst. Kein Wunder – Tochter und Vater haben sich schon jahrelang nicht mehr gesehen. Von Weitem war der rote Zwiebelturm der Pfarrkirche sichtbar und für den Autofahrer eine gute Orientierungshilfe. Er betrat die Kirche nach Beginn des Sonntagsgottesdienstes, um nicht aufzufallen. Pascal stellte sich im Bereich des Westportals in die letzte Reihe zu den Männern dazu und hatte freie Sicht zum Altar, wo Pfarrer Gottlieb W. die Messe zelebrierte. Als Auswärtiger und Altbekannter fiel Pascal sofort auf. Mit Nicken und freundlichem Lächeln wurde er von einigen Dorfbewohnern willkommen geheißen. Der Kirchenchor sang zur Einleitung ein Marienlied. Ein gleichaltriger Dorfbewohner drückte ihm herzlich die Hand und sagte: „Pascal, ich freu mich riesig, dich wiederzusehen." Pascal schaute sich in der Kirche um und erblickte Maja und Amalia nicht. Seine Exfrau war von der Körpergröße nicht gerade mit vielen Zentimetern bestückt, und Maja war ja noch klein. „Da, schau mal, in der zweiten Reihe, ganz links, sitzen sie", sagte Jakob M., ein alteingesessener Dorfbewohner.

Pascal blickte in diese Richtung, sein Pulsschlag erhöhte sich. In der Aufregung und immer, wenn sein Blutdruck stieg, bekam er rote Wangen. Er sah die braunen Haare seiner Tochter, die aus der Haube herauslugten. Sie schien sehr lebendig zu sein und drehte den Kopf mal nach links, dann nach rechts. Amalias Blick war schier Richtung Osten, dem Altar, gerichtet, und sie betete sehr andächtig. Pascal konnte sich bei dieser Messe kaum konzentrieren. In der Predigt fing er Gedanken über die Bedeutung der heiligen drei Könige auf. Die Worte des Predigers verflüchtigten sich.

Der Kirchenchor sang auf der Empore der Kirche. Bei einem Lied vergriff sich der Raditscher Kirchenchor unüberhörbar im Ton. Das war ein Grund, dass sich Maja umdrehte. Da trafen sich die Blicke. Für einen Augenblick schauten sich Maja und Pascal an. Beide blickten sehr verblüfft drein. Gleich flüsterte Maja Worte in Amalias rechtes Ohr. Seine Exfrau schien gleich aus der Ruhe gerissen worden zu sein. Beim Vaterunser-Gebet zappelte sie mit den Füßen. Ohne zum Westportal zu blicken, verließ sie die Sitzbank und schloss sich einigen Gottesdienstbesuchern an, die zur heiligen Kommunion in den Altarbereich gingen. Dabei zerrte Amalia ihre Tochter bei der Hand haltend mit. Nach der Kommunion setzte sie sich wieder an ihren Platz, aber nicht wie vorher. Maja saß nicht mehr rechts, sondern links neben ihr, an die Wand gedrängt. In ihrer ganzen Reihe saß sonst niemand. Vorher faltete Amalia ihre Hände zum Gebet. Jetzt hielt sie ihre Hand um die Schultern, sodass sich Maja nicht mehr umdrehen konnte.

Der Kirchenchor stimmte zum letzten Lied an. Wie am Beginn des Gottesdienstes endete die Messe mit einem Marienlied. Mit einem Knicks in Richtung Hochaltar verließen die Gottesdienstbesucher die Kirche am Sonntag. Pascal war sehr verlegen, grüßte Bekannte aus dem kleinen Dorf. Dazu war er zu feig, um direkt zur Tochter zu gehen. Beim Westportal stehend, verließ er mit den Ersten die Pfarrkirche. Vor der Kirche stellte er sich neben den Weg. Alle müssen da vorbeigehen. Er war in ein Gespräch mit einer Nachbarin der Ex-Schwiegereltern verwickelt. Vom Inhalt bekam er nicht viel mit. Von Weitem sah er sie kommen. Die Ex-Schwiegermutter flüsterte Amalia etwas zu. Pascal erwartete nur ein kleines Willkommenszeichen, um zu seiner Tochter zu stürmen und sie in die Arme zu nehmen. Anwesende beobachteten mit Argusaugen, wie Amalia reagieren wird.

Amalia hielt Maja umklammert und fast eingeklemmt in den Armen. Sie erweckte den Eindruck, die Tochter beschützend nach Hause bringen zu wollen. Mit flotten Schritten und Maja umklammernd trottete sie fluchtartig bei all den Gottesdienstbesuchern und vor allem bei Pascal vorbei. Sie würdigte ihn keines Blickes. Maja drückte sich an ihre Mutter. Aus dem Unterarmgriff lugte Maja solange zum Vater am Wegesrand, bis sie unter Begleitung ihrer Mutter aus der Sichtweite verschwand.

Einige Zaungäste schüttelten nach dem Kirchgang nur den Kopf. Hans F. kam zu Pascal und sagte: „Es tut mir aus ganzem Herzen leid. Das habe ich niemals erwartet. Du wirst behandelt wie ein Verbrecher. Mütter besuchen mit ihren Kindern ihre inhaftierten Väter, dass sie den Kontakt zum Vater nicht verlieren. Deine Situation ist niederschmetternder, erbärmlicher."

Pascal brachte kein Wort heraus. Keine Worte haben mehr Aussagekraft als seitenlange Predigten. Eine ältere Frau fragte Pascal: „Was ist passiert, dass Amalia so reagiert?" Auch in diesem Fall würden eine Rechtfertigung und Verteidigung neue ungeklärte Fragen aufwerfen – ein richtiger Teufelskreis. *So bleibt Schweigen die beste Antwort.* Ein älterer Herr mit Stock humpelte zu Pascal und sagte mit weinerlicher Stimme: „Ich habe meinen Vater im Krieg verloren, und ich sehnte mich ein Leben lang nach ihm. Ich bete jeden Tag für ihn. Das ist nicht richtig, wenn man dem Kind zu Lebzeiten den Vater vorenthält." Pascal nickte ohne Worte. Ohne in Tränen auszubrechen, konnte er kein Wort herausbringen. Langsam gingen die Kirchgänger in ihre Häuser. Pascal setzte sich auf die Bank unter die Linde. Er überlegte, was er nun machen werde. Er beschloss, in die Landeshauptstadt zu fahren, piekfein zu essen und sich dabei zu beruhigen und weitere Pläne zu schmieden. Es waren Pläne ohne Häme. Am liebsten würde er jetzt einen kräftigen Schluck Alkohol zu sich nehmen. Diesen Schluck hat er sich für die Zeit nach der Autofahrt und der Heimkehr aufgespart.

Unerledigter Dinge fuhr Pascal wieder nach Hause. An diesem Sonntag im Jänner waren die Straßen schneebedeckt. Pascals Gedanken waren zerstreut. Im Zeitraffen wiederholte sich das Erlebte – Maja erblickt den Vater, wird von der Mutter umklammert, in der Sitzbank abgeschottet, Maja wird von der Mutter nach Hause eskortiert, Maja lugt aus der mütterlichen Umarmung nach dem Vater, die Wortspenden der Einheimischen … In der Ortschaft Tietz kam Pascal mit seinem noch neuwertigen Wagen in einer Kurve ins Schleudern. Mit einer reflexartigen Bewegung am Lenkrad vermied er im letzten Augenblick, mit seinem Pkw den Abgrund neben der Straße hinunterzupurzeln und lenkte sein Fahrzeug gegen eine Böschung. Im Schock stieg er aus, lief planlos ums Auto herum. Zuerst bemerkte er äußerlich nichts. In der Gemeinde Schlund leuchtete am Display des Wagens ein gelbes Zeichen auf. Pascal stieg aus und bemerkte laienhaft, dass die Stoßstange auf einer Seite aus der Verankerung gerissen und der Kühler verbogen war. Mit dem Mittagsmahl in Wurmlach wurde es nichts, und er fuhr fluchtartig nach Hause. Er schaffte es mit viel Glück in die Autowerkstatt seiner Gemeinde. Im letzten Streckenabschnitt begann der Motor schon zu stottern. Eine schöne Bescherung zur Weihnacht 2000. Der Schaden war beträchtlich. Nicht nur der Kühler und die Stoßstange waren defekt. Dazu kam noch der Motorschaden.

Mit dem teuer reparierten Fahrzeug fuhr Pascal nach einiger Zeit erneut nach Raditsch zum Gottesdienst. Immer das gleiche Szenario und die gleiche Abfolge von Demütigungen. Seine Tochter Maja wurde von der Kindesmutter in einer beschützenden Geste nach Haus eskortiert. Das Haus liegt etwa hundertfünfzig Meter von der Pfarrkirche entfernt. Unvergesslich blieb dabei immer der unerklärliche Blick seiner Tochter Maja. *Möchte sie mir mit dem Augenkontakt vorwerfen, warum ich nicht bei ihr bin und sie verlassen habe? Oder sagt der Blick aus: Lass uns mit der Mutti doch endlich allein und in Ruhe?*

Als der letzte Strohhalm Feuer fing

Pascal hatte noch einen Pfeiler im Köcher. Als Erstes machte er dem Diözesanbischof mit besonderem Anliegen eine Aufwartung. Im dunklen Anzug und einer bunten Krawatte mit rot-blauen Rosen bestickt fuhr Pascal nach Wurmlach, um einen Termin, der die Weichen neu stellen soll, wahrzunehmen. Er hatte mit dem Bischof einen Termin vereinbart. Immer wieder sagte sich Pascal: Eine Chance habe ich noch – und ich möchte sie nicht verstreichen lassen. Im vorbereitenden Brief hat er auf sein persönliches Anliegen, den vergeblichen Kampf um seine Tochter, aufmerksam gemacht. Und da Amalia als Religionslehrerin religiöse Werte den Kindern beruflich beibringt, wäre es angebracht, auch in ihrem Leben den Worten auch Taten folgen zu lassen.

Der Bischof und Pascal saßen sich am Empfangstisch seiner Residenz gegenüber. Der Oberhirte wirkte in seinem Bischofsgewand sehr amtlich und steif. Pascal erklärte kurz und bündig sein Anliegen. Er erwähnte seine Freisprechung vor dem Strafgericht, und in seinem Anliegen geht es nur um die Tochter. Der Bischof hörte sich die pathetische Rede an und warf einen schnellen Blick auf die Kopien. Er runzelte nur die Stirn. Pascal nahm Bezug auf ein biblisches Zitat und die Worte Jesu: „Lasst die Kinder zu mir kommen; hindert sie nicht daran!"

Mit großem Mitgefühl folgte der Bischof den Ausführungen Pascals. Er sagte ihm nur, dass er sich der Sache annehmen werde und Pascal einen Psychologen aufsuchen sollte. *Einen Psychologen aufsuchen?*

Es vergingen Wochen und Monate. Vom Bischof hörte er nichts mehr. Alles blieb beim Alten.

Soll Amalia in ihrem Amt nicht eine Vorbildfunktion ausüben?

Bei Worten und Taten, in Theorie und Praxis, zwischen der christlichen Botschaft und den Verquickungen des Alltags, kann die Schere oft weit auseinanderklaffen. Zwischen einem Märtyrer und einem verlorenen Sohn gibt es unter den Christen ein starkes Gedränge. Gewiss muss die Kirche ihre Auffangarme weit geöffnet lassen, den Menschen dort abholen, wo er sich befindet und ihm den Erlösungsweg zeigen. Sie ist eine Glaubensgemeinschaft nicht nur für Märtyrer, die aus Gewissensgründen für den Glauben sterben, und für die Heiligen, die auch keine unbefleckte Lebensgeschichte aufweisen. Geht so ein Verhalten einer Religionslehrerin nicht zu weit? Ich bin der Überzeugung, dass sich Amalia wegen der vorausgehenden Vorkommnisse auf der untersten Ebene bewegt.

Im Februar 2001 startete Pascal einen neuen Versuch und kontaktierte das Jugendamt der Landeshauptstadt. Er wollte nichts unversucht lassen. Er ersuchte die zuständige Beamtin um Unterstützung. Pascal wurde ein Strick nach dem anderen gedreht, der Faden zu seiner Tochter sollte trotz stufenweiser Entfremdung nicht komplett abreißen. Die Sozialarbeiterin verfasste an die Kindesmutter Amalia einen sehr freundlichen Brief zwecks erneuter Kontaktaufnahme. „Dem Kindesvater liegt es offenbar sehr am Herzen, mit seiner Tochter wieder Kontakt aufnehmen zu können, und er bedauert, dass dies derzeit so problematisch ist. Um die Situation für alle Beteiligten möglichst zu entspannen, schlägt er daher nochmals eine Besuchsanbahnung auf neutraler Basis mit Begleitung vor. Er wäre auch an Vorschlägen Ihrerseits sehr interessiert und möchte auch keinesfalls, dass dies als Kontrolle empfunden wird. Herr Pascal ersucht auf diesem Weg eine Möglichkeit, eine weiterführende Kontaktaufnahme zu Maja zu bekommen, da er eine Regelung über das Gericht jedenfalls vermeiden möchte."

Das Recht des Kindes auf beide Eltern hat er in die Welt der Märchen verdrängt und völlig abgeschrieben. Er sitze ja immer am kürzeren Ast, und das Sprachorgan der Tochter ist die Kindesmutter. Pascal sinnierte von einem „geschützten Raum", wo er wenigstens zwei Stunden pro Woche mit ihr allein sein konnte.

Um der Kindesmutter jegliche Angst zu nehmen, sollte ständig eine erwachsene Person dabei sein.

So weit bin ich gefallen, dass ich als Vater ein paar Quadratmeter bekomme, um mit der Tochter und ihrer Barbie-Puppe zu spielen und die neue Mode auszuprobieren. Falls der Raum einen Fernseher und Videorecorder hat, bestünde die Möglichkeit, einen Kinderfilm gemeinsam anzusehen. Daneben sitzt eine fremde Aufsichtsperson. Sogar Häftlinge können ohne Aufsicht regelmäßig mit ihren Kindern Kontakt pflegen.

Nichtsdestotrotz hätte Pascal all das in Kauf genommen.

Amalia beauftragte sofort ihre Rechtsanwältin Marie M., die beim Jugendamt vorstellig geworden ist, um Klartext zu formulieren. Die Sozialarbeiterin brachte ihr vor, dass Pascal an einem „Besuchsrecht im geschützten Rahmen" interessiert sei. Anwesend soll auch ein Psychologe sein, der bereit wäre, die Durchführung des Besuchsrechtes vorzubereiten und zu begleiten.

Die Rechtsanwältin legte die Antwort Amalias in schriftlicher Form vor. Im offiziellen Schreiben (JF: Ho 2001-3, vom 22 Februar 2001) wird klipp und klar und vorwurfsvoll festgehalten, dass der Vater nahezu vier Jahre keinen Kontakt zur Tochter gehabt hatte. Weil der Kindesvater den Weg des Besuchsrechtes verlassen hat, „ist das Kind mit der Frage der Ausübung eines Besuchsrechtes durch den Kindesvater nicht mehr belastet. Somit hat sich die minderjährige Maja seelisch, geistig und körperlich ausgesprochen positiv entwickelt. Es ist auch gelungen, sie von Angstzuständen zu befreien, die das Kind im Zusammenhang mit der vom Kindesvater geforderten persönlichen Kontaktaufnahme zu ihr entwickelt hat und unter welchen Umständen das Kind gelitten hat. Letztlich hat nach Meinung der Mandantin das Verhalten Pascals nicht nur bei der Kindesmutter, sondern auch bei ihrer Familie diese Angstzustände hervorgerufen."

Um den Anschein zu erwecken, dass den Kontakt nicht die Mutter verhindert hat, wird nun die Tochter Maja instrumentalisiert. Das Geschäft mit der Angst wurde um eine Facette reicher. Von Angstzuständen soll auch die Herkunftsfamilie von Amalia gebeutelt gewesen sein, behauptete Pascals Ex. Eigentlich betrifft die Besuchsrechtsanbahnung ausschließlich die Tochter. Aber alle hatten vor Pascal Angst. „Out of the dark into the light", dröhnt Falcos Hit in seinen Ohren beim Lesen dieser Hetzschrift. Aber für Pascal leuchtete am Ende des Tunnels kein Licht! „Ich bin zerrissen, wann kommst du meine Wunden küssen." Pascals Elternhaus war ihm eine starke Stütze und Rückhalt. „Muss ich denn sterben, um zu leben?" Die Entwurzelung von seiner Tochter wird Pascal den Lebensmut nicht nehmen. Mit aller Kraft stemmte er sich gegen die verbalen Seitenhiebe und den Psychokrieg Amalias. Sie unterstellte Pascal telefonische Belästigungen.

Ich soll mich anonymer Telefonanrufe bedient haben, obwohl ich Amalias Nummer vom Festnetz und Mobiltelefon nicht kenne? Wie soll das geschehen? Sie ist im Besitz einer Geheimnummer. Bei solcher Bedrohung müsste eigentlich die verantwortungsbewusste Mutter sofort strafrechtliche Schritte zum Wohle der Tochter setzen. Sie macht aber keine Anstalten, trotz behaupteter anonymer nächtlicher Drohanrufe. Amalia wiegt sich in Sicherheit, wenn sie Behauptungen von Drohungen bedenkenlos vorbringt.

Die Rede ist auch von Beobachtungstätigkeiten. Tatsächlich bekam Pascal von Dorfbewohnern, die er aus den Ehejahren kannte, immer wieder Anrufe. Sie informierten ihn über das Wohlergehen seiner Tochter. Ein Landwirt erzählte ihm am Telefon ausführlich, dass die Tochter meistens von der Ex-Schwiegermutter mit dem Auto von der Schule abgeholt wird. Dabei muss Maja keine Minute warten, bis sie im Fahrzeug sitzt. Den folgenden Anruf hätte sich die Dorftratsche Lu ersparen können. Sie berichtete Pascal, dass Maja ihren Mitschülern erzählte, dass sie keinen Papa habe, nur den Onkel Stani, der immer da ist. Als Maja in der Schule gehänselt worden war, sagte sie ein anderes Mal, „mein Papa ist aber Akademiker", berichtete die Hausfrau Sonja. *Darin drückte sich die innere Zerrissenheit von Maja deutlich aus.*

Die Telefonanrufe könnten als Beobachtungstätigkeiten wohl nicht gemeint sein.

Gemeint waren wohl die Gottesdienstbesuche, die ich zirka ein Jahr lang machte. Sie waren die Einzigen, wo ich meine Tochter von Weitem sehen und wo ich von Maja gesehen werden konnte. Dabei wurde Maja in enger Umklammerung nach Hause abgeführt. Für Amalia waren die Gottesdienstbesuche Pascals in Raditsch wohl ein Dorn im Auge.

In der Hetzschrift berichtete Amalia von familiären Auseinandersetzungen, die traumatische Folgen für die Tochter hatten. Da war Pascal so froh, dass er im Rahmen der Strafverhandlung einen psychologischen Sachverständigen eingeschaltet hatte, der ohne Einfluss der Kindesmutter und ohne ihre Anwesenheit Maja befragte und ihr ein unbefangenes und herzliches Verhältnis zum Papa entlocken konnte. Das war jedenfalls in der Anfangsphase des Rosenkrieges um die Tochter. Diese Erinnerung blieb für Pascal wohltuend. Und wenn Pascal vor dem Strafgericht freigesprochen worden ist, dann kann die Angstmacherei Amalias im Nachhinein nur hausgemacht sein.

In den weiteren Ausführungen des Rechtsanwaltsbriefes von Marie M. kam die Instrumentalisierung und auch die Manipulation der Tochter noch deutlicher zum Ausdruck. „Die minderjährige Tochter hat seit Bekanntwerden dieses neuerlichen Bemühens des Kindesvaters neuerliche Angstzustände, dass sie verpflichtet werden könnte, mit dem Vater mitgehen zu müssen, und dies beeinträchtigt erheblich ihre gedeihliche Entwicklung. Meine Mandantin kann aufgrund ihrer Beobachtungen keinen Sinn darin sehen, dass bei Ausübung eines väterlichen Besuchsrechtes ein solches dem seelischen Wohle und der gedeihlichen Entwicklung des Kindes zuträglich wäre, sondern geradezu das Gegenteil."

Amalia stellte unverblümt fest, dass der Vaterkontakt der Tochter nur schaden würde und damit für Maja abzulehnen sei. Im Namen der Tochter stellte Amalia die Behauptung auf, die Tochter habe kein Bedürfnis und kein Interesse, ihren Vater zu sehen! Amalia locuta, causa finita: Maja braucht diesen Vater nicht, und ein psychologisches Geplänkel sei ebenso überflüssig. Zum Abschluss des Rechtsanwaltbriefes: „Meine Mandantin ist auch nicht bereit, das Kind oder sich selbst irgendeiner psychologischen oder psychotherapeutischen Behandlung oder Kontrolle unterziehen zu lassen, da sie hierin keinen positiven Effekt für die Entwicklung ihres Kindes erblicken kann, sondern im Gegenteil der Ansicht ist, dass dies und die neuerlichen Bemühungen des Kindesvaters im Hinblick auf sein seinerzeitiges Verhalten dem Kind nur zum Schaden gereichen würde."

Einen Lichtblick gab es doch. Das Jugendamt informierte sich beim Direktor der Volksschule über den Schulerfolg von Maja. Dieser ist „sehr gut", und auch sonst gibt es keine „Auffälligkeiten".

Pascal bedankte sich bei der Sozialarbeiterin für die Auskunft in der Schule, aber auch für ihr Bemühen um eine Besuchsrechtsausübung „in geschütztem Rahmen". *Leider stelle ich fest, dass die Zeit hierfür noch nicht reif sei und der Kindesmutter diese Beziehung nicht wichtig und wertvoll erscheine.*

Der Kindesvater konnte diese Unterstellungen nicht unbeantwortet lassen und rückte sie im Schreiben an die Sozialarbeiterin ins rechte Licht. „Letztlich sah mich die Tochter am 5. Juli 1997, das liegt dreieinhalb Jahre zurück. Zu Weihnachten, Ostern, dem Namens- und Geburtstag habe ich ihr immer Geschenke geschickt."

Nach dem Freispruch vor dem Strafgericht – so berichtete Pascal der Sozialarbeiterin – stand der Kindesvater vor einem Scherbenhaufen. „Trotz Freispruchs in erster und zweiter Instanz wurde mir von juristischer Seite jeder Kontakt zur Kindesmutter strikt abgeraten. Beim nächsten Vorfall könnte ich mit ‚sexuellem Missbrauch' konfrontiert werden. Aus den bisherigen Erfahrungen traue ich das Amalia zu. Dies würde meine Existenz endgültig ruinieren."

Amalias Rechtsanwalt erwähnte, dass Pascal auf sein Besuchsrecht verzichtet hätte. Pascal schrieb an das Jugendamt: „Ich habe auf mein Besuchsrecht niemals verzichtet. Die Ausübung wurde durch diesen Vorfall für mich unmöglich gemacht. Deswegen habe ich einen ‚geschützten Raum' gesucht, um unter fremder Aufsicht die Beziehung zu meinem Kind langsam wiederaufzubauen."

In einem persönlichen Brief bat Pascal seine Exfrau, von seiner Tochter wenigstens ein bis zwei Bilder zu schicken. Auch das wurde ihm nicht gewährt. Im Herbst desselben Jahres versuchte Pascal noch einmal über das Jugendamt und die Sozialarbeiter, das Herz Amalias weichzuklopfen und eine Besuchsrechtsausübung in „geschütztem Rahmen" anzubahnen. Er versuchte sich an noch einem Strohhalm auf der verbrannten Erde zu stützen. Auch diesmal war die Antwort beleidigend und ernüchternd. Die Tochter war im achten Lebensjahr, und die Argumentation wurde um eine weitere Facette reicher. Amalia will ausschließlich dem Willen der Tochter entsprechen. Auch diesmal bediente sich Amalia des rechtlichen Beistandes. „Meine Mandantin ist die Letzte, die aufgrund ihrer beruflichen Stellung, aber auch ihrer Ansichten verhindern würde, dass zwischen dem Kind und dem Vater ein Kontakt besteht. Sie wird aber auch nichts unternehmen, das Kind zu zwingen, einen vom Kind gewünschten Kontakt zum Vater aufzunehmen, da dies dem seelischen Wohl und einer gedeihlichen Entwicklung des Kindes schaden würde."

Eine sehr vernünftige Argumentation. Es dreht sich immer ums Kind, welches aber in dieser Tragödie wie ein unsichtbares Phantom ist, das nie ins Bild und zu Wort kommt. Das Wohl des Kindes bekommt das Siegel der Kindesmutter.

Pascal würde gerne diese Worte aus dem Munde seiner Tochter hören.

Die Stellungnahme enthielt auch eine Weisung an den Kindesvater: „Wenn Pascal Interesse daran hat, dass seine Tochter bis auf Weiteres eine ungestörte, gedeihliche Entwicklung nimmt, ist Pascal aufzufordern, die dem Verhalten eines Detektivs entsprechenden ‚Beobachtungsmaßnahmen' im Lebensbereich des Kindes aufzugeben beziehungsweise zu unterlassen, da bei Fortführung seines Verhaltens erheblicher Schaden des Wohlbefindens des Kindes eintreten würde. Maja hat gegenüber dem Vater außer Angstgefühlen nach den Feststellungen meiner Mandantin und der übrigen Angehörigen keine positive Gefühlsregung aufzubringen, aus der hervorgehen würde, dass auch nur ein geringer Wunsch oder ein geringes Interesse an einer Kontaktaufnahme mit dem Kindesvater besteht."

Jetzt kam sie auf den Punkt. Die Religionslehrerin Amalia störte erheblich, dass Pascal die Gottesdienste in Raditsch besuchte. Die Dorfbewohner waren erbost, wenn sie beobachteten, wie nach der Messe Amalia wie eine Security ihre Tochter eng umschlungen beim Vater vorbei nach Hause eskortierte. Wegen dieser Haltung erfuhr Amalia von den Dorfbewohnern keine positiven Gefühlsregungen und wurde angepöbelt und kritisiert. Diese sektenähnliche Abschottung Majas von ihrem Vater machte Pascal sehr stutzig. *Warum will Amalia erreichen, dass ich nichts von meiner Tochter weiß? Hat sie was zu verbergen?*

In Vertretung der Rechtsanwältin lehnte Amalia jede Besuchsanbahnung ab „mit Begleitung welcher Art auch immer. Diese Einstellung des Kindes hat sich Pascal aufgrund seines eigenen Verhaltens in der Gegenwart und auch in der Vergangenheit selbst zuzuschreiben".

Pascal packte, gepaart mit bitterer Enttäuschung, die heilige Wut. Aus den Medien und den Berichterstattungen war ihm ein „Männerbüro" des Sozialministeriums der Bundesregierung in Wien bekannt. Per Mail kontaktierte er den Leiter, dem er die Sachlage lang und breit schilderte. An dieser Klagemauer wollte er nicht einen Wunschzettel hinterlassen, sondern Gehör finden. Er erwähnte seinen Spießroutenlauf bei Instanzen und Behörden, regte sich über die Gummiparagraphen beim Besuchsrecht und seine Abstürze vom kürzeren Ast auf. „Gibt es keine andere Möglichkeit, dieser Unrechtssituation den Riegel vorzuschieben? Sitzt der Kindesvater ‚immer am kürzeren Ast'? Bleibt der Kindesvater weiterhin der Willkür der Kindesmutter ausgesetzt? Könnte man nicht – wie bei Unterhaltszahlungen – auch das Besuchsrecht konsequent und rigoros umsetzen?" Mit diesen Fragesätzen schloss er den Beschwerdebrief an das „Männerbüro" des Sozialministeriums. Im Anhang legte er Dokumente und die Korrespondenz mit dem Jugendamt bei. Pascal erhoffte sich, dass das Ministerium ein Machtwort spräche und das Unrecht endlich an den Pranger gestellt wird.

Nur einen Monat später bekam Pascal vom Abteilungsleiter des „Männerbüros" in Wien einen freundlichen Brief, in dem er darauf aufmerksam gemacht worden ist, dass seine Grundsatzabteilung im konkreten Einzelfall keine Beratungstätigkeit durchführt. „Wie Sie wissen, ist die konkrete Ausgestaltung des Besuchsrechtes bzw. die Durchsetzung im Falle der Verweigerung eine Aufgabe der Gerichte." Pascal wurde an die Gerichtsinstanzen zurückverwiesen, wo ihm nichts anderes übrigblieb, als sich an die dünnen und brüchigen Paragraphen zu klammern. Es blieb ihm nur die Hoffnung, dass ihn die Personen am längeren Ast nicht zu stark am Ast schütteln oder gar zu sägen beginnen, dann ist der freie Fall in den Abgrund die logische Folge. Der Leiter des „Männerbüros" wies auf ein neues Bundesgesetz hin, das im Juli 2001 in Kraft treten wird und das Recht auf gemeinsame Obsorge verankern wird. *Wie soll die gemeinsame Obsorge umgesetzt werden, wenn sich das Besuchsrecht als Tänzeln am nicht abgesicherten Hochseilgarten erweist?*

Die jüngsten Erlebnisse haben Pascal für die kommenden Monate den Mut geraubt. Er zog sich zurück und vergrub sich in Erinnerungen. Die Gottesdienste im Umfeld seiner Tochter besuchte er nicht mehr. Wenn er in Raditsch den Gottesdienst besuchte, besuchte Amalia mit der Tochter Maja die Messe in Wurmlach.

In der Phase seines Rückzuges rief ihn eine betagte Raditscherin an und berichtete ihm, dass am 2. Juni 2002 Maja zur Erstkommunion gehen wird und munterte ihn auf, an diesem Sonntag zu diesem großen Ereignis, wieder in Raditsch, zu erscheinen. Anders hätte Pascal von dem Empfang der Erstkommunion seiner Tochter niemals erfahren. Sofort fügte sie hinzu. „Amalia wurde als Tischmutter von den Frauen abgelehnt. Da sie Maja dem Vater vorenthält, ist sie in den Augen der anderen Mütter untragbar für diese Aufgabe." Eine Tischmutter begleitet die Kinder, die das erste Mal die Kommunion in Form einer Hostie empfangen werden, bis zur kirchlichen Feier. Ausgewählte Mütter von diesen Kindern übernehmen diese Aufgabe. Amalia war unerwünscht.

Am Vorabend der Erstkommunion rief Pascal informativ den Pfarrer und Zelebrant in Raditsch an. Pfarrer Gottlieb hob ab und war wegen seines Ansinnens ziemlich verstört. Sie führten ein langes Gespräch. Gottlieb war die Trennung von Vater und Maja sowie der Rosenkrieg um die Tochter hinlänglich bekannt. Seine Anwesenheit bereitete ihm Sorgen. Pfarrer Gottlieb ersuchte Pascal, keine Fotos von der Tochter in der Kirche zu machen, „er kann die offiziellen Bilder der Pfarre bekommen. Deine Anwesenheit könnte Amalia in Unruhe und zu einer unbedachten Reaktion führen". *Meinte er damit, Amalia würde aus der Kirche flüchten und der Tochter die Erstkommunion vermiesen?*

Mit starkem Herzklopfen fuhr Pascal nach Raditsch. Er hat sich dort schon etliche Monate nicht mehr gezeigt. Er betrat die Kirche, nachdem die Feierlichkeit bereits begonnen hatte. Er stand in der überfüllten Kirche bei den Männern hinten, aber so positioniert, dass er seine Tochter im Visier hatte. Der Forstarbeiter Pep, der neben ihm stand, lächelte ihn an, drückte ihm herzhaft die Hand und sagte: „Gut, dass heute da bist." Acht Kinder, die die Erstkommunion empfangen werden, standen um den Altar. Maja trug ein festliches, weißes Kleid. Als Kopfschmuck hatte sie einen Blumenkranz mit weißen Nelken, der den Mittelscheitel umkreiste. In der Hand hielt sie eine Kerze mit einem Regenbogenkreuz. In dieser Aufregung hatte sie stark gerötete Wangen. Kein Wunder, sie musste ja ein Gebet vorlesen und die Fürbitte vortragen. Mit einem verstohlenen Blick bemerkte sie ihren Vater. Immer wieder blickte sie zu ihm, sodass Amalia dies auffiel und sie sich zu Pascal umdrehte. Es waren keine Spuren der Angst in ihrem Gesicht zu erblicken. Sie hieß seine Anwesenheit mit einem kurzen Lächeln im Gesicht gut. Ganz stolz stand sie neben dem Altar beim Pfarrer. Pascal wollte auf keinen Fall negativ auffallen oder provozieren, sondern sich mit Maja auf diesen großen Tag freuen. Es sollte zu keiner Panikreaktion der Kindesmutter kommen. Als die acht Kinder erstmals von Pfarrer Gottlieb die erste Kommunion empfingen, rasselte ein Blitzlichtgewitter auf sie los. An diesem Sonntag standen die Kinder in der Kirche und in der Familie ganz im Mittelpunkt. Mütter, Väter, Großeltern, Tanten und Onkel versuchten neben dem Altar einen guten Platz zu finden und ein unvergessliches Foto zu machen. Pascal blieb ruhig im hinteren Eck der Kirche stehen, um kein „böses Blut zu erzeugen". Er wurde mit den offiziellen Fotos der Pfarre vertröstet.

Nach der Feier der Erstkommunion stellte er sich wie anno dazumal, als er den Gottesdienst besuchte, an den Wegesrand, und die Gottesdienstbesucher standen vor der Kirche, einige unterhielten sich mit ihm. Amalia ging diesmal nicht mit der eng umschlungenen Maja schnurstracks nach Hause. Nach der Messe blieb mitunter auch Amalia mit Maja und den zahlreichen Verwandten vor der Wehrmauer des Kirchengebäudes stehen. Die Kindesmutter erlaubte mit unverständlicher Geste und brummiger Stimme, ein Foto von seiner Tochter zu machen. Mit einer kleinen Digitalkamera fotografierte er seine Tochter. Sie lächelte mit blauen Augen und roten Wangen in die Linse. Bei einigen

Fotos drängte sich auch die Kindesmutter Amalia ins Bild und hielt sie bei der rechten Hand. Amalia hatte dabei eine verbitterte Miene aufgesetzt, als hätte sie unverhofft in einen scharfen Pfefferone gebissen. Mit der Digitalkamera hat Pascal unkontrolliert viele Fotos mit der Tochter gemacht. *Wann hätte er wieder mal so eine Gelegenheit?*

Nach vielen Fotos in verschiedenen Positionen hatte sogar die Tochter genug und sagte: „Das passt mal für heute." Nach vielen Jahren hatte er wieder mal die Stimme seiner Tochter gehört. Mit neun Jahren klang ihre Stimme leicht schüchtern und dumpf. Das war wohl situationsbedingt. Die ganze Aufregung des Tages und die Anwesenheit waren für Maja doch zu viel. Pascal steckte seiner Tochter einen Brief mit Geldnoten zu, sie möge sich damit was kaufen.

Er war überglücklich, mit Maja wenige Worte gesprochen zu haben. Diese Bilder und Eindrücke prägten sich in Pascals Kopf ein und nährten die Erinnerung aus vergangenen Jahren. Dabei vermischten sich die Bilder im Zeitraffer. Er erinnerte sich an die Zeit, als er Maja bei der Taufe in den Händen hielt, daneben Amalia mit der Kerze in der Hand. Nun empfing Maja selbst die erste Kommunion. Sowohl bei der Taufe als auch bei der Erstkommunion war sie in strahlend weißem Gewand. Pascal sah das Bild im Kopf, in dem er mit Klein-Maja badete. Sie wiegte sich durch die beschützende Hand des Vaters in Sicherheit. Durch seine Anwesenheit bei der Feier wollte er Maja auch an diesem Sonntag ein Gefühl der Sicherheit und Stolz geben.

Die Anwesenheit bei dieser kirchlichen Feier gab Pascal neuen Aufwind. So beschloss er drei Monate später in einem Brief, Amalia aufzurütteln und zum Einlenken zu bewegen. Amalia war telefonisch nicht erreichbar, da sie eine Geheimnummer hatte, um sich vor ihrem Ex-Gatten „zu schützen". Er erinnerte sie schriftlich, dass er mit seiner Tochter schon fünf Jahre keinen

Kontakt hätte. „Auch heuer biete ich mich an, sodass wir einen gemeinsamen Weg finden und unsere Tochter eine normale Beziehung zum Vater aufbauen kann. Auch andere getrennte Paare tun alles dafür, dass die Kinder zu beiden Elternteile Kontakte pflegen, so sollte es doch auch bei uns sein. Denke daran: Du hattest auch das Vergnügen, mit beiden Eltern aufzuwachsen – hat unsere Tochter dieses Recht nicht?"

Er erklärte Amalia in diesem Brief, dass er ihr Haus nicht betreten kann aufgrund der strafrechtlichen Verfolgung. „Ich habe mich erkundigt, dass in der Landeshauptstadt ein ‚geschützter Raum' existiert, wo sich Kinder mit den getrennten Elternteilen treffen können. Ich schlage vor, dass ich mich dort unter Aufsicht der geschulten Pädagogen mit der Tochter treffe. Es fehlt mir das Vertrauen und die Sicherheit, um in dein Haus zur Tochter zu gehen. Ich besuchte die Gottesdienste, sodass sich auch die Tochter vergewissern kann, dass ihr Papa noch lebt. Regelmäßig schicke ich und die Großeltern und die nahen Verwandten Maja zu den heiligen Zeiten ein Geschenkspackerl, und ich hoffe, dass sie sie auch bekommt. Das weiß ich ja nicht, da es überhaupt keine Reaktion auf die Geschenke gibt."

Noch einmal betonte Pascal, dass er sich danach sehne, mit der Tochter einen normalen Kontakt zu pflegen, und er würde sich über den Anruf mit der Einladung, die Tochter treffen zu dürfen, freuen. „Meine Anrufnummern sind im Telefonverzeichnis verzeichnet." Zum Schluss bedankte sich Pascal, dass er bei der Erstkommunion mit der Tochter ein paar Worte wechseln und Fotos machen durfte.

Sein Wunsch blieb unerhört, seine Sehnsucht war zum Verdunsten verurteilt, das Telefon blieb stumm. Anstelle eines erlösenden Anrufes veröffentlichte Amalia einen sehr berührenden Artikel in der Kirchenzeitung. Im „Jahr der Bibel" nutzte sie die Gelegenheit, ihre mütterliche Fürsorge, charakterliche Vorzüge und Vorbildwirkung medial auszufechten. Diese öffentliche

Präsenz, die weite Bevölkerungskreise zu lesen bekamen, diente ihr dazu, das Ansehen frisch aufzupolieren und ihre charakterliche Rechtschaffenheit gleich selbst hervorzuheben. Sie schreibt: „Für mich ist die Heilige Schrift das wichtigste Buch für die Arbeit und den Alltag. Als Mutter lese ich sie gemeinsam mit meiner Tochter und unterhalte mich mit ihr über den Inhalt und die Bedeutung." In weiterer Folge betont sie, dass es ihr Anliegen sei, „die Inhalte der Heiligen Schrift ins Leben und in die heutige Zeit zu übertragen".

In Pascals Gefühlsküche rumorte es gewaltig. Das große Auseinanderklaffen von Schein und Sein im Leben Amalias sowie die Hochglanzpolitur ihres Ansehens bewog Pascal, der als Religionslehrer die Bibel gut kannte, daraufhin einen Leserbrief zu verfassen. Darin lobte er, dass die Mutter mit ihrer Tochter die Weisheiten aus der Bibel schöpft. Er suchte nach biblischen Zitaten zum Thema „Kind" und war fündig geworden. Verbittert wollte er dem Fassadenschwindel seiner Ex entgegentreten und ihr eine Visitenkarte hinterlassen. Er erwähnte die christliche Weihnachtsgeschichte und die Geburt Jesu. „Mutter und Vater standen in guten und schlechten Zeiten dem Kind zur Seite: als er in bescheidenen Verhältnissen zur Welt kam, als ihn die Weisen huldigten, als sie vor Herodes flüchteten und so weiter."

Aus dieser Lebenserfahrung predigte auch Jesus von Nazareth. Pascal zitierte aus dem Matthäus-Evangelium, Kapitel 18, Vers 1 bis 3:

„In jener Stunde kamen die Jünger zu Jesus und fragten: Wer ist der Größte im Himmelreich? Da rief er ein Kind herbei, stellte es in ihre Mitte und sagte: Amen, ich sage euch: Wenn ihr nicht umkehrt und wie die Kinder werdet, könnt ihr nicht in das Himmelreich kommen."

Damit wollte er die Wehrlosigkeit von Kindern unterstreichen. Pascal konnte sich nicht verkneifen, seine persönlichen Erfahrungen und Tiefschläge einzubauen. „Öfter sind die Kinder seitens der übermächtigen Eltern ein Instrument von Manipulationen, Aufwiegelungen und des Hasses." Pascal verpackt wieder Worte Jesu in seinen Leserbrief: „Wer einen von diesen Kleinen, die an mich glauben, zum Bösen verführt, für den wäre es besser, wenn er mit einem Mühlstein um den Hals im tiefen Meer versenkt würde." (Mt 18,6)

Dabei dachte er an seine Maja, die nach seiner Meinung ein Opfer von Manipulationen ist, und er sah darin ein Verbrechen an ihrer Kindheit. Eine Spitze gegen das Verhalten von Amalia fand Pascal im Weisheitsbuch Sirach, im Alten Testament: „Der Segen des Vaters festigt die Wurzel, doch der Fluch der Mutter reißt die junge Pflanze aus." (Sir 3,9) Im Leserbrief hob er hervor, dass ein Kind ein ungeteiltes eigenes Wesen ist, das auch durch Manipulationen nicht zerrissen werden darf. Es ist ein Individuum, ein ungeteiltes Wesen, das man in keine Richtung entwurzeln darf und dem man eine ungezwungene Hilfe zur Lebensselbsthilfe ohne familiäre Bürde auferlegen sollte. Zu Ostern 2003 schickte Pascal eine Osterkarte mit Wünschen. Der Anlass seines Schreibens war, die Bitte zu äußern, die Tochter wieder mal zu sehen und die Unterhaltszahlungen neu zu berechnen und zu regeln. *Wird dadurch nun endlich die Funkstille durchbrochen?*

Schäfchenwolken haltet an

23. April 2003. Pascal hatte am Arbeitsplatz gerade eine Freistunde. Sein Handy klingelte, am Display erschien keine Nummer, sie war unterdrückt. „Hallo", begrüßte Pascal den unbekannten Anrufer. Die Stimme am Telefon war mickrig, leise und unverständlich. Er identifizierte zuerst nur eine weibliche Stimme. Pascal ersuchte die unbekannte Anruferin, lauter zu sprechen. Er war wie versteinert, weil ihn seine geschiedene Frau Amalia seit der Trennung erstmals wieder angerufen hatte. Zuerst brachte er kein Wort heraus. Langsam erholte er sich und konnte ihren Worten folgen. „Was ist der Anlass deines Anrufes?", fragte er. „Ich würde dich gerne treffen, um einiges zu bereden", sagte Amalia mit einer Stimme, als wäre sie heiser. Sie würde sich in den nächsten Wochen noch einmal melden, sagte sie anschließend und legte den Hörer auf.

Ja, da gibt es wahrlich einiges zu bereden! Erneut rief sie nach einiger Zeit Pascal an. Sie legte den Treffpunkt an einem Parkplatz eines Einkaufszentrums in Wurmlach fest, und als Vorbereitung hatte er noch 27 Tage Zeit. Der Parkplatz des Einkaufszentrums ist westseitig überdacht, viele Einkäufer stellen dort ihr Fahrzeug ab. Dabei hatte er ein sehr mulmiges Gefühl.

War dieses Treffen eine erneute Falle? Dabei könnte problemlos ein „Kronzeuge" von Amalia in einem Pkw versteckt sitzen und ihn belasten. Was hat Amalia vor? Hat sie meinen Freispruch beim Strafgericht nicht verkraftet? Oder hat sie doch einen Gesinnungswandel vollzogen? Ist Amalia bewusst geworden, dass die Tochter auch einen Vater braucht? Vielleicht sehe ich nach so langer Zeit wieder mal meine Maja?

Diese gemischten Gefühle ließen ihn nicht los. In seinen Gedanken überwog die Unberechenbarkeit Amalias. Er suchte in Wurmlach ein Detektivbüro auf, um ihn bei diesem ersten Treffen zu beschatten und eine gewisse Sicherheit zu vermitteln. Ein groß gewachsener und stämmiger Detektiv mit auffallend finsterem Blick gab ihm sogleich Anweisungen, wie er sich zu verhalten habe. Er sagte: „Keineswegs dürfen Sie unter dem Deck in der finsteren Parkgarage die Unterhaltung mit Ihrer Ex führen. Sie sollen sie auf das Deck der Parkgarage lotsen. Ihr Abstand zu Ihrer geschiedenen Frau muss mindestens einen Meter betragen, und die Sichtweite zum Pkw der Detektive dürfen Sie niemals verstellen. Im Auto der Privatdetektive werden zwei Personen zu ihrem Schutz sitzen, die jedes abweichende Verhalten dokumentieren und strafrechtlichen Vorfall bezeugen würden."

Der hohe Preis für die drei- bis vierstündige Beschattung war für Pascal wichtig, um jegliche weitere Existenzbedrohung zu vermeiden.

28. Mai 2003, um 13.30 Uhr. Einkaufszentrum in Wurmlach. Pascal stellte sein Fahrzeug sogleich auf das Deck des Parkhauses. Vis-a-vis saßen zwei Detektive im Auto. Als Amalia anrief, lockte er sie sogleich auf das Parkdeck. Sie stieg aus ihrem Fahrzeug, die Nervosität war ihr sichtlich anzumerken, sie kratzte sich ständig am Hinterkopf. Nach einem schüchternen „Hallo" gaben sie sich die Hand zur Begrüßung. Der Abstand wurde gewahrt, wie Pascals Beschatter es forderten. „Nach so vielen Jahren ist es mir ein Anliegen, vieles zu bereinigen", sagte Amalia reumütig und setzte fort: „Mir ist es nach der strafrechtlichen Verhandlung auch nicht gut gegangen. Ich musste für zwei Wochen ins Krankenhaus, um eine nervliche Krankheit zu kurieren", behauptete Amalia. Dies brachte sie in einer gewohnten und eingeübten Opferrolle vor. „Wer schaute auf unsere Tochter?", fragte Pascal. „Meine Mutter hat sich wie immer für unsere Maja gerne aufgeopfert", so Amalia. Bei einem vorsichtigen, teils oberflächlichen Geplänkel erzählte sie, wie es der Tochter geht – aber eher kurz und prägnant. Amalia zeigte einen leichten Gesinnungswandel und schlug auf einmal vor, ihr in die gegenüberliegende Pfarrkirche zu folgen. Pascals Instinkt sagte ihm, dass die Gefahr gebannt sei und dass ihm

keine Gefahr drohe. Nach eineinhalb Stunden blies er mit einem Handzeichen die Beschattung ab. Anschließend fuhren Amalia und Pascal jeder mit seinem Auto zum Parkplatz dieser Kirche.

Die Pfarrkirche ist ein moderner Bau im Süden von Wurmlach. Ein großes, weißes Kreuz am Dach sticht von Weitem heraus. Über einen Treppenaufgang kommt man zur offenen Eingangstür der Kirche, die jeden zum Betreten einlädt. Wie die Säulen das Kreuz am Dach umkreisen, so umkreisen vier Sitzreihen im Halbkreis den Altarbereich, wo der Gottesdienst gefeiert wird. Der Altartisch ist schlicht, der Kirchenschmuck einfach. Dies weist auf einen nicht pompösen und modernen Kirchenbau hin. Die Kirche war am Mittwochnachmittag menschenleer. Auf Wunsch von Amalia blieben sie ganz hinten im Eingangsbereich stehen, und sie sagte mit zittriger Stimme: „Ich weiß nicht, was mich geritten hat, Pascal, ich habe dir in den letzten Jahren viel Leid zugefügt. Das kann ich nicht wiedergutmachen. Ich bitte dich dafür um Verzeihung." Pascal erwiderte: „Was soll ich dir verzeihen, kannst du es mir sagen?" Sie sagte nur: „Du weißt es ja, du weißt alles." Amalia war nicht imstande zu sagen, wofür er ihr verzeihen sollte. Pascal dachte in diesem Moment nur an seine Tochter Maja. Dies war nach etlichen Jahren die einzige Chance, seine geliebte Tochter wiederzusehen. Nachdem Amalia nicht imstande war, ihr Schuldverhalten zu konkretisieren oder wenigstens anzudeuten, nahm Pascal pauschal die Entschuldigung an. Sie umarmte ihn innig und bedankte sich.

War sie zu feige, die Schuld beim Namen zu benennen? Oder war sie sich ihrer Schuld doch nicht bewusst, und es war nur ein strategischer Schachzug? Wollte sie sich die Vergebung zur Beruhigung ihres Gewissens nur erschleichen?

Das Ersuchen um Vergebung klang sehr überzeugend, und das Erschleichen hat er gleich gestrichen. Er spürte, dass es ihr ein Anliegen war, den Kontakt zwischen Vater und Tochter neu zu starten. „Es ist mir auch ein Anliegen, dass unsere Maja dich wieder kennenlernt und dass wir uns treffen", sagte Amalia zum Schluss. Mit Tränen in den Augen und vor lauter Freude sagte Pascal: „Ich bin glücklich, nein, überglücklich!"

Für einen Sonntag wurde das erste Treffen anberaumt. Pascal fieberte diesem entgegen. *Wie wird die Tochter nach so vielen Jahren fehlenden Kontaktes reagieren? Mittlerweile wird sie ihr neuntes Lebensjahr vollenden.* Die Verabredung erfolgte in einer Pizzeria. Amalia hielt Majas rechte Hand. Pascal wusste nicht recht, wie er seine Tochter begrüßen sollte. In seinen Tagträumen stellte er sich vor, dass er Maja ganz herzlich begrüßen wird. Sie wird angelaufen kommen, er wird sie vor Freude in die Arme schließen, vielleicht auch in die Luft heben und an sich drücken. „Maja, ich freue mich riesig, dich wiederzusehen", würde er seiner Tochter sagen und ihr einen Kuss auf die Wange geben. Die Begrüßung erfolgte jedoch durch einen Händedruck von Amalia und Maja sehr formell. Maja strich Pascal nur kurz übers Haar, und sie lächelte zurück. Sie freute sich auf das Mittagessen und bestellte eine Pizza Prosciutto, eine Pizza mit Schinken und viel Champignons, dazu trank sie eine Kinder-Cola. Maja schaute ihren Papa anfangs sehr verstohlen an und hatte leicht gerötete Wangen. Daneben saß ihre Mutter Amalia, die am liebsten allein sprechen wollte, bestellte ein Nudelgericht und ein Wasser. Sie ließ sich ganz abgebrüht keine Verlegenheit anmerken, so, als wäre niemals was passiert. Ihre Kleidung war dem Sonntag entsprechend dezent. Pascal war leicht nervös, um keinen Fehler zu machen, niemanden zu verscheuchen, hörte zu und beobachtete seine Tochter.

Maja blühte auf, als sie über die Schule sprach. Ihr Erfolg ist in der Volksschule sehr ansprechend. Erstmals erfuhr Pascal, dass sie brav lernt und gute schulische Erfolge hat. „Papa, was meinst, ich habe einen Mitschüler, und er wird immer nur gehänselt, nur weil er schwer lernt und geistig rückständig ist", platzte Maja auf einmal heraus. Amalia sagte: „Du musst wissen, Maja versucht immer wieder zu harmonisieren, am liebsten hat sie, wenn sich alle sehr gut vertragen." Jetzt kam auch der Papa endlich zu Wort: „Du hast recht, Maja, es ist nicht in Ordnung, wenn man jemanden benachteiligt, nur weil er schwer lernt. Ich bin stolz auf dich, dass du dich seiner annimmst. Behalte diese Einstellung." Beim Tischgespräch erzählte Amalia, dass vor Monaten Majas großer Wunsch darin bestand, jenes Haus zu sehen, wo sie die ersten Kinderjahre mit Mama und Papa gemeinsam jeden Tag verbracht hatte. *Begibt sich Maja auf die Spurensuche ihrer Kindheit? Möchte sie die fehlenden Steinchen des Puzzles schließen und sich noch ein Bild von ihrem Vater machen?*

Er hoffte, dass diesmal die Begegnung keine Eintagsfliege sein wird und der Kontakt so lange wie nur möglich aufrecht bleibt. Pascal erzählte von seinem Broterwerb und seiner journalistischen Tätigkeit, worauf Maja sehr stolz war und sich freuen würde, Papas Artikel einmal lesen zu dürfen. Inhaltlich hat er nichts Neues eingebracht, vorrangig reagierte er und beobachtete insbesondere seine Tochter. Maja schaute ganz tief in die Augen ihres Vaters, die Wangen blieben weiterhin leicht gerötet. Die Kellnerin fragte, ob man noch einen Wunsch hätte. „Nein danke, wir werden zahlen", sagte Amalia. „Papa wird bezahlen", platzte Maja wie aus heiterem Himmel heraus. Pascal hatte schon im Vorfeld geplant, aus Freude auf die erste Begegnung Maja und Amalia einzuladen und dazu einleitende Worte zu sagen. Dieser wie vorgefasste Satz hat Pascal sichtlich irritiert. So sagte er nur kurz und bündig: „Selbstverständlich habe ich vor, euch auf dieses Mittagessen einzuladen." Die ein- und hinführenden Sätze fielen Pascal aus dem Gedächtnis.

Am Nachmittag, es war ein heißer Juni-Sonntag, stand nach einem Verdauungsspaziergang noch Schwimmen im Rauschensee auf dem Programm. Der See ist sehr romantisch und familienfreundlich. Die Liegewiese lädt zum Verweilen aus. Der naheliegende Wald spiegelt sich im See wider. In der Zwischenzeit lag Amalia wie eine Sardine am grünen Strand des Rauschensees. Da entpuppte sich Maja regelrecht als eine Wasserratte.

Das hatten wohl Tochter und Vater gemeinsam. Sofort zeigte Maja ihrem Vater, dass sie gut schwimmen kann. Mit der rechten Hand hielt sie sich die Nase zu und sprang vom hölzernen Steg ins Wasser. Das war nur der Auftakt des Badespaßes. Sie zeigte gleich einige Kunststücke, wie das immer länger dauernde Untertauchen, wobei ihr Papa auf die Stoppuhr schauen musste. Dann machte sie auch mal einen Kopfstand im Wasser. Nach drei Stunden Schwimmvergnügen ging Maja nur kurz aus dem Wasser, um den Ball zu holen, den sie anschließend hin- und herwarfen. Nur ein Knurren im Magen und ein Durstgefühl unterbrach für nur eine kurze Zeit das Spielen, Schwimmen und Tauchen im Wasser. Dann ging es wieder weiter. Mit einer Poolnudel zog sie Pascal in den See hinein. Er durfte auch nicht vergessen, Maja hier und da auch mal anzuspritzen. Vor lauter Freude lachte Maja, als Pascal sie auf seine Schulter hob und sie einen Sprung ins Wasser machte. Als sie den See verließen, hatten beide schrumpelige Finger.

In dieser außergewöhnlichen und von Freude überstrahlten Situation wurde von Maja der Wunsch geäußert, einen gemeinsamen Urlaub am Meer zu verbringen. Dieses Ansinnen wurde von niemandem infrage gestellt. Der heiße Tag hatte aber auch eine negative Begleiterscheinung. Maja kämpfte mit starkem Kopfweh und Brechreiz. Weil es Sonntag war, wurde sie in die Ambulanz gefahren. Amalia brachte sie mit ihrem Auto dorthin. Pascal wollte der Tochter beistehen und fuhr mit seinem Wagen hinterher. Am Parkplatz angelangt, warf Maja, die sich am Hintersitz befand, einen finsteren Blick zu ihrem Vater. Pascal ging zum Fahrzeug von Amalia, und Maja äußerte, dass der Papa nicht dabei sein darf und gefälligst nach Hause fahren soll. Pascal war überrascht. An diesem Tag erlebte er nach der starken emotionalen Nähe zur Tochter auf einmal diese Abneigung, diese kalten und abweisenden Blicke von Maja. Amalia zu Pascal: „Du musst Maja mehr Zeit geben." Vom Wechselbad der Emotionen war er sichtlich überrascht. *Der jahrelange Mangel an Kontakten musste seine Spuren hinterlassen!*

Pascal war überglücklich. Alle 14 Tage gab es ein Treffen, aber immer unter Anwesenheit Amalias, die ihre „verantwortungsvolle" Aufgabe wohl darin verstand, das Kind dem Vater anzugewöhnen. Die Zeit des Beisammenseins dauerte weit über die gesetzlich vorgeschriebene Besuchszeit hinaus. Zu den gemeinsamen Festessen, Badetagen, Besuchen von Events gesellten sich stundenlange Spaziergänge. „Papa zahlt" – auf diese Bemerkung sagte einmal Amalia: „Maja, jetzt ist aber schon genug, Papa hat es gehört." In der Zwischenzeit wurde auch die Urlaubsdestination ausgewählt und gebucht. Damit wurde ein Versprechen von Maja eingelöst: Urlaub auf der griechischen Insel Rhodos. Die Urlaubskosten für Maja übernahm Papa, nicht aber für seine Ex, die ja genauso viel verdient wie er. Pascal war überglücklich, viel Zeit und diesmal sogar einen Urlaub mit der Tochter zu verbringen, für sie als Papa da zu sein und ihr Lächeln zu erleben. Dafür sollten keine Kosten und Mühen gescheut werden. Vor der Reise rief Maja oft stundenlang an und erzählte, ihr Koffer sei bereits für die Reise gepackt. Sie drückte ihre Vorfreude darin aus, indem sie sagte, dass sie ihren Papa sehr liebhat.

Samstag, 20. Juli 2003, Flughafen Wurmlach. Countdown zum Abflug nach Rhodos. Maja hatte wieder ihre geröteten Wangen, ein Zeichen großer Aufregung vor ihrem ersten Flug. Ihren prall gefüllten Koffer musste der Papa mitschleifen, weil sich im Laufe der Zeit des Packens doch einiges angesammelt hatte. *Wie oft habe ich mir diesen Augenblick gewünscht, mit der Tochter zu verreisen. Jetzt ist der Traum wahr geworden.* Ein Klingeln des Mobiltelefons von Amalia am Flughafen riss Pascal aus dem Nachdenken. Am Telefon Amalias meldete sich die Ex-Schwiegermutter, die uns einen erholsamen Urlaub wünsche und sich sehr freue, dass wir gemeinsam wegfliegen und die Zeit miteinander genießen. *Welche Falschheit!* Mit Klothilde hatte er seit dem Auszug mit einer Ausnahme keinen Kontakt. *Sie hatte bislang auch nie Anstalten gemacht, die Ehe ihrer Tochter Amalia zu retten oder den Kontakt zwischen Maja und Pascal zu unterstützen.* Er dachte an die Zeit, wo Klothildes Damoklesschwert über die Ehe zwischen Amalia und Pascal ständig schwebte. Klothildes Worte „Ein Kind gehört zur Mutter, und sie kann damit machen, was sie will", fräßten sich in seine Gedankenwelt ein. In diesem Augenblick trübten diese Erinnerungen Pascal nicht. Die Vorfreude war stärker als der bittere Nachgeschmack der vergangenen Peitschenhiebe.

Maja saß am Fensterplatz des Passagierflugzeuges und hatte beim Flug die besten Aussichten. „Schau mal, Papa, wie sich diese Wolke in den Himmel türmt", sagte Maja begeistert. „Und diese Häuser da unten sind wie meine zu Hause, die ich mit Lego gebaut habe." Die kleinen Inseln, die wie im Swimmingpool schwimmen würden, verglich Maja mit kleinen Tieren. „Diese Insel sieht aus wie eine Schildkröte", sagte Maja lächelnd. Pascal beobachtete seine Tochter, jede Mimik erquickte seine Seele. Mal machte sie große Augen, ein anderes Mal riss sie den Mund auf oder stöhnte einen Seufzer.

Kaum im Hotel angelangt, drängte Maja darauf, den Swimmingpool der Anlage sogleich einzuweihen. Der Koffer wurde ins Hotelzimmer verfrachtet. Maja: „Die Schwimmsachen sind ganz oben im Koffer, und ich benötige nur diese. Am besten ist, nicht den ganzen Koffer auszuräumen, dann brauchen wir für den Abflug nicht so viel zusammenzupacken. Gehen wir gleich ins Pool, Papa?"

„Geht nur", sagte Amalia. Schnell umgezogen, gingen sie schnurstracks in den Poolbereich des Hotels, um sich ein wenig abzukühlen. Amalia packte ihre zwei Koffer aus. Pascal konnte sich ein Lächeln nicht verkneifen. Sie hatten ein riesengroßes Familienzimmer im Hotel, am Sunset-Bay auf Rhodos, gebucht. Eine Genugtuung für Pascal. Vor mehr als sieben Jahren wurde er von Amalia noch wegen Körperverletzung angeklagt, und jetzt hat sie mit ihrem Seelenpeiniger und Gewaltprotz sogar ein gemeinsames Zimmer. *Wie mutig, mit einem gewalttätigen Menschen das Zimmer und die Nächte zu teilen.* Jetzt konzentrierte er sich auf seine Tochter, die ihre ersten Sprünge ins Poolwasser machte.

Dann kam sie aus dem Wasser, umarmte ihren Papa und drückte sich an ihn. Er hob sie und gab ihr einen dicken Kuss auf die linke Wange. „Maja, ich bin glücklich, wenn es dir auch gefällt", sagte Pascal zu seiner Tochter.

In den nächsten Tagen drehten sich die Ereignisse um den Pool. Die heiße Sonne zeichnete ihren Strahlenverlauf im Wasser. Um den Pool spendeten weiße Sonnenschirme und die Palmen den Schatten. Amalia führte am liebsten ein Schattendasein mit Beobachterstatus und lag auf der Sonnenliege mit einem Buch in der Hand unter einer Palme. Maja hatte Startschwierigkeiten, da sie gleichaltrige Mädchen nicht in ihre Gruppe aufnahmen, ja, sie vorerst ausgeschlossen hatten. Diese beiden kamen aus Deutschland, und vermutlich schienen große Dialektunterschiede erstmals keine Brücke zu schlagen. Ständig blickte Maja in ihre Richtung, vorerst vergeblich. Endlich ist das Eis gebrochen und sie nahmen Maja auf. Mittendrin war auch Pascal, der zum Poolanimator der Mädels wurde. Er musste die Knie leicht gebeugt halten. Maja stellte beide Beine auf seine Knie und nutzte sie für die Purzelbäume ins Wasser. Alsbald schlossen sich auch die gleichaltrigen Mädels aus Deutschland an. Seine Knie dienten als Absprungbrett. Pascal passte auf, dass es zu keinen übermütigen Aktionen und folglich zu Verletzungen kam. Gerne umarmte Maja ihren Papa und sagte immer wieder: „Aber mein Papa …" Pascals Knie waren mittlerweile abgenutzt, nun musste seine Schulter herhalten, um eine höhere Absprungfläche zu bieten. Auch da ging er in die Knie, und mit seinem Kopf war er knapp über der Wasseroberfläche, wenn Maja und ihre zwei Freundinnen ihren Sprung von seinen Schultern wagten. Beim Wasserspiel, Tauchen und Schwimmen schien die Zeit stehen zu bleiben.

Gegen Abend traten von der körperlichen Anspannung und der Affenhitze Müdigkeitserscheinungen auf. Nichtsdestotrotz konnte eine junge Seele nichts ermüden. Ein Netz umspannte den Swimmingpool. Da musste weitergespielt werden, als gäbe es kein Morgen. Mit Begeisterung wurde der Ball über das Netz geworfen. Bei jedem Sprung nach dem Ball erhob sich der blau gesprenkelte Schwimmanzug von Maja wie ein Delphin aus dem Wasser. Bis Sonnenuntergang musste jede Minute bestmöglich genutzt werden. Die Freundinnen waren bereits mit ihren Eltern aufs Zimmer gegangen.

Da erlebte Pascal bei seiner Tochter wieder einmal ein Wechselbad der Emotionen. Nach den Umarmungen und Wasserspielen folgte die Phase der totalen Entfremdung. Maja lief einmal trotz Zurufen Pascals davon, blieb kurz stehen und schaute zurück, wo sich Papa befand. Wenn er näherkam, lief sie schnurstracks wieder weiter. Ihr Blick war auf Halbmast gesetzt, ein Anblick zwischen Befremden und starker Ablehnung. Wenn Pascal stehen blieb, blieb auch Maja stehen. Er rief nach ihr und beschleunigte die Schritte. Wieder runzelte sie die Stirn, der Blick verfinsterte sich, und sie lief Pascal endgültig davon. Dieser Blick blieb Pascal unvergesslich. Der feurige Blick drückte in diesem Moment die Ferne zwischen Tochter und Vater aus. Pascal sah in ihren Augen den Ausdruck von Fremdheit, vermischt mit Abstoßung. Wie bei einem schnellen Wetterumschwung wechselten Zuneigung und Vertrautheit in Ablehnung und innere Kälte. „Danke, Amalia", sagte Pascal halb laut, sodass nur er dies hören konnte. Maja war in diesem Augenblick Gefangene ihrer Gefühle, und Pascal konnte mit ihr darüber niemals alleine sprechen, ihre Mutter Amalia war ja immer anwesend. Die langjährige Entfremdung entstaubte womöglich bei Maja alte Spuren, die gepflastert waren von eingravierten Vorurteilen, eingebettet in eine Gefühlskälte. Sie ging zur Mutti ins Zimmer, die ihre Tochter beruhigte. Diese Gefühlsschwankungen verunsicherten Pascal im Verhalten zu Maja. Er liebkoste und drückte sie erst, wenn klare Signale von ihr kamen. Er könnte beim Versuch einer Umarmung nicht verkraften, wenn Maja ihrem Papa die kalte Schulter zeigen würde.

Am nächsten Tag fuhren Amalia, Maja und Pascal mit dem öffentlichen Bus in die Hauptstadt Rhodos zur Stadtbesichtigung. Maja wirkte an diesem Tag wieder ausgeglichen. Von Weitem schon faszinierte die imposante Stadt, ein UNESCO-Weltkulturerbe, mit der die Altstadt umgebenden Stadtmauern. Johanniter errichteten sie als Schutz gegen die Türken. Der gemeinsame Spaziergang durch die Altstadt vermittelte ein besonderes Flair. Die mittelalterlichen Gebäude und gepflasterten Gassen versetzten sie in eine andere Zeit. Die Johanniter spielten als Ritterorden während der Kreuzzüge eine aktive Rolle bei der medizinischen Verpflegung kranker Reisender und als militärische Eroberer. Die Mauern waren ein Bollwerk gegen die Feinde und vermitteln noch heute ein Gefühl der Umklammerung und eine gewisse Schutzfunktion. Unter den Osmanen mussten die Johanniter im Jahre 1522 kapitulieren. Jede Mauer ist nicht für die Ewigkeit gebaut, jede Festung, so stark sie auch bewährt ist, kann bezwungen werden und fallen. *So hartnäckig und versteinert Vorurteile auch sind, auch sie können mal gestürzt werden.*

Maja interessierte insbesondere der Mandarinen-Hafen, wo das Weltkulturerbe einmal gestanden sein soll. Ein Hirsch und eine Hirschkuh stehen heute auf einer Säule und symbolisieren die 30 Meter hohe Bronzestatue des Sonnengottes. Diese kolossale Statue stürzte bei einem Erdbeben des Jahres 226 v. Chr. ein und zählt zu den sieben Weltwundern der Antike. Maja posierte für ein Foto, sie wollte den Sonnengott selbst darstellen. Sie stellte sich im Hafenbereich auf, streckte ihre Beine auseinander, die linke Hand hielt sie gebeugt nach unten und die rechte streckte sie zu einer Siegerpose. Pascal musste sich tief bücken, um sie mit dem Fotoapparat richtig zu positionieren und um Maja wie den Sonnengott Helios, der die in den Hafen einfahrenden Schiffe begrüßte, kolossal darzustellen.

Vom Flair einer geschichtlichen Stadt und orientalischer Atmosphäre aufgesaugt, fuhren sie hundemüde wieder in ihr Urlaubsdomizil in der Nähe der Sunset-Bay. Für diesen Abend wurde für die Hotelgäste ein Candle-Light-Dinner vorbereitet. Bei Kerzenlicht wurden griechische Spezialitäten serviert. Pascal bevorzugte an diesem Abend Moussaka, ein Auflaufgericht mit Aubergine,

Hackfleisch und Kartoffeln. Es war für ihn eine schwere Kost, und er musste einige Essensreste am Teller lassen. Amalia begnügte sich mit einem griechischen Salat. Maja freute sich schon den ganzen Tag auf einen Souvlaki- Spieß und Pommes frites dazu. Als Nachspeise wurden Wassermelonen aufgetischt. Maja verhielt sich zu Tisch sehr ruhig und unauffällig und sprach kaum ein Wort. Als das Abendbrot eingenommen war, platzte Maja auf einmal mit der Frage heraus: „Papa, es gehört doch zum guten Ton, dass man alte Menschen freundlich grüßt, oder?" Pascal war über diese Bemerkung verblüfft und hakte nach, was sie damit sagen möchte. „Du hast meine Oma nicht gegrüßt, als du sie gesehen hast." Pascal war zuerst sprachlos, murmelte, dass dies andere Gründe habe. Amalia sagte nichts dazu. Nachdem er sich erholt hatte, sagte er mit schroffen Worten zu Amalia: „Es ist nicht genug, wenn mir der Kontakt zur Tochter verwehrt worden ist und wenn sie sich schrittweise von mir entfremdet. Gehörte als Begleitmusik der Erziehung das Aufhetzen noch dazu?" Kein Kommentar von Amalia. In Pascal brodelte es gewaltig. In Anwesenheit von Amalia konnte er die Sachlage nicht erklären, beschwichtigen oder sich rechtfertigen. Er konnte nicht mehr lange am gemeinsamen Tisch bleiben. Er entfernte sich mit den Worten, er müsse unbedingt einen Spaziergang allein machen.

Pascal schlenderte mehrere Stunden entlang des Strandes und des Kliffs. Er musste einfach nur raus, weg von der räumlichen Enge, hinein in die unendlich freie Natur. Die Sonne tauchte, verschleiert von einer blutorangenen Röte, langsam im Meer unter. *Sogar der Himmel schämt sich.* Pascal ist sich gewiss, dass Amalias Hinführung der Tochter zum Papa und ihre ständige Anwesenheit eigentlich nur eine Kontrolle war und nur einen Zweck erfüllen sollte: Er soll keine Gelegenheit haben, sich zu verteidigen und Majas eingeritztes schlechtes Papa-Ansehen zu untergraben. Damit war ihm deutlich zu Bewusstsein gekommen, dass bei der Hetzkampagne gegen den Papa wohl jeder in dieser Großfamilie seinen Beitrag leistete, indem er einen Feldzug der Nadelstiche gegen Pascal setzte.

Pascal kam zu später nächtlicher Stunde ins Hotelzimmer. Maja schlief bereits tief, Amalia blieb wach, um mit Pascal zu sprechen. Sie versuchte ihn zu beruhigen, entschuldigte das Verhalten von Maja und kam ihm körperlich immer näher. Sie drückte sich in sein Bett. „Sie ist halt ein Kind, und du musst ihr verzeihen, dass sie so direkt ist", sagte Amalia. Sie streichelte Pascal durchs Haar, näherte sich mit den Lippen seinen Wangen und sagte, dass sie ihn in all diesen Jahren nicht vergessen hatte und öfter über ihn nachdachte. „Weißt, Pascal, Maja wird im Herbst zehn, in einigen Jahren wird sie ausziehen, wenn sie studieren geht, und dann bin ich allein im Haus. Es wäre schön, wenn wir wieder zusammenkämen", flüsterte Amalia und drückte ihren Körper an ihn. Pascal war verstört. Amalia begann seine Brust zu küssen. Pascal zog sich zurück und wehrte sanft ihre Annäherungsversuche ab. „Entschuldige, Amalia, ich bin im Kopf nicht frei. Ich kann nicht!" Es war ihm unangenehm. Eigentlich wollte er diesen Urlaub ausnutzen, um den Kontakt zur Tochter wiederaufzubauen, die verlorenen Jahre einigermaßen aufzuholen und Maja zu zeigen, dass er sie liebe. „Es ist nicht einfach, das Geschehene wegzuwischen und so zu tun, als wäre nichts passiert", sagte er andeutungsweise. Sie ließ von ihm ab. Seine Augen waren lange in die Nacht hinein geöffnet, in seinen Gedanken bekam seine Lebensgeschichte wieder Zukunft. Die gedanklichen Filmsequenzen und vermischten Bilder mit der Anklagebank, Majas Krabbelstubenexperimente, Szenen der Vergebung in der Kirche, ständige Anläufe Pascals gegen das offene Messer, Majas strahlende Augen bei der gemeinsamen Weihnachtsfeier, die verschlossenen Türen in Raditsch. *Möchte sie aus diesem Urlaub und der Begegnung nach vielen Jahren wieder Kapital schlagen? Hat sie nichts dazugelernt?* Im Schwindel der Eindrücke und der Gedanken schlief Pascal spätnachts ein.

Die Sunset-Bay ist unweit des Urlaubsdomizils eine romantische Bucht, mit blauen Sonnenschirmen und Liegen, weißem Sandstrand und einem Weitblick ins Mittelmeer. Die Bucht umarmen im Halbkreis felsige Klippen. Diesmal lockte sie das Meer, und die Bucht war nicht weit entfernt. „Papa, ist hier wohl kein Wal?", fragte Maja besorgt. Pascal beruhigte sie und schwamm mit ihr gemeinsam weit ins Meer hinaus, legten sich auf den Rücken, sodass die Sonne mit den Strahlen ihre Oberkörper streichelte. Maja war schon stark gebräunt, und an der Wasseroberfläche wirkte sie sehr dunkelhäutig. In dieser Bucht haben es ihr die Klippen besonders angetan. Sie versteckte sich unter den Felsvorsprüngen, und Pascal musste sie suchen und finden. Mit dem gebräunten Gesicht und ihrer weißen Kopfbedeckung schaute Maja süß wie das Küken Calimero aus. Somit fand sie Pascal recht schnell. Sie klaubte außergewöhnliche Steine zusammen. Vorsichtig und zugleich geschickt kletterte sie entlang der Klippen, die in diesem Bereich nicht höher als zwei Meter waren. Auf der Anhöhe angelangt, stellte sich Maja hin, um von Pascal fotografiert zu werden. Einmal posierte sie wie ein Model, ein anderes Mal in Siegespose, oder sie stand versteinert wie eine Statue am Felsen. In der Zwischenzeit lag Amalia in Lauer-Position auf dem Liegestuhl und vertiefte sich in einen Liebesroman.

Am Nachmittag entdeckten sie gemeinsam zirka einen halben Kilometer entfernt die Anthony Bay Beach. Anthony, mexikanisch-amerikanischer Filmschauspieler, erwarb nach Dreharbeiten diese Bucht. Der Abstieg war ein wenig steinig und leicht steil. Der Anblick der Bucht war eine Wucht. Die Bucht umrahmten Felsen, und sie wirkte wie ein privater Swimmingpool oder Privatstrand. Am späten Nachmittag waren Amalia, Maja und Pascal allein in der Bucht. Die Pinienbäume reichten oft bis an die Wasseroberfläche. Das Meer war türkisblau, und aus dem nicht allzu tiefen Meeresboden lugten riesengroße, flache Steine. Beim Schwimmen wünschten sich Tochter und Vater, ein Schnorchel-Set dabeizuhaben. In der Wasserunterwelt waren farbenprächtige Korallen, Fische und Seegras, als würden sie den Schwimmenden zuwinken wollen.

Die Abendveranstaltung rundete den Urlaub ab. In einem Lokal wurde zu einem griechischen Abend geworben. Die kulinarischen Kostbarkeiten waren nur der Beigeschmack. Im Mittelpunkt stand der Folkloreabend. Eine griechische Gruppe brachte Volkstänze aus verschiedenen Regionen Griechenlands zum Besten. Tänzerinnen trugen ein weißes Unterkleid, darüber eine buntfarbige Schürze und Bluse, wobei die rote und blaue Farbe überwogen. Das Kleid war schön gestickt, jede Naht passte wie angegossen. Das Kopftuch der Tänzerinnen war grellrot, ihr Gesicht strahlte beim Tanz. Die Männer trugen ein weißes Hemd, blaues Gilet, rotweißes Tuch um die Hüfte, weiße Strümpfe und graue, knielange Hosen. Die griechische Musik wurde mit Tamburinen, Geigen und Gitarren begleitet, die Darbietung des Sängers klang sehr orientalisch. Auf einmal stellten sie sich alle in eine Reihe. Die Musiker begannen mit einem neuen Lied. Ein Raunen ging durch die Tische, wo vorwiegend Touristen Platz nahmen. Die Rhythmen waren ihnen bekannt: Sirtaki. Anthony Quinn hat den Tanz im Film „Alexis Sorbas" weltbekannt gemacht. Sogleich schwang der Wirt die griechische Fahne mit den blau-weißen horizontalen Streifen. Im linken oberen Teil befindet sich auf blauem, quadratischem Grund ein weißes griechisches Kreuz. Die Tänzer legten die Arme auf die Schultern des Nachbarn. Mit dem korrekten Schritt gaben die Tänzerinnen und Tänzer der Musik den richtigen Rahmen und bildeten aus einer Reihe einen Kreis. Mit großem Applaus wurden sie von den Gästen für ihre Darbietung belohnt. Nun wurde auch das Publikum eingebunden. Die Tänzerinnen holten einige mutige und willige Touristen in ihre Reihen. Pascal ließ sich nicht zweimal bitten, und er tanzte gerne mit. Die Schritte waren nicht gerade griechisch, aber zur Musik passten sie. Auch Maja schloss sich dem Reigen an. Maja strahlte übers ganze Gesicht, wenn ihr Tanz stolperfrei erfolgte. Amalia behielt lieber den Beobachterstatus.

Vom Urlaub heimgekehrt, regelte Pascal aus eigener Entschlusskraft die Unterhaltszahlungen für Maja neu. Erfreut vom Aufflackern der Beziehung zur Tochter in den letzten Monaten, war sein Anliegen, die finanzielle Grundlage neu zu berechnen.

Ende August 2003 suchte Pascal den Pflegschaftsrichter in seiner Sprechstunde beim Bezirksgericht Lachfurt auf und legte ihm sämtliche Einkünfte offen. Mit zehn Jahren stehen der Tochter nach dem Gesetz ein Fünftel der Einkünfte zu. Nach seinen Berechnungen erhöht sich die Zahlung der Alimente. Sofort beauftragte er die Bank, den neuen monatlichen Betrag auf das Konto der Kindesmutter Amalia zu überweisen. Das war kein unbedeutender finanzieller Beitrag. Die Höchstgrenze des Stipendiums für Studierende lag bei sozialer Bedürftigkeit in diesem Jahr nur knapp über der Bemessungsgrundlage seiner Unterhaltszahlungen. Mit dem Höchststipendium muss ein Student für den Lebensunterhalt an seinem auswärtigen Studienort sein Auslangen finden. Maja benötigte keine Studentenwohnung, musste keine Betriebskosten zahlen und selbst den Lebensunterhalt fristen. Mit der Neuberechnung der Unterhaltszahlung und der dazugerechneten Kinderbeihilfe, die die Kindesmutter vom Staat auf ihr Konto bekam, stand für Maja mehr als genug zum Fristen des Lebensunterhaltes zur Verfügung. Somit bekam Amalia für die Erhaltung der gemeinsamen Tochter das Höchststipendium eines Universitätsstudenten. Der Beitrag von Amalia erschöpfte sich hauptsächlich in den Haushaltleistungen für die Tochter, und es stand ihr darüber hinaus frei, mehr Ausgaben zu tätigen oder auch nicht. Amalia zeigte sich hocherfreut über die Eigeninitiative von Pascal. Das hatte er ja nur der Tochter zuliebe getan und nicht, um das Konto von Amalia prall zu füllen.

Ein Jahr lang verbrachten sie zu dritt regelmäßig die Sonntage, Spaziergänge, einen Wellness-Urlaub, Skitag und so weiter. Ab dem Sommer 2004 verhinderte Amalia mit Ausflüchten Begegnungen und blockierte weitere Wiedertreffen.

Was ist auf einmal passiert? Gewöhnlich gab es alle vierzehn Tage eine Zusammenkunft – und diesmal keine Reaktion. Pascal versuchte seine Tochter Maja zu erreichen. Sie hob nicht ab. An ihrer Stelle meldete sich eine frauliche Stimme vom Mobilbetreiber: „Kein Anschluss unter dieser Nummer." Pascal war total außer sich, er verstand die Welt nicht mehr. Er rief Amalia an. Sie sagte nur, dass Maja kein Interesse an den Zusammenkünften mehr habe. Amalia gab den Hörer an seine Tochter nicht weiter. „Merke, Pascal, Maja hat sich immer eine Familie mit Mama und Papa zusammen gewünscht. Das trifft nicht ein, und daher möchte sie keinen Kontakt mehr haben." Pascal erwiderte: „Mir ging es darum, dass die Tochter den Papa kennenlernt, mit ihm viel Zeit verbringt, von Familienzusammenführung war keine Rede. Ich habe kein Vertrauen in dich, Amalia, und ein Zusammenleben mit dir ist nicht möglich. Ich hab' es dir vergeben, aber um Gottes willen, ich kann es nicht vergessen, und die seelische Wunde platzt immer wieder auf."

Amalia wollte schon auflegen, und Pascal ersuchte darum, Maja noch mal zu sehen, wenigstens zu ihrem Geburtstag. Sie blieb stur und sagte nur: „Du willst ja nicht!" Pascal erwiderte: „Ach, jetzt verstehe ich. Die Vergebung hast du dir nur erschlichen und die Alimente wurde erhöht – deine Bedürfnisse sind befriedigt!" Dann legte sie auf. Unter diesen Umständen kam ein Hausbesuch von Maja und Amalia nicht infrage. Die chronische Seelenwunde, die Erfahrung aus der Vergangenheit, hielt Pascal zurück und machte ihn äußerst vorsichtig.

Pascal legte sich in seinem Garten gern ins Gras und schaute gen den Himmel.

„Haltet an! Bleib stehen, kleine Schäfchenwolke. Ich habe eine Bitte an dich, Schäfchenwolke. Bring mir Maja zurück." Haufenwolken drängen sich am Himmel vor. „Wiegt mich bitte in die Vergangenheit, in die Zeit vor dem verlorenen Paradies? Kurbelt meine Lebensgeschichte zurück. Ich will neu anfangen." Schleierwolken verschleiern und verbinden Platzwunden der Seele. Wolken sind der Inbegriff der Freiheit. Sie sind unerreichbar, nicht greifbar und sind für das Wohlergehen auf Erden unverzichtbar. Weich gepolstert befördern sie die Träume. „Schäfchenwolke, trag mich weg, dorthin, was mir viel bedeutet und wertvoll erscheint." Wolken erwecken den Eindruck, wenn man sie ärgert, türmen sie sich gegen den Himmel, und mit Blitz und Donner lassen sie ihrem Ärger freien Lauf. „Gibt es noch Strafen für Untaten der Menschen? Oder gilt das Recht nur dem, der am längeren Ast überlebt?" Nein, Wolken verschleiern nichts.

Wieder einmal spitzte er den Stift und schaffte sich mit Wortblasen mehr Luft. Er schrieb seiner Ex einen emotionalen Brief, ließ das Zwischenspiel der vergangenen Monate Revue passieren, der Begegnung nach vielen, vielen Jahren. Er drückte seine ehrliche Freude über die Wiederaufnahme des Kontaktes zu seiner Tochter aus. „Regelmäßig gingen wir schwimmen, gemeinsam Mittagessen, ja, sogar auf Urlaub. Immer warst du dabei, keine Minute hast du die Tochter allein gelassen. Ich fühlte mich entmündigt. Wieder hatte ich das Gefühl, kein vollwertiger Papa zu sein. Das Gefühl hast du damit auch der Tochter vermittelt. Wo, Amalia, bist du, wenn du die Tochter deinen Eltern anvertraust? Spielst du auch dort den ‚Schutzengel', wenn du Maja deinen Eltern, Geschwistern, Verwandten anvertraust? Dann müsstest du deinen Beruf eigentlich aufgeben."

Im Brief empörte er sich, dass Amalia immer nur das materielle Wohl in den Vordergrund stellte und Pascals Aufgabe sich als Brenn-Esel erschöpft. „Die Unterhaltszahlungen hatte ich bis zur erneuten Kontaktaufnahme aus eigener Entschlusskraft nicht erhöht. Ich dachte mir: Du verwehrst mir den Kontakt zur Tochter, wieso sollte ich eigenmächtig die Erhöhung beantragen? Der Kontakt war zu meiner Freude wieder aufgeflammt. Sogleich wollte ich die monatlichen Unterhaltszahlungen der Tochter erhöhen, ließ beim Bezirksgericht in Lachfurt vom Pflegschaftsrichter den Betrag ausrechnen. Der Betrag liegt über dem vom Obersten Gerichtshof für ein zehnjähriges Kind errechneten monatlichen Bedarf. Ich habe dich davon informiert. Dein einziger Kommentar lautete, dass ich nach *deinen* Berechnungen monatlich vier Prozent mehr zahlen müsste und du dich nicht hinters Licht führen lässt. Dabei stellt sich die Frage: Welchen finanziellen Beitrag leistest du überhaupt? Ach, wie heuchlerisch. Bei einer Verurteilung durch das Strafgericht wäre ich existenziell und finanziell ruiniert gewesen. Wo nichts zu holen wäre, hättest du wohl kein Interesse an meinen Alimenten. Gott sei Dank wurde ich freigesprochen und habe mich von diesem Tiefschlag wieder erholt. Kam es zur erneuten Kontaktaufnahme nur aus dem Grund, weil du daraus Kapital schlagen wolltest? Dann dreht sich wieder mal berechnend alles nur um deine Interessen und nicht um die Bedürfnisse der Tochter."

Pascals Geburtstag im September war typisch herbstlich, wieder von Nebel umhangen und düster. In bewährter Gewohnheit gedachte er seines Älterwerdens im Kreis seiner Herkunftsfamilie und wählte gerne den Rückzug. Tote Telefonleitung zur Tochter. Das kurze Intermezzo des Treffens mit seiner Tochter fand wieder ein jähes Ende. „Wieder der alte Scheiß!", schrie Pascal spontan heraus. Wieder kratzte er mit seiner Tastatur seine Gedanken in Briefform in seinen Computer. Einerseits versuchte er seinen Seelenschmerz in die mundtote Papierform zu zwängen, andererseits wollte er seiner Ex beibringen, dass sie sich auf dem Holzweg befände und ihr Handeln unlauter ist. „Du hast mich nach langem Schweigen und der Wiederaufnahme des Kontaktes um Verzeihung gebeten. Bei dem Aussöhnungsgespräch warst du nicht imstande zu sagen, wofür du dich konkret entschuldigst. Wenn du den Tatbestand der Schuld nicht benennst, bleibt alles beim Alten, und wenn du ihn nicht ausdrückst, dann wiegst du dich weiterhin in deinen Konstruktionen von Selbstbetrug und Selbsttäuschung. Du kennst die Redewendung: Wer aus den Fehlern der Vergangenheit nichts lernt, begibt sich in Gefahr, sie zu wiederholen. Ich möchte dich nicht verurteilen, aber du erweckst den Eindruck, dass ich dir alles, ja wirklich alles verzeihen sollte, aber du änderst dich um kein Jota. Ich bedauere im Nachhinein, dir verziehen zu haben, weil es dir wieder gelungen ist, mich arglistig zu täuschen, und du hast dir die Verzeihung erschlichen. Damit beweist du, dass es dir wieder nur um deine ureigenen Interessen gegangen ist. Ich verstehe deine aufgezwungene ständige Anwesenheit. Wenn du dich zurückziehst, dann ziehst du automatisch deine Tochter mit. Jede vernünftige Mutter weiß, dass der Kontakt zum Vater unabdingbar ist."

In tiefster Betroffenheit beleuchtete Pascal die zwiespältige Vater-Kind-Beziehung und die zerstörte Seele der Tochter. „Ich habe in dieser kurzen Zeit erfahren, dass Maja die emotionale Bindung zum Vater abgeht. Warum? Ich möchte die alten Erinnerungen nicht wieder aufwärmen. Sieben Jahre Kontaktlosigkeit müssen Spuren hinterlassen, und dies mit deiner Mithilfe. Vorübergehend baut Maja die Distanz auf und sieht im Vater einen Fremden. Soweit wollte ich es niemals kommen lassen. Meine Handlungen, Briefe, Bestrebungen zeugen von meinem starken Interesse für einen geregelten und vertieften Kontakt. Nur: Mir waren die Hände gebunden. Wie erlebt mich Maja? Nicht als Papa, sondern als Weihnachtsmann, der Geschenke verteilt – und nach dem Rhodos-Urlaub als liebevollen Begleiter."

Mit Argwohn beleuchtete er im Brief seine Vaterrolle. „Wie in den Ehejahren fühle ich mich auch in der Beziehung zu meiner Tochter wie ein gut geöltes ‚Reserverad'. Dieses Gefühl kommt auf, wenn die Großeltern, Tanten und Urtanten mir vorgezogen und vorgereiht werden und wenn durch deine ständige bewachende Anwesenheit bei mir das Gefühl der Überflüssigkeit aufkommt. Demonstrativ wurde von dir die Tochter unaufhörlich liebkost, so als würde Maja zu Hause zu kurz kommen. Ich beobachte in meiner Umgebung, wie andere getrennte Väter ihre Kinder abholen und gemeinsame Stunden mit ihnen verbringen. Die Kinder berichten dann: ‚Ich hab' meinem Papa so lieb, wir spielen und unternehmen viel gemeinsam.' Nur in meinem Leben ticken die Uhren anders. Meine Vaterrolle erschöpft sich in Trennung, Distanz und Beiwaggerl-Dasein. Wissenschaftler sind der Meinung, dass die Rolle des Vaters als Christkindl dem Kind schadet, und ich hoffe, dass sich dies nicht bewahrheiten wird. Ich spürte, dass sich Maja in deiner Anwesenheit auf ihren Papa niemals verlassen musste, die Mutter war ja stets da. Nach der Trennung musste sich Maja ohne Aufwärmphase und deiner Schutzengerlrolle an die neue, fremde Umgebung gewöhnen und anpassen. Du hast ohne Bedenken deinen Eltern Maja zur Obhut übertragen, als du zur Arbeit gefahren bist. Sie haben bereits vier Kinder allein großgezogen – und ich? ‚Maja weint, wenn Mutti nicht da ist und zur Arbeit geht', kam mir mal zu Ohren. An diesen Worten hatte ich lange gelitten. Auf den Altar deiner Bedürfnisse wurden und werden üppige Opfer dargebracht. Aber wenn jeder alles bekommen muss, kann man auch alles verlieren. Sag niemals, dass Maja mit mir die Zeit nicht verbringen möchte und mich nicht mag. Sie ist ein Produkt deiner manipulativen Erziehung, und so ein Kind hat keine andere Wahl, um dich nicht zu verletzen und deinem Willen nicht zu widersprechen. Sie wird bestrebt sein, deine Erwartungen nicht zu enttäuschen und im vorauseilenden Gehorsam handeln. Es ist mir bewusst, dass ich nicht wert bin, die Tochter zu erziehen, da andere lebenserfahrener und weitblickender sind."

Bei Pascal drehte sich die Hierarchieleiter im Kopf, dabei krabbelte er an der untersten Sprosse. Die oberen kann er niemals erklimmen, denn für ihn gibt es keine Holme. Er kann die höchste Sprosse niemals erreichen, die zu seiner Tochter führt. Ganz oben ist Amalia, mit ihren Eltern, Geschwistern, Ur-Tanten. Der teilnahmslose Zuschauer von unten ist Pascal und seine „Brut". Das ist wie bei einer Bande, die sich gegen den da unten verschworen hatte, und wenn er nicht parierte, wurde an seiner Sprosse munter gesägt. „Ich gib lieber unser Kind meinen leiblichen Eltern als dir", erinnerte sich Pascal an die Worte Amalias, die sie einmal im Zorn sagte. Zu den Unerwünschten im Umkreis von Maja gehören somit auch die Verwandten väterlicherseits. Trotzdem beteiligten sie sich bei der Sendung von kleinen Aufmerksamkeiten und Geschenken für Maja zu besonderen Anlässen. „Das ist auch unser Kind, auch wenn wir sie nicht sehen. Sie ist unschuldig und kann nichts dafür", betonten die Eltern von Pascal immer wieder. *Das wurde Maja gewiss verschwiegen. Wie lange kann sie die Tochter mit diesem Lügengeflecht umspannen?* Pascal schloss den Brief mit den Worten: „Du strafst, erpresst immer wieder und benutzt die Tochter als Köder. Am meistens schadest du der Tochter, und du wirst nur verbissen, verbohrt und voller Hass. Wohin soll das führen? Ich habe alles getan. Wenn ich unerwünscht bin, werde ich meine Kraft in andere Lebensziele stecken."

Wenige Wochen später hatte Maja ihren 11. Geburtstag. Kein Kontakt, kein Anruf möglich, was soll er tun? Pascal beschloss, Maja in der Schule aufzusuchen, ihr ein Geschenk zuzustecken und sie auf eine Pizza einzuladen. Sie besuchte die erste Klasse des Wurmlacher Gymnasiums. Auf der Fahrt nach Wurmlach zeigte er keine Angst. *Mehr als mich zurückzuweisen kann sie nicht.* Er war auf jede Reaktion von Maja gespannt und vorbereitet, so zeigte er keine Nervosität. „Guten Tag, kann ich meine Tochter Maja kurz sprechen? Wo befindet sich die Klasse?", fragte Pascal die Sekretärin der Schule. Pascal bekam die Auskunft und ging bei den Stiegen aufwärts. Der Raum der Erstklässler befand sich im Zwischenstock. Er klopfte an die Tür der Klasse, eine Professorin sagte zur Maja, sie soll kurz mal aus der Klasse kommen, der Papa warte auf sie. „Alles Gute zu deinem Geburtstag, liebe Maja", sagte Pascal und streichelte sie übers Haar und steckte ihr einen Geldbetrag in die linke Hand. Maja hat sich sichtlich gefreut. „Ich hoffe, wir gehen bald gemeinsam auf eine Pizza?", so Pascal. „Wir werden sehen, was Mama sagen wird", erwiderte Maja, drückte sich noch mal zum Papa und ging zurück in die Klasse. Pascal atmete tief durch und verließ mit einem großen Lächeln die Schule.

Gibt es ein Wieder-Sehen nach dem Wiedersehen? Mitnichten. Wochen verstrichen ohne ein Lebenszeichen. Pascal begab sich wieder mal zur Schule, um seine Tochter aufzusuchen. Von der Sekretärin wurde er diesmal schroff abgewiesen. Die Mutter von Maja verweigert die Begegnung mit der Tochter. Sie begründet diese Haltung damit, dass es Maja unangenehm und lästig erscheint, wenn sie vom Vater in der Schule aufgesucht wird. Amalia legte dem Schuldirektor das Gerichtsurteil vor, dass sie allein obsorgeberechtigt sei und somit keine Zustimmung des Partners oder Vaters benötige, um diese Erziehungsmaßnahmen durchzusetzen, mit anderen Worten: den Vater vom Kind fernzuhalten. Seitdem bekam er auch keine Informationen über den schulischen Erfolg seiner Tochter. Den Jahresbericht der Schule, wo der ausgezeichnete oder gute Erfolg der Tochter aufscheint, bekam Pascal nur über Umwege, die Eltern der Mitschüler Majas.

Papierschnitzel gegen Machtlosigkeit

Die Vaterzusammenführung war nur von kurzer Dauer. Nach der Belohnung folgte die Strafe. Pascal, die unerwünschte Person im Leben seiner Tochter, wurde wieder in seine abgekapselte Welt hineingeworfen. Seine therapeutische Seelenbetreuung erfolgte wieder einmal durch das Eindecken von Arbeiten, Terminen und Besprechungen. Pascal zappelte wieder am selben Stand. Das einjährige Aufflammen erlosch in der Versenkung. Bei starker emotionaler Erregung kam es oftmals zum Aufbäumen seiner Seele, und dann setzte er oft sonderbare Handlungen.

Er schrieb seiner elfjährigen Tochter eine Karte und lud sie ein, in Wurmlach mit ihm zu shoppen. Als Treffpunkt schlug er einen zentralen Ort am Hauptplatz, beim Drachen, vor. Die Hoffnung war gering, dass sie käme. Trotzdem fuhr er in die Landeshauptstadt und wartete am Hauptplatz auf ihr Kommen. Dabei umkreiste er den Drachen etliche Male. Der geflügelte und Wasser speiende Drachen wurde zum Wahrzeichen von Wurmlach. *Man muss ein Drachen sein, um nicht in Vergessenheit zu geraten und zum versteinerten Wahrzeichen zu werden.* Hektisch bewegten sich Einkäufer mit mehr oder weniger vollen Säcken an ihm vorbei. Immer wieder drehte er sich um, glaubte die Tochter gesehen zu haben. *Hat sie sich hinter der Säule versteckt?* Immer wieder sagte er zu sich, *noch ein paar Minuten, ich möchte sie nicht verpassen.* Letztlich gab er nach stundenlangem Warten auf und fuhr unerledigter Dinge wieder nach Hause. Immer ärgerte er sich über diese Aktion. Es müsste ihm doch bewusst sein: Maja würde nicht auftauchen. Trotzdem blieb ein Funken Hoffnung, der in ihm loderte. Vielleicht war das nur eine Rechtfertigung und ein leises Einflüstern: *Du siehst dem Geschehen nicht tatenlos zu und lässt die Zeit nicht verstreichen.*

Bei jeglicher Benachteiligung von Kindern ist er sehr sensibel geworden. Mit Empörung liest er in der Presse das Schicksal von Yasemin. Die österreichischen Zeitungen berichteten von diesem familiären Erdbeben. Auf richterliche Anordnung wurde Yasemin dem Vater zugesprochen, von der Polizei abgeholt und zu ihrem Vater ins ferne Ausland gebracht. Die Umstände des Gerichtsurteils interessierten ihn überhaupt nicht. Er sah darin eine „Entführung", die durch nichts zu rechtfertigen sei und wohl ein Abschiednehmen auf Nimmerwiedersehen für die Mutter. In diesem Bericht spiegelte sich seine Lebensgeschichte wider. Beim Lesen des ausführlichen Berichtes kam auch bei Pascal das Abschiednehmen auf Raten von seiner Tochter hoch. In Gedenken an Yasemins Mutter kratzte er an seinem Seelenschmerz. Er hasste diese Zerrissenheit, das Leben im Ungewissen und die Machtlosigkeit. Er versuchte sich in Yasemin und ihre Mutter hineinzuleben.

Die Erwachsenenwelt interessiert das Gefühlsleben des Kindes eine Bohne. Gefangen in ihrem Umfeld, fixen Vorstellungen und eigenen Interessen, meißeln sie die Zukunft ihrer Zöglinge, um ihr eigenes Abbild zu schaffen. Sie setzen ihrem Nachwuchs die eigene Brille auf, ohne Rücksicht auf ihren Gefühlshaushalt und ihre Wünsche. Yasemins Mutter wird durch den Verlust in ein tiefes Loch fallen. Ihr Alltag wird wohl durch Schuldgefühle geheutelt werden, gepaart mit Ängsten, Sorgen und löchrigen Hoffnungen.

Aus Solidarität unterstützte Pascal eine Unterschriftenaktion zur Rückführung von Yasemin. Mit seiner Unterschrift solidarisierte er sich mit dem Wortlaut des Bittschreibens: „Wir sind der Meinung, Yasemin gehört zu ihrer Mutter und ihrem Bruder zurück. Wir fordern einen Kinderanwalt zur Vertretung der Interessen des Kindes." In diesem Bereich war er sehr feinfühlig geworden und fand das Kettenrasseln um das Kind verabscheuungswürdig. Es war ihm auch bewusst, dass seine Unterschrift nur ein Tropfen auf dem heißen Stein sei und auch die Mutter auf dem kürzeren Ast sitze. *Wie kann sie 14-tägig ihr 1600 Flugkilometer entferntes*

Besuchsrecht ausüben? Ein Hohn. Seine Entfernung beträgt knapp fünfzig Kilometer, aber das Besuchsrecht ist nicht einmal das Altpapier wert.

Wie ein Blitz schlugen bei Pascal Informationen aus dem Privatleben von Amalia ein. Eine Kollegin behauptete, seine Ex an einem beliebten Urlaubsort an der slowenischen Adria gesehen zu haben, aber nicht allein. Nach dem Bericht von seiner Kollegin spazierte sie bei Sonnenuntergang entlang der Strandpromenade. Ihr Begleiter Peter schob mit seiner rechten Hand den Rollstuhl, indem seine Gattin saß, und mit der linken Hand streichelte er ganz sanft den Hintern Amalias, die darauf sehr erregt erwiderte. Vor ihnen hüpften und unterhielten sich ihre beiden Töchter, darunter auch Maja. Es wurde im Kollegium bereits gemunkelt, dass Amalia nicht nur eine Haushaltshilfe bei Peter sei. Pascal hörte sich schmunzelnd die Erzählungen an, hielt nicht viel von Gerüchten und glaubte, wie der ungläubige Thomas, erst, wenn er sich all dessen vergewissert hatte. Aus dem Urlaub zurückgekehrt, fuhr Pascal, nachdem er die Unterkunft von Peter und seiner im Rollstuhl befindlichen Frau ausfindig machen konnte, eines Tages nach Wurmlach und parkte spätnachmittags in der Nähe der Wohnstätte von Peter. Tatsächlich hatte Amalia ihr Auto in der Nähe abgestellt, und Pascal wartete. Es goss in Strömen, er lehnte sich zurück und hörte in seinem Fahrzeug Musik. Stunden vergingen. Zu später nächtlicher Stunde verließ Amalia Hand in Hand mit Maja das Wohngebäude von Peter.

Amalia ging es niemals darum, dass die Tochter den verlorenen Kontakt zum Vater zurückgewinnt und dass der Wunsch der Tochter nach Familienzusammenführung nur ein Schmäh war. Amalia hatte im Urlaub einmal angedeutet, dass es nicht mehr lange dauern wird, dass die Tochter ihr Zuhause verlassen wird, und dann wird sie alleine sein. Wieder hatte Amalia für sich vorgesorgt und war offensichtlich auf der Suche nach maskuliner Altersvorsorge.

Die Ex-Schwiegereltern hatten ihre Kinder großgezogen, Amalia und ihr Begleiter genauso – und Pascal blieb auf der Strecke.

In weiterer Folge verfasste Pascal in der Lage seiner Wehrlosigkeit anonyme Briefe, um einfach ihr Gewissen aufzurütteln und indirekt eine Veränderung herbeizuführen. Im Verhalten Amalias sah er ein der Tochter nicht gedeihliches, ja, abartiges Vorbild. Im anonymen Brief an seine Ex beklagte er sich: „Mit Befremden beobachte ich Ihren ausschweifenden Lebensstil und ihre nächtlichen ‚Aus-flügge‘. Wenn Sie das nicht sofort einstellen, wäre ich gezwungen, das Jugendamt (eventuell auch den Kindesvater) von der Vernachlässigung Ihrer Tochter zu informieren." Mit der Erwähnung des Kindesvaters wollte er vom Verdacht, den Brief geschrieben zu haben, ablenken. Das Jugendamt würde der neue Lebensstil herzhaft wenig interessieren, da Amalia sich um die Tochter kümmerte. Die moralischen Seitensprünge würden das Obsorgerecht der Kindesmutter nicht mal annähernd infrage stellen. Es war lediglich nur ein Kratzen an einer glatten Fassade.

Amalias Liaison war Pascals Freunden längst bekannt. Ein Freund sagte zu Pascal, ohne die seelischen Konsequenzen zu bedenken: „Jetzt hat deine Maja einen anderen Vater, der die Erziehungsaufgabe übernehmen wird." Pascal war zutiefst getroffen. *Maja hat nur einen Vater, das wird ihr doch bewusst sein. Tatsächlich dirigiert Amalia die Kontakte, Gefühle und Ausrichtungen ihrer Tochter.*

Pascal phantasierte in den Tag und in die Nacht hinein. *Das private Tohuwabohu würde das Seelenleben von Maja komplett durcheinanderwirbeln.* Als Pädagoge war ihm bekannt, dass sich seelische Erschütterungen im schlechten Spiegelbild des Zeugnisses oder im auffallenden Verhalten widerspiegeln.

So beschloss er gegen Semesterende, die Schule von Maja aufzusuchen, um sich über den schulischen Erfolg seiner Tochter zu informieren. Am 10. Februar 2006 bekam er von der Sekretärin der Schule diese Information: „Aus rechtlichen Gründen ist es mir nicht erlaubt, Ihnen jegliche Informationen über das Verhalten Ihrer Tochter oder ihren Schulerfolg zu geben." Pascal wurde nochmals darüber informiert, dass Amalia in der Direktion der Schule war, die Bestätigung über die alleinige Obsorge vorlegte und der Schule verbot, dem Vater jegliche Informationen über die Tochter zu geben. Auf einmal verwandelte sich die Sekretärin in eine Lehrerin, ihre Brille saß auf der Nasenspitze, die Haare waren zerzaust, da sie in Aufregung gerade durch ihre Haare strich. Pascal stand vor ihr wie ein eingeschüchterter Schüler, der von seinem Lehrer öffentlich bloßgestellt wird. Die Hände waren nach hinten verschränkt, verlegen schaute er durch die Klasse, ob der Lehrerin in ihrem Zornausbruch wohl niemand zuhört. „Sie kapieren wohl gar nichts. Ihnen fehlen die einfachsten Grundkenntnisse. Als Hilfsjacky wären Sie gut zu gebrauchen", lästerte sie. Tief beschämt und schnellen Schrittes verließ Pascal die Schule.

Aufgrund dieser Ereignisse bombardierte er Amalia wieder einmal mit einem Brief, wohl wissend, dass er ein Fall für den Papierkorb sein wird. „Die Tochter darf ich nicht sehen, jetzt darf ich nicht mal über ihren Schulerfolg Bescheid wissen. Warum isolierst du die Tochter vor dem Vater? Unsere Tochter lebt bei dir wie in einer Sekte. Dein Verhalten hat alle Merkmale einer Sekte. Deswegen beschützt du sie vor der ‚bösen' Außenwelt auch des Vaters, betreibst Schwarz-Weiß-Malerei und bedienst dich der Feindbilder. Mit der Abschottung bleibt sie ausschließlich unter Kontrolle deines Denkens, Handelns, Wollens und Fühlens. Warum, Amalia, warst du (wahrscheinlich) nur bei mir ständig allgegenwärtig? Du hast wohl Maja mit einem Lügengewebe umwoben und zugedeckt und hattest Angst, dass es durch mich beschädigt wird? Du hast wohl Angst, dass ich dem Luftballon, gefüllt mit Feindbildern, Unwahrheiten und Vorurteilen, einen Nadelstich versetze? Es ist nicht Aufgabe der heranwachsenden Tochter, dass sie ihre Mutter rächt und dass sie ihre Last übernimmt."

In weiterer Folge bedauerte Pascal den jahrzehntelangen Abbau der Gefühle der Tochter zum Vater und prangerte die fehlende Einsicht und die Unfähigkeit zur Veränderung an. Abschließend philosophierte er allgemeiner Natur, nicht mehr kämpferisch und überlegt, fast resignierend und moralisierend: „Man weiß nie, wem man im Leben einmal begegnet oder wen man benötigt. Dementsprechend sollte man mit dem Mitmenschen umgehen. Man trägt Verantwortung für Menschen, die dir nahegestanden sind oder stehen. Das Gewissen ist ein unbarmherziger Richter. Aber es gibt noch eine andere Verantwortung – vor dem Weltenrichter. Ein Kind benötigt beide Elternteile, um mit verschiedenen Charakterzügen und Geschlechtern aufzuwachsen. Somit könnten die Lebensentscheidungen positiv beeinflusst und vielleicht dem Kind ein stärkerer Rückhalt für die Zukunft gegeben werden. Muss ein Elternteil zu frühzeitig den letzten Erdenweg antreten, so kann das zweite Elternteil das Kind im Leben auffangen, und für das Kind entsteht kein unüberbrückbar tiefes Loch.“

Pascal blieben nur mehr Erinnerungen, es sind schweigsame und regungslose eingerahmte Denkbilder. Bildsequenzen sollten bruchstückhaft an seine Tochter erinnern. Es sind Bilder aus der Zeit unter dem gemeinsamen Dach, Zeitungsausschnitt aus Majas Volksschulzeit und Fotos, die Ortsbewohner aus Raditsch zugesandt hatten. Darunter war ein Hängekalender 2005 mit Kindern aus Raditsch, darunter war auch Maja. Über ein Zeitungsfoto erfuhr Pascal im Jahre 2007, dass seine Tochter in diesem Jahr zur Firmung gegangen war. *Wann und wo war die Firmung? Wer war ihr Firmpate?* Zehn Jahre lang war Pascal ein Weihnachtsmann, der Geschenke nur per Post verteilte. Diese Vaterrolle war ihm so ab- und aufstoßend geworden, dass er beschlossen hatte, keine Geschenke mehr zu schicken. *Das einseitige Bild eines Vaters, dessen Aufgabe sich im Verstecken von prall gefüllten Osternestern erschöpft, ist erniedrigend,* dachte sich Pascal. Wieder ein Foto von Maja. Über die Zeitung, einem veröffentlichten Klassenbild, erfuhr er, dass Maja das Gymnasium absolvierte. Auch zur Maturafeier wurde er nicht eingeladen. Es war ein Album, das nur ein lückenhaftes Puzzle ergab.

Mit gemischten Gefühlen nahm Pascal das neue österreichische Familienrechts- Änderungsgesetz, das 2010 in Kraft getreten war, auf. Dabei wurde das Obsorgerecht „modernisiert". Nach Zeitungsberichten soll die Obsorge beider Elternteile nunmehr Regelfall sein. Bei einer Scheidung bleibt die Obsorge bei der Mutter, wo das Kind lebt. Bei getrennten Haushalten und nach der Scheidung muss es einen übereinstimmenden Willen für eine gemeinsame Obsorge geben. Demnach wird auch dem getrennt lebenden, geschiedenen und ledigen Kindesvater die Möglichkeit eingeräumt, die Verantwortung für eine gemeinsame Obsorge zu tragen. *An der Umsetzung und Entscheidung des Gerichtes werden sich die Geister scheiden. Nur bei beiderseitigem Einvernehmen ist die gemeinsame Obsorge kein Problem.* Pascal kannte seine Ex, und sie würde dem niemals zustimmen, wenn dieses Gesetz vor Jahren erlassen worden wäre. Dann würde Pascal wiederum durch die Finger schauen. Das Inkrafttreten des Gesetzes zu diesem Zeitpunkt unterstützte Pascal in keinerlei Hinsicht. Maja war im 17. Lebensjahr, sie wurde vaterentfremdet erzogen und der gemeinsamen Obsorge von vornherein der Boden entzogen. *Für meine Tochter Maja ist der Vater eine fremde Person, wie soll eine gemeinsame Obsorge funktionieren?*

Das neue Familienrecht brachte auch eine gravierende Änderung. Festgelegt wurden die Erziehungspflichten bei Patchwork-Familien und Lebensgemeinschaften. Patchwork ist eine Stieffamilie, wo ein oder beide Elternteile Kinder mit in die Beziehung bringen. Das Gesetz regelt, dass jeder der beiden Ehegatten dem anderen in der Ausübung der Obsorge für dessen Kinder in angemessener Weise beizustehen habe. Der neue Partner habe die Pflicht, sein Gegenüber zu unterstützen. Dazu gehörten die alltägliche Pflege und Erziehung des Kindes. Er springt aber nur als Vertreter ein. Beim Lesen der Neuerung in der Morgenzeitung schüttelte Pascal nur den Kopf.

Ich bin leiblicher Vater, zahle für meine Tochter Maja, darf die Erziehungsaufgaben nicht ausüben, bin Zaungast im Leben der Tochter, bekomme keine schulischen Informationen und muss miterleben, wie sich die Tochter schrittweise von mir entfremdet. Und das alles zum Wohle des Kindes. In anderen Regionen der Welt werden Kinder den Müttern geraubt, in meinem Breitengrad kann das Kind dem Vater für immer aus der Hand entrissen werden. Unterstützt Amalias Urlaubsbegleitung Peter die Erziehung seiner Tochter? Hat Peter Maja bei der Firmung die Hand auf die Schulter gelegt, um ihr im Leben und Glauben beizustehen? Wie gern hätte ich mit der Tochter gelernt, die Freizeit mit ihr verbracht, sie bei der Erstkommunion unterstützt, zur Matura gratuliert ... Mir, dem leiblichen Vater, sind die Hände gebunden. Mir steht die Obsorge, die Pflege und Erziehung der Tochter nicht zu. Ich darf sie auch in Angelegenheiten gegenüber den anderen Personen nicht vertreten. Mir stehen nur die Kontoverbindungen und ein schwammiges Besuchsrecht zu, indem der Vater die Rolle eines unerwünschten Hausierers einnehmen kann, dem jederzeit der Zutritt verwehrt werden kann.

Pascals Blut hat den Siedepunkt überschritten. Nebenbei schnitzelte er therapeutisch die Tageszeitung genüsslich in unzählige Einzelteile. Jeder Einschnitt in die geordneten Seiten und in die platzierten Fotos, News-Kästen und Grafiken war wohltuend. Die Schnitzeleien ergaben einen geballten Haufen von Papierstreifen in allen Größen. An einigen konnte man einzelne Buchstaben und Wörter erblicken, die keinen Sinn ergaben. Fette Buchstaben erinnern daran, dass hier mal große Überschriften waren. Bilder luden zum Puzzlespiel ein. Berichte eines Tagesgeschehens verkamen zu einem unbrauchbaren Haufen.

Schrecken ohne Ende

Die Puzzlesteinchen, teils verbleicht, aufpoliert, zerkratzt, liegen wieder geordnet und eingerahmt auf dem Tisch. Der Rahmen hält die Einzelteile, die sich in seiner Lebensgeschichte gesammelt hatten, zusammen. Jedes Mosaiksteinchen ergänzt das andere, und alle spiegeln unterschiedliche Lebensgeschichten wider. Bunt, abwechslungsreich und auch schmerzhaft waren sie. Jedes Steinchen in diesem Rahmen hat Pascal geprägt, erzogen und sich tief in ihm eingefräst.

Der Rahmen ist voll, und wieder drängt sich ein neues Steinchen in den überfüllten Rahmen. Es hat im Rahmen keinen Platz, und erst, wenn ein Steinchen zerbricht, wird es eingerahmt.

Im ausgesetzten Stein spiegelt sich ein blauer Brief des Bezirksgerichtes Wurmlach wider. „Der Antragsgegner Pascal leistet mir einen monatlichen Unterhalt und gerichtlich festgesetzt wurde der Unterhalt das letzte Mal bei der einvernehmlichen Ehescheidung meiner Eltern. Sein Einkommen ist sicherlich in den letzten Jahren gestiegen, wie auch meine Bedürfnisse. Nicht bekannt ist, wie hoch sein derzeitiges Einkommen ist. Es besteht keinerlei Kontakt mit dem Antragsgegner, und er hat in den letzten Jahren den Unterhalt nach Gutdünken angepasst. Mir wird das Wesen der Unterhaltsbemessung zur Kenntnis gebracht, wonach ich einen Anspruch von 22% des väterlichen Durchschnittsnettoeinkommens habe. Da ich jedoch beabsichtige, einen Unterhaltserhöhungsantrag bei Gericht einzubringen, ersuche ich das Gericht, die Einkommensverhältnisse des Antragsgegners amtswegig zu erheben, damit ich danach meinen Unterhaltserhöhungsantrag entsprechend präzisieren kann. Ich habe im Juni 2012 die Matura mit Auszeichnung abgelegt und werde im Herbst ein Studium beginnen. Infolgedessen stelle ich den Antrag, die vom Antragsgegner an mich zu leistenden monatlichen Unterhaltsbeträge zu erhöhen. Da ich keinen Kontakt mit dem Antragsgegner möchte, ersuche ich, ihm weder meine genaue Studienrichtung noch meine Adresse am Studienort bekanntzugeben. Sämtliche Zustellungen sollen weiterhin an den Wohnort meiner Mutter erfolgen. Ich werde zu den Wochenenden und Feiertagen zu meiner Mutter fahren, welche mir weiterhin Naturalunterhalt erbringen wird. Des Weiteren wird meine Mutter die Kosten für mein Studentenzimmer übernehmen. Bisher hat sie die Kaution getragen."

Tochter Maja will den Antragsgegner, ihren Vater, nicht sehen, aber er soll unverzüglich sein Einkommen offenlegen und durch Rückzahlungen für die letzten Jahre sowie die Erhöhung der Unterhaltszahlungen seinen Vaterpflichten unverzüglich nachkommen.

Pascal erinnert sich an seine Studienzeit, wo er sich im Schweiße seines Angesichtes sein Studium mitfinanzierte. Während der Gymnasial- und Studienzeit verbrachte er die Ferien täglich auf der Tankstelle, um sich ein Körberlgeld dazuzuverdienen. Trotz der ermüdenden manuellen Arbeit musste er für die Kunden ein Lächeln im Gesicht haben. In der Zeit der Hochkonjunktur und in Stoßzeiten wurden vier bis fünf Autos zeitgleich mit Treibstoff aufgefüllt. Auf den Windschutzscheiben wurde der Fliegendreck mit einem Schwamm oft mit großer Anstrengung weggeputzt. Die Touristen hatten ja bereits eine lange Wegstrecke hinter sich, und der Wind hat die Fliegen an die Scheiben gepresst. In der Garage wurden die Autos im Schnelltempo gewaschen. Sommerfrischler hatten es besonders eilig, um so schnell wie nur möglich in ihr Urlaubsparadies zu gelangen. Zum Arbeitsplan gehörten auch das Wechseln und Wuchten der Reifen sowie der Ölwechsel. Am Abend holte Pascal aus den Seitentaschen der blauen Arbeitskleidung sein Trinkgeld heraus. Noch vor dem Abendbrot wurden die Groschen und Schillinge getrennt, gestapelt und gezählt. Die Haupteinnahmequelle war das Trinkgeld, das vor allem beim Scheibenputzen zugesteckt worden ist.

Das verdiente Zubrot investierte er während der Studienzeit in Bücher und ab und zu in eine pikfeine, warme Mahlzeit. Er fettete ein wenig seine Studienbeihilfe auf. Was übrig blieb, sparte Pascal für ein Grundstück, um darauf einmal ein Haus zu bauen und eine Familie zu gründen.

Wie mühelos können heutzutage Jugendliche zu Geld kommen. Das kann auch zu moralisch verwerflichen Lebenseinstellungen führen.

Wegen sozialer Bedürftigkeit bekam Pascal ein staatliches Stipendium für sein Studium. Zusätzlich bekam er regelmäßig ein Jausenpackerl von seinen Eltern per Post zugeschickt.

Weil Amalia und Pascal beide gut verdienen, hat Maja keinen Anspruch auf ein staatliches Stipendium. Sie darf aber nicht offiziell in der sommerlichen Ferienzeit arbeiten gehen. Die Unterhaltszahlungen des Vaters werden auch in den Ferien prall ausgeschüttet.

Die Lehrereinkünfte sind von Mama und Papa ziemlich gleich. Nur Pascal muss aber seine Einkünfte als Bemessungsgrundlage für die Alimente offenlegen. Das Gericht droht mit Pfändung, wenn er seinen Pflichten nicht nachkommt. Unter allen Umständen soll sein Dienstgeber, die Schule, aus dem Spiel gelassen werden. Das wäre ihm sehr peinlich. Pascal ordnete sogleich seine Finanzgebarung, sammelte die Einkommenssteuererklärungen. *Das Kind soll bekommen, was ihm rechtlich zusteht. Ich möchte keine Nachreden haben.* Es ist ihm auch bewusst, dass dies einen Einschnitt in sein Leben und in die Gestaltung des Alltags bedeutet.

Im Zuge der Offenlegung seiner Einkünfte öffnete sich nach vielen Jahren dem Vater die einmalige Chance, der Tochter sein Herz auszuschütten. *Diese Chance wird sich kein zweites Mal ergeben, und sein Standpunkt muss wohl durchdacht und sachlich korrekt erfolgen.* Maja war nämlich für ihn telefonisch und über die elektronische Post unauffindbar. Auch über das soziale Netzwerk hat ihn die jugendliche und erwachsene Tochter blockiert. Der direkte Vater-Kind-Kontakt ist nicht möglich, daher wird er über Dritte kommunizieren – gesichtslos und schriftlich.

In einer oppositionellen, kämpferischen und rechtfertigenden Haltung legte er dem Bezirksgericht nicht nur folgsam und hingebungsvoll sein Einkommen offen, sondern erklärt in einer Stellungnahme für seine Tochter den abflauenden Kontakt. „Nach der Trennung/Scheidung war mein sehnlichster Wunsch, dich regelmäßig (wöchentlich) zu sehen. Mir wurden die Hände gebunden, und ich wurde schrittweise von dir entfremdet", beginnt Pascal seine Stellungnahme. „Meine Tür bleibt für dich immer weit geöffnet. Groß wäre meine Freude, wenn auch du mir einen Schritt entgegenkommen würdest." Sein Argumentationsstrang pendelt zwischen Verteidigung, Rechtfertigung und kämpferischen Werben um die Tochter, wohl wissend, dass es ein vergebliches Liebeswerben werden kann.

Sehr erfreut äußerte er sich in weiterer Folge über den tollen Schulerfolg seiner Tochter. Pascal schreibt in seiner Stellungnahme an die Rechtspflegerin: „Herzliche Gratulation zur Matura mit Auszeichnung! Mit diesem Schreiben habe ich zum zweiten Mal etwas über den Schulerfolg der Tochter erfahren, jedoch erstmals leider nur aus der Zeitung."

Pascal möchte aber auch über den Studienfortschritt informiert werden. So ersucht er die gerichtliche Behörde, den Kindesvater darüber zu informieren, was und wo die Tochter studiert sowie über den Studienerfolg. Das wäre doch das Mindeste, dass der Vater darüber in Kenntnis gesetzt wird, wohin sein Geld fließt. Damit wäre auch die Garantie gegeben, dass die Unterhaltszahlungen zweckdienlich und Erfolg versprechend eingesetzt werden. *Oder sei er dazu verdammt, weiterhin jahrelang ein Phantom zu unterstützen? Sie ist doch meine Tochter!*

Mit Argwohn und sarkastischem Lächeln nimmt er auf, dass sich die Mutter Amalia mit der Finanzierung der Studentenwohnung, der Kaution und den Naturalien einbringt.

Da hat sie aber keine großen finanziellen Einbußen. Mit der staatlichen Unterstützung, der Familienbeihilfe, deckt sie die Wohnungsmiete ab, und in den Genuss des Naturhaushaltes kommt die Tochter, wenn die Mutter an Wochenenden und in den Ferien für sie kocht, putzt, Wäsche macht und so weiter. Mit Kartoffeln und Pilzen und den Dienstleistungen, die Amalia auch für sich erledigen muss, wird der Naturhaushalt für die Tochter abgedeckt. Das kommt einer rechtlich abgesicherten Schnorrerei gleich. Bei Geld war Amalia immer schon geizig. Ihr Motto lautete: lieber selbst Hand anlegen als Geld ausgeben beziehungsweise anderen was gönnen.

Sehr frisch sind Pascal die Erinnerungen und Parallelen an die Ehejahre, als Amalia am liebsten Naturalien in die Ehe eingebracht und er die finanziellen Ausgaben getragen hatte. Letztlich hatte Amalia genug Geld angespart, dass sie sich mit der Abfertigung ihres Vaters und ohne Pascals Wissen ein Haus kaufen konnte.

Seine geschiedene Gattin ist auch Lehrerin und genauso lange im Lehrberuf tätig. Ihr Gehalt entspricht dem Einkommen ihres geschiedenen Gatten. In diesem Sinne stellt er den Antrag: „Zur gesetzlichen Sorgepflicht gehören beide Elternteile. Deshalb beantrage ich gemäß dem Gleichheitsgrundsatz auch die Offenlegung des Einkommens der Kindesmutter. Auch sie soll ihren Beitrag leisten. Das Geld aus beiden Quellen soll auf ein eigenes Konto unserer Tochter nachweislich und überprüfbar überwiesen werden."

Pascal setzt den Rechenstift an und bringt seine bisherigen Unterhaltszahlungen in Erinnerung. Seine Nebeneinkünfte aus journalistischer Tätigkeit sind in der Endsumme eine Milchmädchenrechnung und fetten das Budget nicht auf. Damit frönt er nur einem seiner Hobbys. Monat für Monat und Jahr für Jahr zahlte er die Alimente an die Kindesmutter. Sechzehn Jahre hatte er mit Maja nur den Konto-Kontakt. Nach der Trennung und Scheidung wurde die Höhe der Unterhaltszahlungen vom Gericht festgelegt. Vorausblickend und aus Liebe hat Pascal auch eine

Aussteuerversicherung für seine leibliche Tochter abgeschlossen und monatlich für sie gespart. Diese Ersparnis wollte er ihr – so Gott will und wenn es zu einem Wiedersehen kommt – als Mitgift und Startgeld für ihr Eheleben geben. Als die Tochter zehn Jahre alt war, erhöhte er, nach Rücksprache mit einem Pflegschaftsrichter, die monatlichen Unterhaltszahlungen. Sie waren knapp unter der damaligen Höchstbemessung der Studienbeihilfe. Das bedeutet, dass die Tochter mit zehn vom Vater fast so viel Alimente bekommen hat wie erwachsene Studierende mit der höchsten sozialen Bedürftigkeit. Mit diesem Geld und der staatlichen Kinderbeihilfe müsste Amalia, die Mutter seiner Tochter, monatlich ihr Auslangen finden. *Ich kann diese Unterhaltszahlung vor dem Gewissen verantworten, ohne damit den unmöglichen Kontakt zur Tochter aufzurechnen.* Pascal hat Jahre später nach Rücksprache und in der Amtsstunde beim Pflegschaftsgericht die Unterhaltszahlungen angehoben, da die Kindesmutter Amalia selbst keine Erhöhung beantragt hatte. Mit Studienbeginn sollen nun die Karten wieder neu gemischt werden.

6. Oktober 2013: Pascal hatte eine sehr unruhige Nacht. Am dienstfreien Dienstagvormittag fährt er mit leichtem Druckgefühl in der Bauchgegend zur Rechtspflegerin nach Wurmlach. Im Gepäck hat er seine in Papierform ausgedruckte Stellungnahme und Einkommenssteuererklärungen der letzten Jahre. In seinem Heft macht er sich zahlreiche Notizen, um ja nichts zu vergessen. Er passiert im Gebäude des Bezirksgerichtes in Wurmlach die strengen Sicherheitskontrollen. Zweimal piepst es auf, als er die Sicherheitsschleusen passieren wollte. Aus Nervosität vergaß er, den Schlüsselbund in der Hosentasche und den Gürtel auszuziehen. Dann fährt er den Lift hinauf und klopft an die Tür der Rechtspflegerin Michelle E., die Pascal freundlich empfängt. Sie ist eine gesetzte Dame mittleren Alters. Sie wirkt, als hätte sie eine eigene Familie und ihre Kinder bereits außer Haus. Rechtspfleger sind speziell ausgebildete Gerichtsbeamte, die teilweise richterliche Tätigkeiten ausüben. In Außerstreitangelegenheiten werden sie zum Bei-

spiel beim Unterhaltsstreit volljähriger Kinder eingesetzt. Michelle E. wirkt erfahren und abgebrüht. Tochter Maja, mittlerweile ist sie 19 Jahre alt, hat die Rechtspflegerin wohl deswegen kontaktiert, um sich die Rechtsanwaltskosten zu ersparen und außergerichtlich das Recht einzufordern. Pascal vertraut Michelle E. blind. *Sie hat ja ohne Wenn und Aber das Gesetz zu befolgen und sonst gar nichts.*

Wie vorgeschrieben legt er die Einkommenssteuererklärungen der letzten vier Jahre vor, dazu auch die Policen über die Aussteuerversicherung und die Unfallversicherung, die er extra für seine Tochter abgeschlossen hatte. Die zusätzlichen Behandlungsbeiträge für die Tochter an die Krankenkasse fallen dabei finanziell nicht ins Gewicht. Rechtspflegerin Michelle E. interessieren nur die Sonderausgaben für die Tochter. Sie tippt die Zahlen vom Finanzamt in einen altmodischen Tischrechner und errechnet 22 Prozent von Pascals monatlichem Nettoeinkommen. Zuzüglich wird seine 25-jährige Jubiläumszulage bei der Bemessungsgrundlage der Unterhaltszahlungen voll berücksichtigt. Dazu gezählt wird auch jeder Cent und Euro von seinen Überstunden beziehungsweise Mehrdienstleistungen. Michelle E. schaut über die Brille hinweg Pascal tief in die Augen und knallt ihm die Neuberechnung der Höhe der Alimente hin. Die neuen monatlichen Unterhaltszahlungen werden um vierzig Prozent angehoben. *Sie wird es schon wissen, sie hat ja tagtäglich damit zu tun.* Das Beste kommt aber noch. Ausgehend von der Neuberechnung der Höhe der Unterhaltszahlungen müssen auch die Zahlungen der letzten Jahre angepasst werden. Pascal blüht eine Rückzahlung. „Das ist das Gesetz", sagt Michelle E.

Pascal muss auch den Alltag fristen und monatliche Investitionen tätigen, um dieses Einkommen zu erreichen. Er hat Rückzahlungen für das Baudarlehen zu tilgen. „Eine Berücksichtigung sieht das Gesetz nicht vor", sagt die Rechtspflegerin unumstößlich. Betriebskosten und Versicherungen interessieren den Gesetzgeber genauso wenig. „Dem Kind stehen 22 Prozent ohne Wenn und Aber zu. Ja, es stimmt, der Gesetzgeber ist sehr großzügig", stellt die Rechtspflegerin fest.

Pascals Ex verdient genauso viel! „Wo bleibt die Gleichberechtigung?" Michelle: „Sie versorgt die Tochter mit Naturunterhalt." „Ach", lächelt Pascal und verzieht den linken Mundwinkel. „Und sie zahlt auch das Studentenzimmer", so die Rechtspflegerin. Er sieht niemals die Tochter, kann die Erziehungsfunktion nicht erfüllen und sich über ihre Anwesenheit nicht erfreuen. Auch das interessiert den Gesetzgeber nicht. Es geht doch ausschließlich um das materielle Wohl des Kindes, das vom Kindesvater getrennt lebt.

Im Protokoll bemerkt die Rechtspflegerin Pascals Kooperationsbereitschaft und die sorgfältige und widerstandslose Offenlegung seiner Einkommensverhältnisse. Seine zusätzlichen Anmerkungen sind für das Gesetz nicht bedeutsam. Selbstkritik verträgt so ein Protokoll und der Gesetzgeber nicht. Die Rechtspflegerin Michelle E. verspricht, dass Maja seine Stellungnahme über seine vergeblichen Bemühungen um seine Tochter bekommen wird.

Wird sie es überhaupt bekommen? Wie wird sie darauf reagieren? Sofort in den Papierkopf werfen? Ich hoffe, der Brief hat ihre Neugierde geweckt und sie wird es lesen sowie ihr falsches Vaterbild korrigieren und den Papa suchen ... und besuchen?

Bedrückt und enttäuscht, aber mit einem kleinen Hoffnungsschimmer, verlässt Pascal den Raum der Rechtspflegerin.

Eine reine Abzocke. Von Gleichberechtigung keine Spur. Den Staat interessiert nur das materielle Wohl des Kindes. Da wird eine Generation herangezogen, die kundig das Recht einfordert, ohne Pflichten erfüllen zu müssen. Schlauheit und nicht Fleiß, Opportunismus und nicht Verantwortung wird gefördert. Der Jugend wird der Egoismus in die Wiege gelegt. Das wird den Staat noch einmal auf den Kopf fallen.

Er steigt in sein Auto und fährt nun schnurstracks nach Hause. Bei der Heimfahrt wird er immer wieder mit Hupen aus dem Träumen geholt. Einmal fährt er auf der Autobahn zu langsam, hat den Mittelstreifen „überfahren", einmal fährt er zu knapp an das Vorderfahrzeug heran. Pascal konnte nicht abschalten, wie betrunken, zugleich aber zielorientiert und automatisch fährt er in sein trautes Heim. Jedes Wort von Michelle begleitet ihn auf der Heimfahrt.

Nun konnte er langsam begreifen, was ihm seine „geschiedenen Leidensgenossen" klagen. Pascal fällt ein geschiedener Leidensgenosse, der sich sorgsam um seine beiden Söhne kümmert, ein. Sein regulärer Monatslohn wird halbiert und aufgeteilt. Die erste Hälfte investiert er in seine Miete und die Betriebskosten. Die zweite legt er in den Lebensunterhalt und die Ausbildung seiner beiden Söhne an. Zusätzliche Überstunden ermöglichen sein Überleben und versüßen ein wenig den Alltag. Erbittert kämpft er Jahr für Jahr an seinem Arbeitsplatz um mehr Überstunden, wenn es sein muss, auch mit unlauteren Mitteln. Dabei scheut er nicht davor zurück, andere Konkurrenten bloßzustellen, zu demütigen oder tatkräftig die Ellbogen anzuwenden, um seine Überstunden zu erweitern.

Vor Augen sieht er einen Beamten in Lachfurt, der einmal sorgfältig die Post, Geldüberweisungen und Pakete von Haus zu Haus brachte. Bekannt war er dafür, dass er immer ein freundliches Gesicht zeigte, Optimismus vorlebte und wie ein Seelsorger herzensfroh Lebensfreude versprühte und Trost zustellte. Er baute sich selbst ein Heim für seine Familie. Die Umstände seiner Trennung sind unbekannt. Man trifft ihn heute an sehr entlegenen Stellen der Stadt. Zerrissene Hosen, stinkendes Hemd, zerzauste Haare und unrasiert taucht er auf. Bahnhöfe, aufgelassene Bruchbuden, abgelegene Brücken ersetzen sein ehemaliges komfortables Wohnheim. Er muss heute keine Unterhaltszahlungen mehr leisten, aber um welchen Preis?

Er erinnerte sich an die Worte eines Dachdeckers und Alimenten-Vaters, der ihm über sein Abkommen mit seinem Chef erzählte. Der Arbeitgeber zahlt ihm nur einen Teil des Monatslohnes offiziell aus, der zur Bemessungsgrundlage für die Unterhaltszahlungen herangezogen wird. Den Rest bekommt er inoffiziell ausgehändigt. So bleibt ihm mehr Geld zum Leben, und er muss nicht am Hungertuch nagen. Das ist aber keine gute Lösung für seine Pensionsanrechnung.

Schreiben des Bezirksgerichtes, vom 29. November 2012, das keine Überraschung bringt. Laut Protokoll wurden die Einkommensverhältnisse des Vaters seiner Tochter Maja vorgelegt und gemeinsam mit der Rechtspflegerin Michelle E. begutachtet sowie geprüft. Tochter Maja stehen 22 Prozent zu, und sie verpflichtet ihren Vater, für das kommende Jahr die Unterhaltszahlungen anzuheben. Pascal wird auch verpflichtet, für die vergangenen vier Jahre Rückzahlungen zu machen. Ein Zubrot für Maja: „Der Antragsgegner hat für das Jahr 2011 eine Jubiläumszuwendung erhalten, welche grundsätzlich zur Unterhaltsbemessung heranzuziehen ist und in aller Regel auf zwölf Monate zu verteilen ist", so der Wortlaut des Protokolls. Die Jubiläumszuwendung bekommt der Lehrer nach 25 Dienstjahren. Dementsprechend wurden für das laufende Jahr 2011 die Unterhaltszahlungen um mehr als ein Drittel erhöht.

Pascal überlegt, wie es bei ihm weitergehen sollte. Im ersten Moment spitzt er gedanklich den Sparstift.

Fünfzig Prozent machen seine monatlichen Fixausgaben aus, 22 Prozent betragen die Unterhaltszahlungen für die Tochter und 28 Prozent bleiben zur Fristung des Alltags. Da darf nichts Gröberes den Finanzhaushalt belasten!

Er muss nicht am Hungertuch nagen und sich ausschließlich vom Naturunterhalt ernähren, aber Einschnitte werden unumgänglich sein, und etwaige Sparmaßnahmen müssen in den nächsten Jahren entfallen.

Seine laufenden Ersparnisse hat Pascal anderweitig eingeplant. Er wollte einen Beitrag für ein behindertengerechtes Bad seines Vaters sowie einen barrierefreien Treppenfahrstuhl mit Sitz leisten. Pascals Vater traf im Alter ein schweres Schicksal. Neben anderen Erkrankungen bekam er Parkinson hinzu. Betroffen waren insbesondere die Beine. Er war einmal auf Beinen ein sehr mobiler Mensch. Es ist ein schwerer Schicksalsschlag, dass gerade seine Beine anhaltend abbauen. Auch für die Familienangehörigen war herzzerreißend mitzuerleben, wie die Hüften abwärts die Muskeln nachließen und eine Taubheit sich ausbreitete. Begleitet waren diese Symptome mit vorübergehenden Zitteranfällen, die zeitweise so heftig waren, dass er nicht mehr weitergehen konnte. Da er noch auf Beinen stehen und sich langsam fortbewegen konnte, wäre ein Treppenlift eine mobile Erleichterung gewesen. Unumgänglich wäre aber die Errichtung eines barrierefreien Bades. Dieses Vorhaben musste er aus seinem Budgetposten streichen. „Die Bedürfnisse der leiblichen Tochter stehen über jenes des leiblichen Vaters", erklärte die Rechtspflegerin unumstößlich, „und die Rückzahlung hat Priorität." Vater und Mutter von Pascal litten darunter, dass sie ihre Enkelin niemals zu Gesicht bekommen. Seit der Trennung, Kriminalisierung und der Verweigerung der Kontaktaufnahme zur Tochter nannte Pascals Vater sie niemals „Amalia", sondern „böses Weib". Pascals Mutter sagte nicht nur scherzhaft: „Was der Teufel nicht zustande bringt, schafft die Frau."

Hinzu kommt noch die Verpflichtung einer einmaligen Rückzahlung für die vergangenen drei Jahre. Der Gesamtbetrag macht einen Teil des Kaufpreises eines Kleinwagens aus. Um dies bezahlen zu können, löste Pascal die Aussteuerversicherung auf. Er benötigt die angesparte Summe, um die Rückzahlungsforderung der Tochter, die insgesamt mehr als fünf Monatsgehälter ausmacht, zu begleichen. Trotz Trennung von Ehefrau und Tochter war es Pascal ein Herzensanliegen, nicht nur die Alimente zu bezahlen, sondern auch für Majas Mitgift zu sparen. Die „unsichtbare" Tochter soll mit Vaters Startgeld leichter ins

Erwachsenenalter gleiten und den Hausstand gründen. Mit Beginn des Jahres 1997 zahlte Pascal monatlich in die Aussteuerversicherung ein. Dies musste er aus gegebenem Anlass auflösen. Weitere Ersparnisse, die er berappen musste, waren für größere Haus-Investitionen, falls das Auto einen größeren Schaden hat oder Ähnliches, geparkt.

Das Bezirksgericht Wurmlach fordert Maja auf, ihren Vater unausweichlich über ihren Studienerfolg zu informieren. „Der Unterhaltsschuldner hat das Recht darauf, in periodischen Abständen vom Unterhaltsberechtigten beispielsweise über den schulischen und beruflichen Werdegang, schulischen Erfolg, Beginn einer Lehre und dergleichen informiert zu werden. Nur so wird der Unterhaltpflichtige in die Lage versetzt, abschätzen zu können, ob der Unterhaltsberechtigte seine Berufsausbildung auch zielstrebig betreibt und damit die Unterhaltpflicht fortbesteht."

Er empörte sich, dass dem Gleichheitsgrundsatz nicht entsprochen wird. „Demnach müsste wohl auch die Kindesmutter ihre Einnahmen offenlegen. Wie viel zahlt sie für das ‚Studentenzimmer‘, und wie viel macht der Naturunterhalt aus?" *Das fällt wohl unter Datenschutz!*

Keine offizielle Auskunft darüber, welchen finanziellen Beitrag die Kindesmutter leistet! Von der Homepage des Grazer Studentenheimes fand Pascal heraus, dass der Mietpreis der Studentenwohnung der Höhe der Familienbeihilfe, die die Kindesmutter bezieht, entspricht. Mit dem staatlichen Familienzuschuss, der der Tochter zusteht, bezahlt sie die Studienunterkunft der Tochter. Und mit dem Naturhaushalt kommt Amalia vorerst noch sehr günstig aus.

Pascals Gedanken kreisen noch stärker um die Frage, ob Maja wohl das Schreiben des Papas bekommen hat.

Hat die Rechtspflegerin der Tochter die Stellungnahme überreicht? Unwahrscheinlich mögen die Worte seiner Stellungnahme klingen. Wird

Maja den beschriebenen Bemühungen des Vaters Glauben schenken? Sie ist ja nur bei der Mutter aufgewachsen und stand nur unter ihrem Einfluss. Mein Wunsch wäre, dass sie ihren Vater von einem anderen Blickwinkel kennenlernt. Das wäre nur möglich, wenn sie sich dem Kontakt nicht verweigert.

Am 17. Jänner 2013 folgt der endgültige Beschluss des Bezirksgerichtes Wurmlach. Fast ein Viertel des Gehaltes von Pascal steht Maja zu und die Einmalzahlung als finanzielles Polster. Nach dem Gesetz könnte Maja in die Fußstapfen des Vaters treten und nach ihrem Lehramts- oder Diplomstudium ein Doktoratsstudium auch noch an- und abschließen. Darin wird gesetzlich festgelegt, dass die Unterhaltszahlungen bis zum Eintritt der Tochter in deren Selbsterhaltungsfähigkeit zu leisten sind. Die Einmalzahlung, das heißt die Rückzahlungen, sind unverzüglich „bei sonstiger Zwangsfolge zu bezahlen". Das bedeutet: Der Vater hat die Pflicht, bis zum Abschluss des Studiums und bis zum ersten Monatsgehalt Unterhalt für die Tochter zu entrichten. *Bei dieser Formulierung kann sich die finanzielle Unterstützung in die Länge ziehen. Das ist sehr großzügig – ohne eine Altersbeschränkung.*

Sofort nach dem Erhalt des Beschlusses hat Pascal sämtliche finanziellen Verpflichtungen erfüllt und seine Bank angehalten, unverzüglich die Zahlungen zu überweisen. Pascal forscht nach, wie hoch zurzeit die Studienbeihilfe beträgt. Somit bekommt die Tochter – nicht mitgerechnet die Familienbeihilfe, die aufs Konto der Kindesmutter überwiesen wird – mehr, als der Höchstbeitrag ausmacht. Die Studienbeihilfe ist die staatliche Form der Unterstützung von sozial bedürftigen Studenten. Mit dem Höchststipendium müssen sie monatlich mit allen Zahlungen ihr Auslangen finden. *Finanziert Vater Pascal allein das Studium seiner Tochter? Sogar der Staat zahlt die Familienbeihilfe nur bis zum 25. Geburtstag und nicht länger. Der Papa darf sogar bei Zwangsvollstreckung weiterzahlen.*

Wo und was studiert Maja? Das bleibt noch immer ein offenes Geheimnis. Erzürnt stellt Pascal an das Gericht folgende Bitte: „Ich ersuche Sie, Frau Michelle E., um Bekanntgabe der Studienrichtung(en) meiner Tochter Maja und im Laufe des Studienjahres um Informationen über ihren Studienerfolg. Mit Bedauern muss ich leider feststellen, dass ich trotz zweimaliger Bitte und schriftlicher Anfrage nicht über das Studium informiert worden bin. Meine Zahlungspflicht habe ich erfüllt, die Informationspflicht bleibt noch immer offen."

In den nächsten Monaten haben sich in Pascals Leben langsam der Alltag und der Haushalt eingependelt. Gegen Ende des Monats musste er feststellen, dass für weitere Ausgaben weniger Spielraum besteht. Zurzeit kann er keine Rücklagen bilden – nichts, was er auf die Seite legen könnte. Er hofft nur, dass er die „eiserne Reserve", die er in den letzten Jahren angespart hat, nicht zu stark beanspruchen muss.

Nicht die finanziellen Strafmaßnahmen belasten ihn so sehr, sondern die Umgangsformen und die Ablehnung seiner Tochter. Die seelischen Verletzungen sind noch ziemlich gegenwärtig. In den letzten Monaten hat ihm sein Kollege Georg nahegelegt, einen Psychotherapeuten als seelische Unterstützung beizuholen. Auch eine gute Freundin von ihm erzählte Pascal von Gesprächen bei ihrem Psychotherapeuten. Danach hat sie ihre Sachlage kritischer und differenzierter betrachtet. Ihr Blickwinkel war nicht mehr so eingeschränkt.

Ich bin doch kein Fall für den Psychiater. Es ist doch beschämend, diese Therapie anzunehmen. Ich bin doch nicht krank und selbstmordgefährdet. Pascal ist sich seiner Tieflage nicht bewusst, verdrängt seinen erbärmlichen Zustand und hadert mit seinem Stolz. Er fühlte sich doch so stark, noch voller Tatendrang.

Wie aus heiterem Himmel flatterte der nächste „blaue Brief", datiert vom 1. März 2013, ins Haus. Demnach ging seine Tochter wieder zum Bezirksgericht. Daraus ergibt sich eine weitere Zahlungsaufforderung der Antragstellerin Maja R.: „In diesem

Verfahren sind Gebühren/Kosten aufgelaufen, die die zahlungspflichtige Partei innerhalb von 14 Tagen zu bezahlen hat. Als zahlungspflichtige Partei haftet der Antragsgegner, das heißt der Kindesvater."

Mit dem Verfahren ist die ganze Abwicklung des bisherigen Verfahrens beim Bezirksgericht Wurmlach gemeint. Es betrifft einen geringen Betrag, doch diese Vorgangsweise empfindet Pascal als weitere reine Demütigung und Provokation, der er machtlos gegenübersteht – und bezahlt in gewohnter Manier.

Jetzt ist er an eine Grenze gestoßen, wo ihm die Kraft langsam ausgeht. Er erinnert sich an die Worte seines Freundes und zögert nicht mehr, den Psychotherapeuten in Anspruch zu nehmen. Es kommen Situationen im Leben, wo dich andere in eine Sackgasse drängen. Dann siehst du nur mehr schwarz. Es ist so wie mit einer geputzten Fensterscheibe. Die Fliege hinterlässt einen Schmutz. In der niedergeschlagenen Lage sieht man nur diesen grausigen Fleck, obwohl rundherum doch alles sauber und schön ist. Er denkt sich, dass sein Therapeut ihm neue Hoffnung geben und ihm den Blickwinkel für das Schöne rundherum ermöglichen kann. Psychotherapeut Florian soll in seinem Leben die Probleme eindämmen und neues Lebensfeuer entfachen.

Mit schwankenden Gefühlen fuhr er nach Wurmlach. Ein freundlicher, schlanker Mann mit deutschem Akzent begrüßte ihn. Der Besprechungsraum ähnelt in keiner Weise einer Ordination. Er gleicht eher einem gemütlichen Warteraum zu zweit. Seine existenziell-analytischen Fragen sind bohrend, aber nicht entmutigend. Die jüngsten Ereignisse im Leben von Pascal werden besonders unter die Lupe genommen.

Pascal thematisiert sein Unrechtsempfinden, die Machtlosigkeit und das Ausgeliefertsein. Das Gefühl des Unrechtseins erweckt einen inneren Zorn und die Empfindung, über den Tisch gezogen zu werden. Pascal versucht, ein redlicher Staatsbürger und

Steuerzahler zu sein. Von Gleichberechtigung kann bei der Lastenaufteilung der Finanzen keine Rede sein. Pascal erlebt seine Behandlung nach dem Grundsatz: Seliger ist nehmen als geben. Dabei ist er völlig ausgeliefert. Pascal hat keine Handhabe, sich zu wehren, um auf die Benachteiligung hinzuweisen. Er hat keinen Ombudsmann. Sein psychischer Beistand rät ihm, diesen Zustand der Wehrlosigkeit hinzunehmen, da es nicht nur ihn allein betrifft. Er soll das Recht, das er als Unrecht empfindet, walten lassen. Florian Sch. motiviert ihn, sich niemals in die Ecke drängen zu lassen. Der Rat von Florian Sch.: „Zahlen Sie, was Sie zahlen müssen, obwohl es keinen Kontakt zur Tochter gibt. Bei Gelegenheit sollen Sie sich auch auf das Gesetz berufen. Ihre Macht ist das geschriebene Wort. Verfassen Sie weiterhin für die Zeitungen Artikel, vernachlässigen Sie Ihre Leidenschaft des Fotografierens nicht und leisten Sie sich Reisen. Lassen Sie sich niemals von außen in eine Sackgasse jagen, wo es keinen Ausweg mehr gibt."

Pascal schöpft neuen Mut, weckt neue Energien und schmiedet langsam Pläne. Sein Alltag bekommt schrittweise jene Organisation, Struktur und Ordnung zurück, die ihm so viel Halt gibt.

Die ablehnende Haltung seiner Tochter wurmt ihn besonders. Florian Sch. weist ihn darauf hin, dass seine leibliche Tochter nur wenige Jahre mit ihm Kontakt hatte, und das hinterlässt Spuren der Entfremdung. Die Haltung der Tochter kann auch auf die Manipulation der Mutter zurückzuführen sein, oder sie entwickelte eine Wut auf den Papa, weil er sie – nach ihrem Empfinden – in entscheidenden Lebenssituationen im Stich gelassen hat und nicht für sie da war. *Wenn die Tochter nur die wahren Umstände kennen würde.* Auch hier waren Pascal die Hände gebunden. Oft denkt er sich, er hätte mehr um die Tochter kämpfen müssen. Hätte, könnte, sollte, müsste? Sein Psychotherapeut bemerkt, dass der Kampf nicht der richtige Weg sei. „Ihre Bemühungen, um den Kontakt zur Tochter aufrechtzuhalten, sind Ihnen nicht abzusprechen. Wenn man zu kämpfen beginnt, kann es zur Niederlage führen. Man kann und darf nichts erzwingen."

Pascal lüftet seinem Seelenklempner zum Abschied ein kleines Geheimnis über seine Bilder im „Tochter-Winkel" seines Schlafzimmers. „Die Erinnerungen und die Bilder von damals prägen mich bis heute. In meinem Schlafzimmer sind auf dem linken Eckmöbel – wie auf einem Altar – Bilder der Tochter aus den gemeinsamen Monaten gut sichtbar aufgestellt. Die Fotos dokumentieren die Zeit der Gemeinsamkeit mit Maja. Ein rahmenloser Bilderhalter mit Normalglas trägt das Foto von Maja im Babyalter. Dabei liegt sie herrschaftlich im Autositz. Im roten Strampler mit aufgesticktem Elefanten mit Blumenstrauß in der Hand und einem mit Girlanden umgebenden Hut sieht Klein-Maja echt süß aus. Der Strampler scheint ein bisschen zu lang zu sein. Das soll wohl heißen, dass Maja als Baby schon eifrig gestrampelt hat und die Bewegungsfreiheit suchte. Liegend hat sie die Hände ausgestreckt und frägt sich wohl: ‚Wie lange muss ich noch warten und da liegen? Hebt mich doch auf, so ist es doch viel bequemer!' Dasselbe Foto ist auch eingebettet in ein Billett. Die Glückwunschkarte hat am Cover ein bemaltes Nest mit drei blauen Schwalben und der Überschrift ‚Unser Nachwuchs ist da.' In der Karte neben dem Strampler-Bild sind folgende Notizen vermerkt: ‚… ist gesund und munter, heißt Maja R., wurde geboren im Jahre 1993, wiegt 2022 Gramm, ist 46 cm groß, hat blaue Augen und braune Haare. Wir sind sehr glücklich, Amalia und Pascal.' Auf einem weiteren Foto krabbelt Maja, ein kerniges Baby, zielorientiert und mit allem Kraftaufwand auf der Bettdecke. Ein dreiteiliger Bilderrahmen zeigt Maja bereits als Kleinkind. Die blonde kleine Lady ist auf allen drei Bildern schmuck angezogen, wahrscheinlich nach dem Kirchgang fotografiert. Der Schnuller ist immer in Reichweite, um auf dem kürzesten Weg in den Mund gesteckt zu werden. Beim Fotografieren schaut sie sehr ernst in die Linse, einmal leicht schmollend, so, als hätte sie kein gutes Gefühl, was gerade mit ihr abläuft."

Auch nach Jahrzehnten erlebt Pascal seine Tochter als Kleinkind. Klein-Maja hat sich in sein Gedächtnis eingeprägt, nur so erscheint sie vor seinen Augen. Als Mädchen, Jugendliche oder junge Erwachsene hat er sie höchstens fünfmal aus Zeitungen und Zeitschriften erspäht.

Amalia bettet sich in eine behagliche Altersvorsorge. Ich bin verdammt, mich mit dem Alten zu beschäftigen und ein Gefangener meines zu bewältigenden Lebensschuttes zu sein. Warum durchlöchert niemand das Lügengewebe, das Maja umgibt? Warum, warum, warum – ein ständiges und kräfteraubendes Suchen nach Antworten. Das Hinterfragen wirft mich immer wieder zurück. Mich umgibt ein Tuch des Schweigens, eine unüberbrückbare familiäre Mauer. Das Ungewisse zermürbt mich. In der Sprachlosigkeit gibt niemand eine Antwort, um selbst eine Schlussfolgerung ziehen zu können. Warum muss ich mir immer wieder die Warum-Fragen stellen, auf die es keine Antworten gibt?

Oder habe ich doch zu wenig um die Tochter gekämpft, sie im Stich gelassen und zu wenig für sie getan? Ich wurde kriminalisiert, und mir wurden die Hände, die sich nach meiner Tochter streckten, gebunden. Soll ich Schuldgefühle haben, dass ich mich von den Fesseln nicht selbst befreien konnte?

Immer wieder frage ich mich, wie würde mein Leben verlaufen, wenn ich diesen Schicksalsschlag nicht erlebt hätte. Dann würde sich das Denken, Fühlen und Handeln nicht ständig um diese Scheiße drehen und das ansteigende Häufchen der schmerzenden Erinnerungen ansammeln. Meine Kräfte würde ich sicherlich nicht dafür verpulvern und mich vielleicht viel mehr sozial engagieren. Ich dachte oft, Kinder im SOS- Kinderdorf zu Weihnachten zu beglücken, aber es fehlte mir jedes Jahr der Mut. Insgeheim hoffte ich, dass Maja überraschend wie ein Christkind kommen wird und das Weihnachtsfest einen friedlichen Ausklang erfährt. Welchen Sinn hat meine Schwarz-Weiß-Lebenssequenz? Wozu diese Prüfung?

Immer wieder wird mir gesagt: Deine Tochter kommt mal zu dir zurück und wird nach ihren Wurzeln suchen. Soll ich die Zeit am Stuhl vor dem Fenster verbringen und bei jeder Ankunft eines Autos den Rollladen hochziehen, den Vorhang zur Seite schieben und Ausschau halten? Es ist ein Warten auf den Engel der Erinnerung, der mich auf den nächsten Tag vertröstet.

Ich mache mir Gedanken, wie ich mit dir deinen Alltag verbringe. Ich sehe dich aber nur als ein Kleinkind vor mir. Soll ich mit dir die Windeln bei der Baby-Puppe wechseln mit 20 Jahren? Es ist ein zu großes Loch zwischen gestern und heute. Was soll ich über dich und an dich denken? Verzeih mir Maja, ich kenne dich nicht ...

HOFFNUNG LIEGT IM WARTEN

Nach dem Abschluss des ersten Studienjahres 2012-13 informiert das Bezirksgericht Wurmlach in einem formlosen Schreiben Pascal über das Studium seiner Tochter. Maja studiert für das Lehramt und wählt ein Sprachstudium in Kombination mit einem philosophischen Studienfach. Dazu geheftet wurde die Bestätigung ihres Studienerfolges. Viele Prüfungen klingen sehr spannend und interessant. Gerne würde er über die Inhalte dieses Prüfungsbereiches mit ihr sprechen. Philosophisch-psychologische Themen und Fragestellungen sind für Pascal immer sehr aufschlussreich. Einige Themen aus diesen Fachrichtungen lernte er auch in seinem Theologiestudium kennen. Pascal ist sehr stolz, wie flott und zügig Maja das erste Studienjahr anging. In der letzten Spalte wurden die Prüfungsnoten kundgetan. *Da hat sie aber sehr emsig studiert. Monatlich wurden oft gleich mehrere Prüfungen abgelegt. Da kann ich stolz auf sie sein.*

Im darauffolgenden Studienjahr hat Maja die Informationspflicht nicht mehr so ernst genommen, und Pascal ersucht Anfang Dezember die Rechtspflegerin beim Bezirksgericht Wurmlach, den Studienerfolg einzufordern. In diesem Schreiben fügt er für Maja persönliche Informationen bei. „Maja möchte ich des Weiteren in Erinnerung rufen, dass ich keinen Kontakt zu ihr haben durfte, weil ihn mir die Mutter mit allen erdenklichen Mitteln unterbunden hatte und mich kriminalisierte. Zuerst wurde auf Antrag von Amalia R. das Besuchsrecht immer mehr eingeschränkt, später stand ich vor verschlossenen Türen, und schließlich wurde ich kriminalisiert. Trotz meines Freispruches von zwei unabhängigen gerichtlichen Instanzen hatte ich **keine Möglichkeit, meine Tochter zu besuchen.**

ICH WÜNSCHE MEINER TOCHTER NIEMALS, DASS SIE ALS ERWACHSENE SOLCHE SITUATIONEN ERLEBEN MUSS!"

Pascals Weihnachtszeit birgt heuer noch andere Überraschungen.

Wer klingelt am Nachmittag des Heiligen Abend an meiner Haustür?
Oh, mein Gott. Nachdem ich die Tür öffne, betritt meine kleine Tochter
Maja mein Haus. Freudestrahlend nehme ich sie in die Hand und drü-
cke ihr einen dicken Kuss auf die rechte Wange. Ich drücke ihr aus, dass
ich mich über jeden Besuch riesig freue. Sie fragt sogleich, was wir heuer
zu Weihnachten unternehmen werden. Sie gestand mir, dass sie sich da-
rüber freue, ein paar Tage in den Ferien mit mir zu verbringen. Zuerst
mache ich ihr einen Tee zum Aufwärmen. Sie mag besonders Tee mit
Hagebutten. Und was gehört wohl zur Weihnachtszeit dazu? Kekse,
Kekse und noch mal Kekse. In diesem Jahr beauftragte ich Mara, eine
kroatische befreundete Frau, für mich Kekse zu backen. Ich sagte Mara,
heuer müssen sie besonders gut sein, da wird mich sicherlich meine Toch-
ter Maja besuchen. Die hausgemachten, frischen Kekse oder Golatschen,
wie sie die kroatische Köchin Mara bezeichnet, schmecken Maja außeror-
dentlich. Besonders angetan ist sie von der etwas anderen Weihnachtsbä-
ckerei, und schmunzelnd isst Maja „Opas Schnauzer". Dieser Keks hat
die Form eines Schnauzers mit zwei Voluten, wobei die schneckenähn-
lichen Abrundungen mit Schokolade überzogen sind. Schmackig schme-
cken Maja auch die mit Kokos überzogenen Würfelkekse. Auf, auf, um
Vorbereitungen auf das familiäre Weihnachtsfest zu treffen. Ich kaufte
am Markt einen grünen Weihnachtsbaum. Er ist klein, da ich wohl dach-
te, dass ich auch heuer ohne Tochter feiern werde. Ich setze den Baum
in eine hölzerne Halterung. Dann schmücken wir ihn. Auf die Zweige
werden einzeln Kugeln in allen Größen und Kekse aufgehängt – aber
nicht zu viele, dass der Baum nicht umkippt. Zum Schluss strecke ich
mich und befestige den Stern auf der Spitze des Weihnachtsbaumes. La-
metta bringt den Baum zum Glitzern. Die elektrischen Lampen sollen
Licht in den dunklen Vorraum bringen. In der Nähe des Christbaumes
wird eine Krippe aufgestellt. In einem Baumstamm, einer bescheidenen
Behausung, sind Josef, Maria und das Kind in der Krippe untergebracht
und erinnern an die Geburt Jesu in Betlehem.

Maja fiebert schon der Weihnachtsfeier entgegen. Zuvor gehen sie mit
Räucherschale und Weihwasser betend von Zimmer zu Zimmer, von

Stockwerk zu Stockwerk. Die angezündete Kohle im Räuchersand gibt dem Haus einen besonderen Duft, und das Weihwasser soll Segen bringen. Majas Augen glänzen beim Anblick des geschmückten und beleuchteten Baumes und drängen, zur Feier zu schreiten. Gemeinsam setzen sie sich auf einen Stuhl, ich lese die Weihnachtsgeschichte vor, die von der langen Reise von Josef und Maria und der Geburt Jesu in Betlehem erzählt. Danach wird das Weihnachtslied gesungen. Maja singt beherzt drei Strophen von „Stille Nacht, heilige Nacht". Ich bin kein begnadeter Sänger und will die zarte Stimme Majas nicht brummend aus dem Rhythmus bringen. Nach der Feier übergebe ich Maja das Weihnachtsgeschenk. Die Verpackung ist nicht klein, daher wird einige Zeit aufgebracht, um sie zu entpacken. Zum Vorschein kommt ein pinker Puppenwagen. Maja wird ein Jauchzer entlockt. Sie lehnt ihren Kopf auf meine Schulter. Auf dem rot-weiß gestreiftem Polster und der Bettdecke ist ein großes Herz gestickt. Dazwischen lugt der Kopf einer Puppe heraus. Maja ist ganz außer sich, stürzt sich auf den Puppenwagen und befreit die Puppe von der Abdeckung. Jetzt ist Spielen auf dem Programm. Sie rückt der Puppe, die sie spontan Hanni nennt, die Strampler zurecht, setzt ihr eine Haube auf und steckt ihr einen Schnuller in den Mund. Sofort dreht sie mit dem Puppenwagen im Vorraum ihre Runden, um den Christbaum herum, dann ins Schlafzimmer und wieder zurück. Immer wieder deckt sie Hanni bis zum Hals zu, obwohl die Temperatur im Haus wohlig warm ist. Dann holt sie auf einmal die Puppe aus dem Bettzeug heraus, drückt sie an sich, als wolle sie Hanni beruhigen. Sie spielt und spielt und spielt, bis sie sich an den Wagen kurz anlehnt und immer wieder heldenhaft gegen die Müdigkeit ankämpft. Mit der Zeit ist ihr Blick nur mehr auf Halbmast gestellt. Ich lege sie mit der Puppe Hanni in ihr Bett ins Kinderzimmer. Hanni lege ich in ihre Arme und gebe Maja einen Kuss auf die Stirn. Das Kinderbett ist schlicht und hat darunter mehrere Stauräume. Zum Einschlafen laden die vielen kleinen Plüschtiere ein. Inmitten der Teddys und Hasen drückt sie Hanni noch mal an sich und schläft auf Anhieb ein.

Nach der Abendtoilette lege auch ich mich ins Bett meines Schlafzimmers. Beide Hände lege ich auf das Polster unter mein Haupt und denke nach. Was soll ich mit meiner Tochter Maja in den nächsten Tagen noch unter-

nehmen? Am nächsten Tag ist ein Überraschungsbesuch bei meinen El-
tern, den Großeltern Majas, auf dem Programm. Da werden meine El-
tern große Augen machen und vor Freude feucht anlaufen. Dann werde
ich zu Weihnachten mit Maja in die Kirche gehen. Da werden sich alle
wundern, wenn sie Maja erstmals sehen werden. Ich werde ganz stolz
neben ihr in der Kirchenbank sitzen oder vielleicht auch die Arme um
sie legen. Ich weiß, dass sie gerne Pizza mag. Werden wir in die Pizze-
ria gehen? Maja mag gerne Action. Vielleicht fahren wir in die städtische
Therme, um im Pool zu planschen und zu schwimmen, durch die Röh-
ren zu rutschen oder die Massagendüsen im Außenpool auszuprobieren.

Auf einmal hört Pascal das Geräusch eines vorbeifahrenden Schnee-
pfluges. Es klingt wie ein Rattern auf dem Asphalt der Haupt-
straße. Er springt aus dem Bett, kurbelt den Rollladen in seinem
Schlafzimmer hinauf und sieht die weiße Bescherung. In den
letzten Stunden sind einige Zentimeter Schnee gefallen. Dann
sieht er auf die Uhr auf seinem Nachtkästchen – es war drei Uhr
in der Früh, noch mitten in der Nacht. Nun kommt das nüch-
terne Erwachen. Im laut dem Bauplan ausgewiesenen „Kinderzimmer" befindet sich seine Tochter Maja mit der Puppe Hanni
nicht. Dieser Raum ist alles andere als ein Kinderzimmer. Mittlerweile ist das sog. Kinderzimmer ein Abstellraum geworden.
Im und auf dem Kasten hängen Sakkos und Hemden, auf einer
Couch sind gebügelte Hosen. In der Ecke sind Balkonmöbel für
den Sommer aufgestellt. Wie kann Klein-Maja mit dem Auto zu
Besuch kommen? Mit Kinderspielzeugen und einem Puppenwagen hätte eine erwachsene Tochter wohl keine Freude.

Aber es war für Pascal zu Weihnachten ein schönes Gefühl, im
Traum das Fest mit der Tochter so familiär zu verbringen.

Die Wirklichkeit holt Pascal schnell wieder ein. Nachdem die
Unterhaltszahlungen im Laufe des vergangenen Studienjahres
für Maja angehoben und eine üppige Sonderrückzahlung ausgeschüttet worden war, schlich sich bei seiner Tochter wohl ein
Wohlstandsgefühl aus. Noch in den Weihnachtsferien und vor

dem Jahreswechsel flatterte ein Rechtsanwaltsbrief ins Haus. Maja hat Rechtsanwalt Franky die Vertretungsvollmacht erteilt. *Vor einem Jahr wurde das Prozedere der Unterhaltszahlungen noch über das Bezirksgericht abgewickelt. Diese Abwicklung, Beratung und Schriftverkehr, kostete Maja gar nichts. Die Gebühren durfte der Papa übernehmen. Jetzt kann sie sich sogar einen Rechtsanwalt leisten. Kein Wunder.*

Rechtsanwalt Franky übermittelt die Kopie der Bestätigung des Studienerfolges von Maja. Die Noten sind mit einem schwarzen Stift durchgestrichen und unleserlich gemacht worden.

Der Papa darf noch das Prüfungsgebiet und die Daten der abgelegten Prüfungen sehen, aber nicht mehr die Noten. In diesem Fall dürfen sogar die amtlichen Dokumente willkürlich bekritzelt und manipuliert werden. Es ist ja nur für den Geldgeber Papa.

Der Geldsegen hat für Maja noch eine weitere Überraschung gebracht. Seit diesem Studienjahr muss Maja nicht mehr in einer billigen Studentenbude im Heim hausen. Sie zog in eine andere, wohl standesgemäße private Wohnung ein.

Pascal drückte im Schreiben an Rechtsanwalt Franky aus, dass er sich über den Studienerfolg freue und bedaure, dass ihm diesmal Majas Prüfungsnoten bis zur Unkenntlichkeit übermalt worden sind. Angefressen von dieser demütigenden Vorgangsweise, übermittelte er Rechtsanwalt Franky eine zusätzliche Information. In eigener Sache informierte Pascal seine Tochter, dass er in erster und zweiter Instanz von der Körperverletzung an seine geschiedene Frau freigesprochen worden und dass er mit falschen Zeugenaussagen und Lügenintrigen konfrontiert worden war. „Der Kontaktabbruch zwischen Vater und Tochter und umgekehrt war somit eine logische Konsequenz. Meine Vaterrolle schrumpfte zum Money-Maker."

Wie wird Maja auf diese Zusatzinformation reagieren? Ich bin davon überzeugt, dass das Feindbild „Vater" noch tief in ihre Seele eingeritzt ist. Wird sie den Schleier vom bösen und gewalttätigen Vater ablegen? Wird sie verstehen, dass ich sie nicht mehr besuchen konnte und durfte? Wird sie merken, dass ich mich immer nach ihr gesehnt habe? Mit der übermächtigen Mutter wird Maja wohl kaum über den Nicht-Kontakt zum Vater diskutieren können. Wird sie einen Türspalt öffnen? Vielleicht über ein soziales Netzwerk den Kontakt zu mir herstellen und eine Freundschaftsanfrage stellen? Oder wird sie über eine SMS den Anstoß zur Kontaktaufnahme geben? Meine Kontaktdaten sind öffentlich, die von Maja nicht. Du kannst jederzeit bei mir anklopfen.

Nichts davon geschah. Das Gegenteil war der Fall. Angeklopft hat aber nur Majas persönlicher Rechtsvertreter. In seinem Schreiben rechtfertigte er die ausgestrichenen Noten. „Die allesamt positiven Noten sollten nach dem Wunsch meiner Mandantin nicht veröffentlicht werden. Dazu besteht auch kein Anlass, solange nicht als Folge negativer Beurteilung eine Verzögerung im Studienfortgang eintreten könnte, was definitiv nicht der Fall ist, da sich meine Mandantin innerhalb der Mindeststudiendauer befindet."

Majas Rechtsanwalt ersuchte Pascal, sie in Ruhe zu lassen, die sie für ihr Studium benötige. „Machen Sie bitte nicht meine Mandantin dafür verantwortlich, dass Sie nur drei Jahre hindurch Ihre Vaterrolle übernehmen durften." Des Weiteren ersuchte er darum, Maja nicht mit Zitaten zu bombardieren, die Jahrzehnte zurückliegen. Unterlassen soll Pascal auch, über dritte Personen Kontakt zu Maja herzustellen. „Lassen Sie bitte meiner Mandantin die von ihr benötigte Ruhe!", mahnt Franky.

Pascal konnte diese Provokationen nicht im Raum stehen lassen. Er antwortete knapp und ruhig mit dem Hintergedanken, die Tochter zu informieren, so, als wolle er sein Nichtauftauchen in ihrem Leben rechtfertigen. Er ging auf die Kommunikation über Dritte ein, die sein Leben prägte: „Über den Schulerfolg Majas wurde ich über die Eltern ihrer Mitschüler informiert, da mir der Jahresbericht der Schule von der obsorgeberechtigten Mutter verwehrt worden ist. Ich bin daran gewöhnt, über Dritte (Jugendamt, Rechtsanwalt) mit der Tochter zu kommunizieren."

Pascals Tochter möchte in Ruhe gelassen werden, er soll gefälligst das Zitieren und die Aufklärungsarbeit unterlassen. Dem Sprachrohr Majas schrieb Pascal, dass er keine weiteren Zitate mehr vorbringen werde. „Ich dachte, dass man als Akademiker daran interessiert sei, sich beide Seiten anzuhören, um sich ein objektives Bild machen zu können."

Eine Unverfrorenheit war die Formulierung Frankys, Pascal würde seine Tochter für die Geschehnisse vor zwanzig Jahren verantwortlich machen. „Niemals habe ich behauptet, dass meine Tochter eine Strafanzeige gegen mich angezettelt oder gar Meineid vor Gericht geschworen hätte. Sie war ja damals erst vier Jahre alt. Ich habe niemals behauptet, dass meine Tochter Maja am Besuchstag die Tür vor mir versperrt hätte. Im Gegenteil: Bei den anfänglichen spärlichen Besuchen bat sie mich, sie wieder und immer wieder zu besuchen."

Verdutzt war Pascal darüber, dass bei der Information des Studienerfolges sogar durch Übermalung der Noten Urkundenfälschung erlaubt sei. Die Bestätigung des Studienerfolgs im Juli 2015 war um eine schwarze Übermalung reicher. Nicht nur die Beurteilungsnoten wurden schwarz durchgestrichen, sondern auch das Datum der abgelegten Prüfungen. Die Begründung des Rechtsanwaltes: „Ich ergänze, dass sämtliche Beurteilungen **positiv** ausgefallen sind und dass Ihre Tochter schneller als der Durchschnitt ‚unterwegs' ist." Auch bei den Bestätigungen der nächsten Jahre wurden die Prüfungsnoten mit schwarzer Farbe übermalen. Rechtsanwalt Franky lapidar: „Die Beurteilungen sind – so viel kann ich ‚verraten' – allesamt ‚positiv'". Das sechste Studienjahr geht zu Ende.

In den Sommermonaten grübelt Pascal unentwegt. *Wenn sie so übereifrig studiert, so müsste sie ja schon fertig sein.* Tag für Tag wartet Pascal auf die Nachricht, dass Maja ihr Studium abgeschlossen hat, ihn als Hauptsponsor zur Sponsion, der Magisterfeier, einlädt und sich langsam auf den Lehrerberuf vorbereiten wird. Die Wochen vergehen, kein Lebenszeichen von Maja.

In den Sommerferien 2018 wählt Pascal gerne für sich relaxte Abendstunden. Auf der Terrasse sind ein Tisch und Sitzgelegenheiten aufgestellt. Er zündet eine Kerze im Glas an. Sie gibt ihm ein besonderes Ambiente in der Dunkelheit der Nacht. Dann stellt er sein Tablet auf und hört über YouTube Musik, die seinen Gemütszustand beflügelt oder besänftigt. An diesem Freitagabend eingestimmt auf das Wochenende, stellt er einen slowenischen Malvazija auf den Tisch und hört die A-capella-Band „Pentatonix" *mit ihren herausragenden Stimmen.* Dem „The Sound of Silence" folgen „Imagine" und „Hallelujah". Je später die Nacht, desto nostalgischer seine Musikwünsche. Aus seiner Israel-Reise blieb ihm ein Schabbat-Lied, das am Samstag immer und immer wieder gespielt worden ist, in Erinnerung. „Ana Bekoach", ein religiöses Lied, strömt Melancholie und Sentimentalität aus. *Was macht gerade Maja? Wie geht es ihr? Genießt sie die Ferien, oder arbeitet sie?* Bei automatisch fortlaufender musikalischer Umrahmung mit jüdischer Musik, immer wieder kurz durch Werbesequenzen unterbrochen, macht sich Pascal auf die Google-Suche nach Maja. Dabei findet er vorerst nichts Neues. Spaßhalber gibt er „Maja" und den Mädchennamen seiner geschiedenen Frau ein. Jö schau. Maja erscheint mit dem Mädchennamen ihrer Mutter, Link für Link. Beschämt klickt er auf den ersten Link, der sogleich an die Universität, wo Maja studiert, führt. „Festakt der Fakultät". Maja R., diesmal Maja S., hat vor Monaten den Studienabschluss, ihren „Magistra", gefeiert. *Somit hat Maja schon vor einigen Monaten ihr Studium abgeschlossen. Und ich weiß nichts davon. Somit hat sie sich erspart, ihren Papa zu den Feierlichkeiten, zur Verleihung des akademischen Grades, einzuladen.*

Auch der nächste Web-Link bringt eine Überraschung. Die Diplomarbeit von Maja, mit dem Mädchen-Nachnamen ihrer Mutter, ist auch online abrufbar. Mit Spannung liest Pascal den Titel ihrer wissenschaftlichen Arbeit und scrollt weiter zur Danksagung am Beginn der Arbeit. „Ein gutes Wort macht sogar einer Katze Freude", lautet ein russisches Sprichwort. Dabei bedankt sich Maja S. bei all ihren wissenschaftlichen Betreuern und bei ihren familiären Unterstützern. Zur ermutigenden und unterstützenden Familie zählt Maja S. ihre Mutter, Tanten und Onkel mit Anhang und ihren Freund. „Sie alle haben einen nicht zu unterschätzenden Beitrag hinsichtlich meines akademischen Erfolges geleistet", betont Maja in der schriftlichen Laudatio der Diplomarbeit. Dazu zählt sie noch weitere engere Freundinnen auf. *Wo bleibt der Hauptsponsor, der Papa? Wird mein finanzieller Beitrag und meine Aufopferung einfach im Kanal der Vergessenheit entsorgt? Da fällt mir ein anderes Sprichwort ein: Der Mohr hat seine Schuldigkeit getan und kann gehen!* Pascal vergeht die Freude, die Diplomarbeit online weiterzublättern. Er fährt seinen Laptop herunter und entsorgt die leere Weinflasche.

Die Wochen und Monate vergehen. Er zahlt monatlich die Unterhaltszahlungen unvermindert weiter. Das nächste Studienjahr und Semester ist angebrochen. *Scheint die Schuldigkeit doch noch kein Ende zu nehmen? Hat Maja nach dem Abschluss des Lehramtsstudiums das Unterrichtspraktikum begonnen? An die automatische Geldüberweisung kann man sich gewöhnen.*

Da wird es Pascal zu bunt. Er wartet und wartet auf die Information über den Studienabschluss und den Beginn des Schuldienstes als Lehrerin. Erstmals schaltet Pascal eine eigene Rechtsanwältin ein, um ihn aus dieser verzwickten Lage herauszuhelfen. Im Alleingang wollte er mit Rechtsanwalt Franky nicht mehr wie bisher hin- und herschreiben. Seine Anwältin Brigitte B. fragt bei ihrem Kollegen freundlich nach, ob Tochter Maja die Selbsterhaltungsfähigkeit erreicht hat und ob sie die Tätigkeit als Lehrerin in Form des Praktikums absolviert. Dieses Schreiben setzt Brigitte B. Ende Oktober 2018, Monate nach dem Festakt der Sponsion von Maja, auf. Anfang Dezember, ein halbes Jahr nach Majas Abschlussprüfung, lüftete letztendlich Rechtsanwalt Franky das wohlgehütete Geheimnis. Er legt Pascal das Abschlusszeugnis vor. Maja schaffte den Abschluss der Diplomprüfung mit den Bestnoten, die Pascal diesmal sehen durfte, und Ende April 2018 wurde ihr bei der akademischen Feier feierlich der Titel „Magistra" verliehen. Pascal war sehr erfreut und stolz über den ausgezeichneten Studienabschluss. Demnach war sie auch sehr gut in der Zeit. *Auch ich habe für das Diplomstudium fünfeinhalb Jahre benötigt.* Eine bittere Pille: Der Beitrag des leiblichen Vaters Pascal war nicht erwähnenswert. *Dafür durften sich andere mit fremden Federn schmücken. Der Vater bleibt unerwähnt, als wäre er nicht existent.*

Ganz vergessen hat Maja ihren Vater jedoch nicht. Unmissverständlich stellt Rechtsanwalt Franky fest, dass Maja in den Folgejahren weiterstudieren wird und weiterhin das Geld von Papa benötigt: „Meine Mandantin vertritt den Rechtsstandpunkt, dass sie dazu legitimiert ist, an den Studienabschluss ‚Magister' auch noch das Doktoratsstudium anschließen zu dürfen. Zu den Voraussetzungen dazu verweise ich auf den schon bisherigen zügigen Studienfortschritt, den Ausbildungsgrad und die zur vorliegenden Thematik erschlossene Judikatur."

Nach der „Magisterin" möchte sie noch „Doktorin" werden. Das steht ihr nach dem österreichischen Gesetz zu, nach dem auch Pascal ein Doktoratsstudium absolviert hatte. Dem Schreiben legt Rechtsanwalt Franky darüber hinaus auch noch die Studienbestätigung für ihr neues Studium bei. Auch das Doktoratsstudium wird auf der Geisteswissenschaftlichen Fakultät mit den Fachrichtungen, die Maja bislang belegte, fortgesetzt. Das wäre die Philosophie und ein Sprachstudium. Nicht bekannt gegeben wurde das Thema der „Doktorarbeit". Maja ist inzwischen 25 Jahre alt.

Maja benötigt für den Lehrerberuf keinen Doktor. Ich habe damals nur deswegen in Salzburg mein Doktorat gemacht, um auf den Studienabschluss von Amalia zu warten. Für den Doktor bekomme ich als Lehrer keinen Groschen oder Cent mehr auf mein Gehaltskonto. Seitdem kann ich die vierzig Dienstjahre bis zur Pension nicht mehr erreichen. Hätte ich damals gewusst, welche Tragödie mich erwartet?

Wozu die bisherigen Vertuschungsaktionen meiner Tochter? Sie wird erst auf Drängen des Amtes genötigt, zu Beginn des Studienjahres ihr Studium dem zahlenden Vater bekannt zu geben. Dann werden wie bei einer Urkundenfälschung die Noten des Studienjahres durchgestrichen. Einzige Ausnahme war das Diplomabschlusszeugnis, das mich sehr stolz macht. Und erst ein halbes Jahr später wurde ich vom Studienabschluss Majas informiert.

Ist das Anrecht auf finanzielle Unterstützung des Doktoratsstudiums nur ein Vorwand, ein anderes Studium zu absolvieren? Unter diesen Umständen kann ich keine eigenen Zukunftspläne schmieden, wenn ich so spät informiert werde und ich ohne Wimpernzucken und willkürlich verzögert vor vollendete Tatsachen gestellt werde.

Naschen durch meine Unterhaltszahlungen noch andere Untermieter/U-Boote in der Unterkunft Majas mit? Fragen über Fragen. Sie verblasen wie die selbst aufgeblasenen Luftballons. Einige heben ein wenig ab und stürzen ab, andere zerplatzen in der Luft, und darunter kann es auch einige Ballons geben, die ganz verschwinden.

Nach drei Semestern des Doktoratsstudiums erhielt Pascal plötzlich ein Schreiben, in dem Rechtsanwalt Franky Pascal ihn in Kenntnis setzt, dass er keine Unterhaltszahlungen mehr für seine Tochter verrichten muss. „Ab Februar 2020 übt sie eine Stelle als technisch-wissenschaftliche Assistentin in einem wissenschaftlichen Institut aus. Ihr Doktoratsstudium wird sie bis zu dessen Abschluss selbst finanzieren", so Franky. „Meine Mandantin legt ausdrücklich Wert darauf, zu betonen, dass sie ihm für seine finanzielle Unterstützung in der Vergangenheit einen herzlichen Dank ausspricht." Pascal übermittelte Glückswünsche für ihre berufliche Laufbahn.

Das erste Mal ein Dankeschön an mich! Das ist ein kleiner Seelenbalsam. Von wem kam dieser Anstoß, von Maja oder erst durch ihren Rechtsan-

walt? Meine Tochter war ja bislang nicht gewohnt, jemals ein „Danke"
dem Papa zu sagen. Hätte sie es nicht persönlich sagen können? Sie hat
doch studiert? Ein Anruf, eine kurze Nachricht über die Social Medias.
Meine Kontaktdaten sind in öffentlichen Verzeichnissen abrufbar. Ich
sehe sie ja nicht, wenn sie sich persönlich in Worten oder einem Satz bedankt. Hat sie vor der Mutter Schuldgefühle, wenn sie hinterrücks den
Vater kontaktiert? Oder hat sie Angst, dass dadurch eine Verpflichtung
zu mehr Kontakt entsteht? Beschämend ist es schon, wenn sich Maja
über den Rechtsanwalt bei mir bedankt, dass sie mich verleugnet, indem
sie meinen Nachnamen niederlegt und sich vor mir versteckt, als hätte sie
Angst vor Papa, dem Schwarzen Mann.

Ich habe 25 Jahre Monat für Monat Unterhaltszahlungen geleistet, um
nur auf dem Papier Vater sein zu dürfen. Was ich an Alimenten bezahlt
habe, ist auch kein Pappenstiel. Wenn ich den Gesamtbetrag der Alimente umrechne, würden sich zwei Autos der Marke Mercedes, aus der höchsten Klasse, ein Mercedes EQC mit Elektromotor und ein Mercedes der
C-Klasse Coupe, ausgehen. Oder: ein Fertighaus mit einer Nettogrund-
riss-fläche von 112 Quadratmetern. So viel war mir die Tochter wert, und
als Anerkennung ein Dankessatz von Majas Rechtsanwalt. Oder bedankt
sich meine Tochter Maja lieber persönlich beim Papa-Staat? Ich bereue trotzdem keinen Euro und Cent, den ich für meine Tochter ausgegeben habe.

Ich erinnere mich, wie ich mein Einkommen offenlegen und Rückzahlungen unverzüglich erledigen musste. Ich habe vom Berufsantritt Majas
erst Mitte Februar erfahren, und sie bekam ihren ersten Lohn bereits für
diesen Monat erstmals überwiesen. Eigentlich müsste sie den Betrag, da
sie sich bereits selbst erhalten kann, rücküberweisen. Von einer Rücküber-
weisung der rechtlich nicht zustehenden Alimente hat mein Konto nichts
gespürt. Ich werde das Geld ganz sicher nicht zurückfordern.

Sie beginnt ihre Arbeit im technisch-wissenschaftlichen Bereich. Das Dip-
lom- und Doktoratsstudium ist meilenweit von ihrer bisherigen universitä-
ren Ausbildung entfernt. Wollte sie von vornherein keine Lehrerin werden,
und das Doktoratsstudium war nur ein Vorwand, um weiterhin die Unterhaltszahlungen zu erhalten und um ein technisches Studium zu belegen?

BLINKLICHTER DES VERGESSENS

Pascal hat in seinem kleinen Wohnzimmer einen braunen Schaukelstuhl. Nach Lust und Laune schaukelt er gerne mal darin. Im Ruhestand, in einigen Jahren, wird er dazu genug Gelegenheit haben. Eines Nachmittags nach üppigem Mittagessen schaukelt Pascal ein Weilchen. Dabei blickt er immer wieder durch seine Terrassentür in seinen Garten. Draußen befindet sich ein kleiner Erdwall mit Sträuchern, Schlingpflanzen und Blumen. Zu jeder Saison blühen Sträucher und Pflanzen. Ob Rosenstrauch mit roten Blüten oder violette Pfingstblumen, alle Pflanzen bieten Pascal ein Refugium, einen abgeschlossenen Bereich, einen Ruhepol. Der Judasbaum, der mit seinen violetten Blüten die Blicke Pascals einfängt, sticht in diesem Frühjahr besonders heraus.

Für die Vögel hat Pascal auf einem Ast eine Energierolle aufgehängt. Die Rolle mit Sonnenblumenkernen und anderen Leckerli, eine Art Vogel-Müsli, ist eine beliebte Snackbar für die Gartenvögel. Ein kleines Loch in der Rolle lädt sie zum gedeckten Tisch. Schaukelnd beobachtet Pascal den Anflug der Vögel auf diese Energierolle. Eine Kohlmeise macht es sich auf der Öffnung der Rolle bequem. Sie nimmt einen Sonnenblumenkern, macht einer anderen Kohlmeise Platz und verspeist ihr Stück auf einem anderen Ast. Abwechselnd und nacheinander teilen die Vögel die Kerne. Nach einer Weile entdecken auch Hausspatzen die Futterquelle. Ihr Sozialverhalten ist aber anders. Der bulligere Spatz, wenn man das von dem kleinen Haussperling sagen kann, macht sich an dieser Futteröffnung sehr breit. Da ist für andere kein Platz mehr frei. Der Haussperling pickt und pickt. Die schmächtigeren Spatzen hopsen in Wartestellung und springen ungeduldig von einem Zweig zum anderen. Na endlich. Gesättigt macht der dicke Spatz den anderen Platz. Pascal schaut dem Ansturm aufs Vogelbuffet ergriffen zu. In der Folge schließt er langsam die Augen. Im Wohnzimmer spielt über

die Musikanlage Stjepan Hauser mit River Flows in You allein
für Pascal. Bei geschlossenen Augen und der Melodie des Cel-
listen verwandelt sich der Raum in eine Welle der Emotionen.
Bei Pascal kommt dabei ein Gefühl auf, als würde er schwerelos über dem Wasser schweben. Eine sanfte Brise bläst ihm entgegen. Die Melodie des Instrumentes streicht ihm seine Flügel
und schwingt ihn tanzend über den Fluss. Pascal fühlt sich so
frei. Es trägt ihn bei melodischem Wasserrauschen im Ohr unbeschwert weiter und immer weiter, einem unbeschreiblichen
Glücksgefühl entgegen.

Anhaltend läutet die Türklingel mit schrillem Ton. Pascal begibt
sich eilig zur Haustür und öffnet sie. Regungslos bleibt er am
Eingang stehen und traut seinen Augen nicht. Er erkennt den besonderen Gast, seine Tochter Maja. Sprachlos ringt er nach Worten und steht versteinert da. *Wie soll ich jetzt meine fremde Tochter begrüßen?* Nachdem er sich einigermaßen gefasst hat, reicht er
Maja die Hand zur Begrüßung. *Ein Kuss würde sie vielleicht ab-
schrecken und zum Rückzug bewegen?* Nach dem „Hallo" kommt
ihm Maja entgegen und gibt ihm zur Begrüßung einen Kuss auf
die rechte und die linke Wange. „Darf ich eintreten?", fragt sie
Pascal mit leiser Stimme. Er wird langsam wach, sagt „Ja, selbstverständlich" und weist Maja den Weg in die Küche. Sie nimmt
beim Esszimmertisch Platz. Auf Wunsch seiner Tochter bereitet
er einen Kaffee zu und bietet ihr eine Topfengolatsche an. Aufgetischt wird im festlichen Geschirr aus Keramik. Das Kaffee-
kochen ist nicht nur Gastfreundschaft, sondern auch eine Verle-
genheitsgeste. Was soll er denn in diesem Augenblick eigentlich
sagen, fragen oder anregen? Maja: „Papa, ich habe dich jahrelang nicht gesehen. Je älter ich werde, desto größer wird mein
Wunsch, dich einmal zu sehen und dir zu begegnen, einfach mit
dir zu plaudern." Pascal bittet seine Tochter, kurz aufzustehen.
Er umarmt sie so herzlich und sagt mit wässrigen Augen zu ihr:
„Du kannst dir nicht vorstellen, wie glücklich du mich mit deinem heutigen Besuch machst." Vater und Tochter schauen sich
immer wieder etwas verstohlen an.

Jahrelang habe ich sie nicht gesehen. Wie erwachsen ist Maja geworden. Meine Bilder von Maja im Kopf entstammen aus den Kindheitstagen. In diesem Moment kann ich schwer Vergleiche herstellen. Ja, unmöglich! Ja doch, das lockige Haar hatte sie als Kind bereits. Als Kind hatte sie ein rundlicheres Gesicht. Ihre Wangen waren auch immer leicht gerötet.

Majas Redefluss nahm Schwung an. Sie sprach so schnell, als fürchte sie sich davor, jemand könnte sie unterbrechen oder als gäbe es kein Wiedersehen mehr. „Papa, als Jugendliche wollte ich mit dir nichts zu tun haben, habe dich oftmals verflucht und gehasst. Es kam vor, da wollte ich deinen Namen nicht hören, habe dich verleugnet und dich durch andere ersetzen wollen. Du warst ja niemals da, wenn ich dich so gebraucht hätte. In der Grundschule hatten wir am Ende des Schuljahres einen Auftritt, und ich durfte ein Gedicht aufsagen und sogar ein Lied vorsingen. Aber du warst nicht da. Die Eltern von allen Mitschülern waren da und applaudierten – nur du hast gefehlt. Mama, ihre Geschwister und die Großeltern waren da, aber du hast mir trotzdem gefehlt. Ich wäre so stolz gewesen, wenn du wenigstens beim Schulfenster hereingeschaut hättest. Das hätte mir viel bedeutet. Noch besser wäre gewesen, wenn dich alle gesehen hätten. Sophie und Mario aus meiner Klasse hätten dann auch meinen Papa gesehen. Immer wieder hörte ich von der Mama, dass der Papa keine Zeit hat, zu Weihnachten würde er sicherlich wieder ein Geschenk schicken. Aber ich wollte nicht nur Geschenke, ich wollte, dass du an meiner Seite bist. Dann hörte ich wieder, dass Papa diese weite Fahrtstrecke nicht auf sich nehmen will. Ich dachte mir, Papa will mich nicht, ich habe keine Bedeutung für ihn. Bin ungeliebt. Verdammt. Es schmerzte mich, dass ich Luft für dich bin, so dachte ich. Dann hörte ich, dass du nicht immer die Alimente für mich bezahlst und dachte, für andere Kinder wird er Geld rausschmeißen, ich bin ihm nichts wert. Ich wusste, dass ich mich nur auf meine Mama und meine Oma verlassen konnte. Wenn ich als Kind unartig war, dann wurden mir die Leviten gelesen. ‚Du bist stur wie dein Papa. Du siehst, wohin seine Sturheit führt, er kümmert sich nicht um dich. Schau, wie sich deine Mama allein um alles kümmern muss und auf dich schaut, und dein Papa lässt dich im Stich', bemerkte dazu immer wieder die Oma.“

Pascal ließ Maja ihr Herz ausschütten. Einige Male hatte Pascal auch die Messe in Raditsch besucht, nur um Maja zu sehen. Maja hat dies mit gemischten Gefühlen erlebt. „Auf einmal ging die Kirchentür auf. Du tratst ein und hast dich in die letzte Reihe zu den Männern gestellt. Ich bemerkte dich erst, als ich mich – bei meiner Mutti sitzend – umdrehte. Als Mutti dich bemerkte, hat sie mich beängstigend eng umschlungen. Da war es mir erstmals unheimlich, ich konnte mich nicht umdrehen, um in deine Augen zu schauen. Nach dem Kirchgang gingen wir mit Mutti schnurstracks und eiligen Fußes nach Hause. Ich sah dich am Wegesrand stehen. Einerseits wunderte ich mich, dass du nicht zu mir gekommen bist, andererseits der fast erdrückende Arm der Mutter, der mich mitriss. Ich hatte kein gutes Gefühl, ja, ein wenig Angst. Der Papa am Rand wie ein Fremder, den man meiden muss, und die ängstliche Mutti in angespannter Haltung. Immer wieder lugte ich kurz durch die kleine Luke des Ellbogens der Mutter – bis du für immer verschwunden warst. Wir waren wie auf der Flucht, und es war unheimlich. Immer wieder kam bei mir ein ungutes Gefühl hoch. Oft hatte ich als Kind Angst vor dir. Ich hörte, dass du Mama einmal sehr wehgetan hast. So konnte ich in der Nacht nicht einschlafen und hoffte, du kommst nicht in mein Zimmer und tust mir auch weh. Stundenlang lag ich als Kind wach im Bett. Ich hatte sehr beängstigende Träume. Es verfolgte mich ein Wolf. Ich lief panisch schneller und schneller. Ich konnte den Kopf nicht umdrehen, um nicht an Tempo zu verlieren. Hinter mir hörte ich nur das Schnaufen des bösen Wolfes. An der Lichtung schweißgebadet aufgewacht, nahm mich meine Mutter in ihre schützenden Arme. Ich war froh, dass du nicht in meiner Nähe warst. Abends schloss ich mich in mein Zimmer ein und weinte, weil ich einen solch bösen Vater hatte. Zur Mutti war ich immer fürsorglich. Ich hatte Angst, sie zu verlieren und zu dir ziehen zu müssen. So half ich ihr gerne beim

Geschirrabwaschen und beim Jäten im Garten. Mutti, Großmutter oder Tante holten mich immer von der Schule ab. Großmutti kochte mir immer wieder, was ich am liebsten aß. Da fühlte ich mich geborgen und beschützt, bis Mutti aus der Arbeit kam. Ich fragte sie dann immer: ‚Wie kann ich dir heute helfen?‘ So zeigte ich ihr, dass ich froh war, dass sie ganz bei mir war. Ich hatte Angst, meine Mama auch noch zu verlieren, dann hätte ich kein Elternteil mehr, dachte ich damals. Ich betete jeden Abend, dass meine Mama möglichst lange am Leben bleibt. Völlig erstaunt und überrascht war ich bei meiner Erstkommunion. Ich werde es nie vergessen, als ich mit den anderen Kindern um den Altar stand und auf meine Erstkommunion wartete. Das Gotteshaus war voll, die Kirchentür öffnete sich, und unerwartet bist du nach langer Zeit wieder in unsere Pfarrkirche eingetreten. Der Puls schlug immer heftiger. Ich habe dich von vorne gesehen. Du warst da. Es kam bei mir eine unbeschreibliche Freude auf. Ich habe mich damals beim Singen besonders angestrengt, klammerte mich fest an die Kerze in der Hand und blickte sporadisch zu dir. Nach der Messe stand meine ganze Familie vor der Kirche. Zum Erstaunen aller kamst du zu mir, hast mir zu diesem Freudentag eine Banknote zugesteckt und mir gesagt, ich soll mir was Schönes kaufen. Dann hast du so viele Fotos von mir gemacht – und warst wieder weg.“

Im Wohnhaus von Raditsch hatte Maja ein eigenes kleines Zimmer mit einer „Kuschelecke“ voll von Stofftieren. Damals hörte sie gerne Britney Spears und schrieb eine Fantasiegeschichte für die Schule. Maja erzählte Papa die Geschichte über Nickis Flug über den Wolken, die sie für die Schule geschrieben, aber nie abgegeben hatte. „Eines Sonntags landete auf unserem Grundstück ein Heißluftballon. Dieser war so schön bunt bemalt wie ein Regenbogen. Der Ballon mit Riesenaugen, verlängerten Wimpern und breitem Mund stellte sich als Nicki vor und sagte zu mir: ‚Maja, du hast drei Wünsche frei, bitte wähle aus.‘ Ich weckte die Mutti und sagte ihr: ‚Wir fliegen heute mit einem Luftballon zu den Wolken, komm, steig ein.‘ Das war mein erster Wunsch.

Mama und ich hüpften freudestrahlend in den Korb, der mit süßen Früchten und Getränken gefüllt war. Der Brenner wurde
eingeheizt, und entflammt flogen wir über Raditsch immer höher hinauf. Wir schauten in die Tiefe und sahen Häuser, klein
wie Schachteln. Katzen schlichen wie Schlangen umher, die Seen
waren wie kleine Swimmingpools, und die Berge waren greifbar nahe. ‚Schau, Mama, eine vorbeifliegende Schwalbe winkt
uns gerade zu‘, sagte ich. ‚Jetzt habe ich einen zweiten Wunsch.
Ich will mal sehen, wo mein Papa wohnt‘, sagte ich zu Nicki.
‚Dein Wunsch ist mir Befehl‘, sagte Nicki. Wir flogen bei leichtem Gegenwind über Felder und Wiesen, die von einem breiten
Fluss getrennt wurden. Nicki trug uns durch die Luft und rüttelte uns immer wieder auf. Die Sonnenstrahlen erhellten unseren
Weg. Nickis Sonnenschirm sorgte dafür, dass uns im Korb nicht
heiß war. ‚Maja, wir sind in Unterburg, und da unten wohnt dein
Papa‘, sagte Nicki zu Maja. Maja und Mama schauten runter, und
ein Mann blickte gegen den Himmel und winkte. ‚Nicki, mein
dritter Wunsch wäre, hier zu landen und Papa auf die Flugreise
mitzunehmen.‘ Papas Dach war zu steil, daher landete Nickis heiße Kiste auf dem Carport. Verängstigt rannte Papa um den Un-
terstellplatz für sein Auto. Mit großen Augen beobachtete er die
Landung, und Maja rief ihm zu: ‚Papa, komm, steig ein.‘ Das ließ
er sich nicht zweimal sagen und stieg ein. Mit heißer Luft wurde
der Ballon wieder gestartet und hob ab. Der Heißluftballon flog
immer höher über die Wolken zu einem kleinen Planeten. Da
waren wir zu dritt vereint und verbrachten viel Zeit miteinander."

In der Volksschulzeit hatte Maja einen sehnlichsten Wunsch. Sie
wollte Felsenburg, den Ort, in dem sie die ersten zwei Lebensjahre
verbracht hatte, aufsuchen. Maja erzählt ihrem Papa, dass die Mutti
mit ihr an den Platz fahren musste, wo die Familie gemeinsam lebte.
„Wir fuhren mit der Mutti nach Felsenburg und suchten das Mietshaus, wo wir etwa zwei Jahre gelebt hatten, auf. Wir klopften
an die Pforte des Hauses. Die neuen Mieter öffneten und waren
so freundlich, uns die Räumlichkeiten zu zeigen. Vor dem Haus
zeigte mir Mutti, wo einmal das Planschbecken aufgestellt war,

wo ich mit Papa zum Muttertag Wiesenblumen gepflückt und
wo wir im Wald Pilze gesammelt hatten. Mit neun Jahren hatte
ich den sehnlichsten Wunsch, an diesen Ort zurückzukehren, wo
wir gemeinsam als Familie gelebt hatten. Davon hatte ich immer
geträumt. Durch deine dauernde Abwesenheit, Papa, stieg meine Abneigung zu dir von Jahr zu Jahr. Eines Tages sagte meine
Mutti mir überraschend, dass wir uns mit Papa treffen werden,
um gemeinsam Pizza essen zu gehen. Ich kann mich gut daran
erinnern. Ich war neun Jahre alt. Der Pizza im Restaurant folgten
in diesem Jahr gemeinsame Badestunden am See und ein Urlaub
auf Rhodos. Vor der Urlaubsreise nach Rhodos habe ich dich fast
jeden Tag angerufen, so aufgeregt und nervös erwartete ich den
Abflug. Unvergesslich sind mir die Wasserspiele im Swimmingpool geblieben. Während dieses Jahres lebte ich in einem Wechselbad der Gefühle, zwischen Sehnsucht und Ablehnung, es riss
mich hin und her. Ich hatte ein starkes Bedürfnis, dich zu sehen.
Ich könnte mit dir stundenlang im Wasser spielen, Hand in Hand
durch die Stadt schlendern und auf deinem Schoß hocken. Von
einer Minute auf die andere fiel der Vorhang. Da kamst du mir
so fremd und beängstigend vor. Deine Augen waren für mich
so streng, deine Stimme erschütterte mich, und jede Bewegung
war ein möglicher plötzlicher Angriff auf mich. Ich wünschte
mir dann nur, weit, weit weg von dir zu sein."

Maja setzt ihren Streifzug durch ihr Leben fort. Besonders schmerzhaft die Abwesenheit ihres Vaters in der Jugendzeit. „Mir kam zu
Bewusstsein, dass du mich nicht besuchtest, nicht sehen wolltest
und daher vielleicht gar nicht magst. Du bist nicht da, also liebst
mich auch nicht, lautete damals mein Motto. Ich dachte darüber nach, warum ich für dich abstoßend sein konnte, weil ich Pi-
ckel im Gesicht hatte und dazu zusätzliche Kilos? Ich dachte, du
schämst dich meiner. Das Gefühl, von dir nicht geliebt zu sein,
war mein ständiger Begleiter. Ich suchte Anerkennung, vor allem bei älteren Burschen. Sie sollten das wettmachen, was mir
abging – nämlich mich so annehmen, wie ich war. Ich spielte mit
ihren Gefühlen. Jede Annäherung von Burschen polierte mein

Ego. Ich bin doch nicht so abstoßend, redete ich mir ein. Papa, ich war ziemlich ausgeflippt und hoffte, dass du mich herunterholst. Oft sehnte ich mich danach, im Gespräch mit dir vieles zu erfahren. Wo war deine väterliche Hand, die mich darauf hinwies, kürzerzutreten, die eigene Meinung zu vertreten und mir Orientierung zu geben? Wenn ich Fehler gemacht hatte, wollte ich spüren, wie mein Papa hinter mir steht und mich nicht fallen lässt. Das würde Ruhe, vor allem aber Sicherheit in mein turbulentes Jugendleben bringen."

Maja lüftete schließlich das Geheimnis ihres nicht angekündeten plötzlichen Besuches. Es war ihr Wunsch, endlich ihren beiden Kindern Opa Pascal vorzustellen. Das war selbst für Pascal zu viel Überraschung an einem Tag. Er strahlte über das ganze Gesicht, als er erfuhr, dass er Opa geworden war. Er hat zwei Enkelkinder: Christa, drei Jahre, und Dominik, fünf Jahre alt. Mit feuchten Augen umarmte er seine Tochter Maja und sagte: „Das ist mir eine riesengroße Freude, dass ich meine beiden Enkelkinder sehen darf. Es freut mich, dass Christa und Dominik von ihrem Opa wissen." Maja: „Papa, meine Kinder sollen nicht nur ihre Oma, sondern auch ihren Opa kennen. Es soll anders geschehen als bei mir. Ich habe meine Großeltern väterlicherseits niemals kennengelernt. Ich bin ja auch ein Teil von ihnen. Auch meine Mutti hatte engen Kontakt zu ihren Eltern, ich über Jahrzehnte nur zu meiner Mutti und deren Familie. Meine Kinder sollen nun nach jahrelanger Distanz zu dir endlich ihren Opa sehen und kennenlernen. Sie werden sich freuen, wenn du es bist, der ihnen vor dem Einschlafen Märchen vorliest, der mit ihnen im Wald spazieren geht, wenn sie mit dir gemeinsam werken dürfen. Mir ist bewusst geworden, dass meine Kinder auch dich als Bezugsperson brauchen. Sie sollen deine reiche Lebenserfahrung, deine Seelenruhe und Gelassenheit und vor allem auch deine Liebe erfahren dürfen …"

Der Autor

Pascal F. Jelinek, in Kärnten geboren, schloss sein
Studium der Religionspädagogik erfolgreich ab.
Er ist Religions-Professor an einer höheren Schule.
Vater einer Tochter und geschieden, liegt nach
zahlreichen Veröffentlichungen in Zeitungen nun
mit „Entzogenes Glück" sein erster Roman vor.
Neben weiterem journalistischem Schaffen gilt sein
Hauptanliegen heute neuen schriftstellerischen
Aufgaben.